何为爱情？一个身子两颗心；

何为友谊？两个身子一颗心。

——约瑟夫·鲁

长大后的世界

〔美〕罗曼·阿拉姆（Rumaan Alam） 著
任小红 译

江苏凤凰文艺出版社
JIANGSU PHOENIX LITERATURE AND ART PUBLISHING, LTD

图书在版编目（CIP）数据

长大后的世界 / (美) 罗曼・阿拉姆 (Rumaan Alam) 著; 任小红译 . -- 南京: 江苏凤凰文艺出版社, 2017.1（2017.3重印）

ISBN 978-7-5399-9855-8

Ⅰ. ①长… Ⅱ. ①罗… ②任… Ⅲ. ①长篇小说 – 美国 – 现代 Ⅳ. ①I712.45

中国版本图书馆CIP数据核字（2016）第304695号

书名	长大后的世界
作者	（美）罗曼・阿拉姆
译者	任小红
责任编辑	邹晓燕　黄孝阳
出版发行	凤凰出版传媒股份有限公司 江苏凤凰文艺出版社
出版社地址	南京市中央路 165 号，邮编：210009
出版社网址	http://www.jswenyi.com
发行	北京时代华语图书股份有限公司　010-83670231
经销	凤凰出版传媒股份有限公司
印刷	三河市宏图印务有限公司
开本	880 × 1230 毫米　1/32
印张	10
字数	188 千字
版次	2017 年 1 月第 1 版　2017 年 3 月第 4 次印刷
标准书号	ISBN 978-7-5399-9855-8
定价	38.00 元

谨以此书献给大卫、西蒙和泽维尔

01

沙拉说话声音太大，真叫人头疼。

罗伦通常都会悄悄提醒沙拉放低声音，可是一点儿用都没有。多年来一直如此。“我的意思是，我都有多长时间没见到你了？”沙拉一边说，一边夸张地挥着手里的酒杯，像女王挥着权杖。琼浆瑶液在壁薄如纸的玻璃杯里荡到了杯口，但是没有洒出来。

“我们上次见面是……”罗伦记不清了。是两个星期前、三个星期前、二十天前，还是一个月前？一个月时间似乎没多长。一个月里发生了很多事。她们很忙。她们都是成人。现实就是这样。她耸了耸肩膀。

“总之挺久了。”沙拉放下玻璃杯，从桌子对面探过身来，仿佛要和她密谋什么，“你好吗？”沙拉伸出一只手，仿佛要去抓罗伦的手。

罗伦把手缩回去，这纯属条件反射。她抿了一口自己的伏特加苏打水。冰块叮当作响：在她听来，没有比这声音更悦耳的了，就像英国人的口音或高跟鞋敲在瓷砖上的嗒嗒声，那么优雅从容。“我很好。”

这算什么问题？或者说，这也能算个问题？她还是老样子，她们两个都是老样子。

“你好吗？”这个问题根本没办法回答，只好反问对方。问题的关键是，这成了教理问答，而不是聊天。

沙拉清了清嗓子，嘴角浮出一丝微笑。不过，她脸上几乎总是洋溢着笑容。她没什么理由不高兴的。她魅力四射，她的生活精彩万分。

“很好。”她说。

不起眼的小酒馆里灯光昏暗，只有几盆可怜巴巴的盆栽，连菜单都是写在黑板上的。她们没事才不会约在这种地方见面。沙拉有个消息要告诉罗伦，她认为这种事必须面对面地告诉对方。她真是应该去探讨那种以谈话改变别人一生的领域，而且这种谈话通常是要收费的，比如：肿瘤学、诺贝尔奖委员会。事实上，她没有什么领域要探讨，她的消息很难改变别人的一生，只能改变自己的人生。她们可是最好的朋友。

虽然每次都是沙拉想安排见面，可她每次又很忙很忙，这真是令人恼火，或者讨厌，或者随便用什么词形容吧。她每周要去店里两次，有时候更频繁，这个计划随时会变化。此外，她每个星期天晚上都雷打不动地陪父母一起吃饭：他们一家三口，亲亲热热地在舒适的豪宅里，烤鸡放在她妈妈四十年前从索萨利托带回来的陶瓷盘里。每次都有烤鸡；有浸泡了几个小时的土豆，和迷迭香一起烤得又酥又脆；还有从老果酱瓶里倒出来的霞多丽。偶尔会邀请一个客人，有时候是沙拉爸爸的下属，有时候是沙拉的朋友。罗伦就多次受邀成为他们的座上宾，如今恐怕丹也是他们的座上宾了吧，那个温文尔雅、精明能干的丹。那些橙色和黄色的盘子浮现在罗伦的脑海里。其他日子的晚上，沙拉不是跟哪个朋友看电影，就是去剧院，或是和谁在闹市区的书店里看书，或是听讲座，那座剧院有一场舞蹈表演，沙拉妈妈几十年来都在那里观看演出，再要么就是跟那个可靠的丹在一块儿，罗伦几乎受不了丹那张脸，不管怎么样，他们两个在恋爱。然而，打电话的人是沙拉，发短信发邮件的是沙拉：嘿，你在哪儿？怎么都没看到你？下周三见个面好吗？罗伦总是拖了又拖，她喜欢临时起意的惊喜。快乐不能去规划，它会自然而然地到来。

“很有意思。”罗伦毫无来由地说了一句。

“我要结婚了。”沙拉说。

她举起手来，可是手上没有戒指。罗伦当然会看见。作为一个三十二岁的女人，她见过各式各样的戒指，不管是不是她愿意看见的，都看见过。

沙拉又挥了挥手。“戒指拿去调大小了。是他奶奶的祖传戒指。我也不知道自己干吗这样举着手。”

“你要结婚了！”罗伦举起酒杯表示祝贺。或许她应该尖叫，眼泪应该夺眶而出。她不知道接下来该怎么做，于是像个疯子似的咧着嘴笑。

“我要结婚了！”沙拉的声音更大了，可是根本没人在意。就连旁观者也是会对婚姻的降临感到兴奋的吧。

“跟丹？”

沙拉看着罗伦。她依然笑靥如花。事实上，她的笑容还是那么灿烂。不过，一丝异样从她的笑容里一闪而过。她的笑容有点儿变样。“是啊，”她说，“那当然了。”

“当然了！”罗伦大声附和。

02

胡克和露露举行各种派对。他们喜欢派对。这是他们美国生活的消遣。胡克也做其他的事情：教大学研讨班宣传材料上广受欢迎的小号，在对外关系协会上做报告，乘坐班机前往特区和智囊团会面商讨工作，给政治期刊的编辑们写信发牢骚，疲惫不堪地爬到四楼的办公室给朋友或学生的著作写评论或简介。亨利·“胡克”·托马斯，CNN带引号的标志性人物，这个绰号是怎么得来的人们已经想不起来了：不是历史的缔造者，而是代表其概念。他是（反正是某些）总统的密友，代表他所认为的最伟大的民族出使世界各地。当然，胡克非常勤奋，不过，他的平步青云也证明了其他因素的重要性——运气、正确的时间和正确的地点、某种不屈不挠的精神。他正好在总统任职期满的时候进入国务院，接着证明了自己作为下一任官员的价值，站稳了脚跟。

短期的美国政府职务造就了胡克漫长而成功的职业生涯。他非常了解游戏的规则，1979年就放弃了妻子在委内瑞拉的财产，并从那里转移到正确的地方。至少从那个时候开始，他们就是百万富翁了。他的专长就是永远领先别人一步。

胡克的办公室有几扇窗户，你可以透过窗户俯瞰隔壁街区所有房屋的后墙。罗伦和沙拉曾经在那间办公室里抽烟，然后通过敞开的窗户把烟雾“扇”出去，其实没人会注意到烟味，因为那个时候胡克自己每天都要抽上半包，肯特烟在烟灰缸里烧得一干二净，胡克愤怒地敲着键盘，说约翰逊对越南的政策错在哪里，或者国家福利有哪些弊端。他们蠢得像乳臭未干的孩子。

露露已经退休了。她有个音乐专辑，一直受到时尚界的追捧，里面收集了几首传统的科里多曲、一首和琼·贝兹紧密相关的智利曲、几首质朴的民谣，颇有几分文艺复兴的味道，其中一首原创曲目被一部成功的假日电影用作序幕音乐。版税，让有钱人变得更有钱。乐声没有完全消失，只不过调子变了，变得深沉萧条，像上了年纪的女人发出的声音。其实她并没有闯出什么名堂，早在二十四岁就嫁为人妻了，当时大家都这样。她的生活按部就班：跑到纽黑文给胡克煮饭，像照顾孩子似的照顾胡克。之后又追随胡克来到华盛顿，盛装打扮参加各种无聊的派对，生儿育女，外出就餐，装修康涅狄格州的住宅，张罗各种名目的义演活动。做这个家庭的成员很消耗时间。罗伦从来没见过谁比他们一家三口更忙。最不可思议的是，他们其实都没有工作。

他们今晚要举行派对。好像是为了一本书吧，罗伦记不清了，不过沙拉坚持要她来，这两个月每周都发邮件提醒她，还用语音信箱给她留言：

嗨，伦伦，是我，别忘了，星期四晚上，在我父母家，你答应了一定一定一定要来的，穿得漂漂亮亮的，和你往常一样迷死人，不过别迟到哦，你不来我都不知道跟谁说话，因为丹来不了，鬼知道什么原因，好了，后天见。

罗伦的办公室很冷。冷得把黄油放在桌子上都不会化，冷得都能做手术。办公室里全是女人，每个女人的椅子后背上都搭着一件羊毛衫。她们坐在桌前，两只手放在键盘上，像流浪汉对着着了火的垃圾箱。办公室里通常只有敲击键盘的声音、打电话的声音、进出卫生间的声音和电梯下行的“叮叮”声。不知道为什么，电梯下行时的两声“叮”比上行时的一声“叮”声音更大。或许这是办公室一种等待解决的隐喻吧。那些女人制作菜谱。不过这里没有食材，只有堆积如山的纸张和戴眼镜的助理编辑们。罗伦在这里干了四年了。一切尚好。

今天不一样，因为今天办公室来了个男的，一个真正的男人。不是跑来开会的摄像师或者形象设计师，而是一名临时雇员。克里斯汀怀孕了，医生要求她卧床休息，所以才雇了一名临时工。罗伦根本不知道克里斯汀是负责哪些工作的，不过现在有个男的来替她了。他穿着领尖带扣的衬衫和牛仔裤，脚蹬平底便鞋，而不是胶底帆布鞋，这说明他比较成熟。罗伦一整天都在想方设法引起他的注意。她是办公室里排名第二的大美女，所以这并不难。最漂亮的汉娜总是一脸茫然。其实她并不蠢，事实上，她非常能干，只是看上去没什么活力。她金发白肤，干瘦干瘦的，总是戴着一副厚厚的眼镜，没什么吸引力，就连电脑屏幕的背景都是她的法国斗牛犬。

罗伦早就把一切都计划好了。她会从他桌前来来回回走几趟，这倒没什么可疑的，因为他的办公桌离厨房不远，而咖啡就在厨房里。到她第三次从他桌前经过的时候，他就会尾随她走进厨房。她会说几句关于咖啡的俏皮话，他会说感觉还不错。然后他们就会聊起来，互留电话号码和邮箱之类的。再然后，他们就同时离开办公室，一同乘坐电梯下楼。他们在电梯里不会开口，因为两个人都知道，按照社会契约的要求，聪明人不会在电梯里聊天。接着，他会让她先走出旋转门，尽管她非常肯定，按照礼仪，过旋转门时，男士应该走在女士前面。再接着，他们两个都站在百老汇大街上，街上车来车往，推着午餐车站在角落的男人身上散发出一股晦暗不明的烤肉味，他提议去喝一杯，她说好，于是他们就来到五十五号大街的爱尔兰酒吧，因为没有别的地方可去。

喝上两杯之后，两个人肚子饿了，他就会提议共进晚餐。不过这里没有地方吃饭，所以他们会乘地铁去联合广场，结果发现联合广场也没地方吃饭，于是走路到东村，终于找到了吃饭的地方。或许吃拉面，或许到那家摩洛哥餐馆就餐，她总是忘记自己很喜欢那家餐馆。他们开始吃饭，不时会发生碰触，假装无意，小心翼翼地试探。吃完饭，结账单送来了，她会要求平摊，他会说不用了，我请你，尽管他是个临时工，挣不了多少钱，对吧？接着，他们都喝醉了，还是打出租车比较明智。他们会在后座上说说话，不过只是偶尔聊几句，也会哈哈大笑。他们不时看看手机，或者看看窗外的风景。他可能会解释说自己和室友住一块儿，或者家里有条狗。她可能会跟他聊聊工作中的趣事，那些故事对他没有任何意义，因为他才刚刚上了一天班，还分不清谁是谁，更别提知道她们都有什么怪癖，办公室政治环境和生态环境有多复杂了。

接着，他会付钱给司机，因为他们要去他的住处——她不打算把这个临时工带回自己的住处。他的住处可能很舒服，可能还不错，也可能很恶心。他会开两瓶啤酒，因为他家只有啤酒。她假装喝上两口，其实已经喝够了。他会道一声歉，走进浴室，其实是去刷牙、撒尿，说不定还会用湿纸巾擦一擦屁股和“蛋蛋”。盖比几年前告诉过她，男人，或者至少他会这么做。虽然扫兴，不过倒是有点儿感动人。接着，临时工会在她身边的长沙发上坐下。拜托，最好是沙发，不是折叠床。他会坐下来抚摸她的头发，然后亲吻她。他的嘴巴是薄荷味的，她的是啤酒味。他会脱掉衬衫，露出结实而多毛的胸脯，肚子微微有点儿软，她喜欢这样的身体。有一次她跟那个叫西恩的家伙上床，他浑身精瘦，而且不长毛，把她吓了一大跳。感觉就好像在跟女性人体模特做爱。临时工会轻轻将她推进卧室，充满激情又不乏尊重。卧室里或许还不错，或许很恶心。床单是海军蓝的，因为男人的床单都是这个颜色。卧室装着威尼斯软百叶帘，床头柜上摆着很多书，他既然到出版公司做临时工，肯定很喜欢看书。她会从头顶脱掉上衣，他会脱开她的胸罩，他们赤裸相对。感觉很不错，然后就结束了。然后他们就会觉得很好笑，因为他们的行为违背了公司的性骚扰政策。她会拉过床单把自己盖上，他也来拉床单。他下床去拿啤酒的时候，她就会穿好衣服。他会帮她叫车，因为不管他住在哪里，附近都没有黄色计程车。他们睡觉前都会花一会儿工夫想清楚明天在办公室见面怎么相处。

或许也不一定。或许她会径直走到他跟前，直接对他说：嘿，你喜欢派对吗？今晚……要不要和我一起去参加派对？没关系，穿牛仔裤系领带挺好的。不会太花哨。是派对，挺不错的派对。当然，有开放式吧台。有面包虾球，油炸的，棒极了。我想是去年的吧。不管怎么说，可能会有大人物出现。肯定会有大人物。有一次在这样的派对上我还看到了比尔·克林顿呢。他比你想象的干瘦。总之，你考虑一下吧，会玩得很开心的。顺便说一下，我叫罗伦，是这里的助理编辑，你呢？她可以想象出这样的对话，而且说得挺顺溜，但是是在幻想中，而不是在现实中。在电影里他们称之为邂逅帅哥，不过这样的情景也只会出现在电影里。

五点三十分，人们开始陆陆续续离开办公室。现在是夏天，外面依旧阳光明媚。有的同事会跟每个人道别、道晚安，还不时停下看看各自晚上有什么安排。她更喜欢匆匆离开。她戴上太阳镜，检查了四次包包，看看手机、手机充电器和钥匙都带好没有。有一次忘了带钥匙，她只好又大老远地跑回来，那真是太糟糕了。现在她把所有东西一股脑丢进包包，检查钥匙，再打开钱包，然后皱起了眉头——只有三十七元钱，够打车回家，但是不够再打车来上班了。她要走路回去。生硬地冲戴丽[①]（不错，她就是叫戴丽）挥挥手，冲汉娜点点头，安东尼娅在办公室那头冲她说了声“再见！”她就走出办公室，来到外面的接待室了。她在一个白色的小平板电脑上扫描了一下ID卡，走进另一道大门，来到大厅。大厅通往出版社同一个楼层的其他办公室（负责关于战争和海难的非虚构类严肃题材）和化妆间。化妆间，多白痴的名字。毕业的那年夏天，她和沙拉第一次在外面租房子，住在东村一间可怕的公寓里，她一度想把卫生间说成“茅房”，沙拉对此毫不

① Dallie 在英文中有“调情”的意思。——译注

介意。

化妆间照明不太好，没有窗户。罗伦洗了把脸，那种水龙头简直叫人发疯：你按一下出十二秒钟水，然后自动关闭，你得不停地按啊按。她刷了牙，检查了自己的腋窝，还好。从地铁口走路到办公室没怎么出汗。她把头发往后拢了拢。头发还有点儿湿，不过没关系。她的发质一向很好：十分浓密，精致的发卷自然地垂下来，一点儿都不死板，学会里有个女孩曾经非常羡慕她的头发，从那时候开始，她就对自己的头发感到骄傲。她没戴首饰，连手表都不戴。她穿上不知道打哪儿淘来的嬉皮风裙子，或许是墨西哥。裙子就藏在搭在椅子后背上的束带羊毛衫底下，比她平时上班穿的衣服都漂亮。她换上高跟鞋，一身“我要去参加派对”的装扮。她涂了点儿口红，又刷了刷眼睫毛，就匆匆走了出去。她可不想让别人看到她在卫生间里化妆，以为她像个窝囊废似的，为了赴约精心打扮自己。

罗伦在五十七号街东头坐上巴士，然后打算换乘另一辆沿着第二大道往前走，可是等了八分钟之后，她失去了耐心，干脆步行。就算出了汗，她也不会有汗味。应该没关系。她穿过一脸茫然的游客群，往前走，路上碰到跑步的、遛狗的，还有一个小老太太。几个同事和朋友在路边小咖啡馆里喝着冷饮。典型的曼哈顿户外餐饮形式，罗伦一直都无法理解，感觉闻上去全是汽油味和尿骚味。

胡克和露露的房子爬满了常春藤，窗口花坛生机盎然，那是露露的杰作。客厅的窗子敞开着，罗伦听到派对的声音从里面飘出来：宾客彬彬有礼的聊天声，不时夹杂着的儒雅谈笑声，此起彼伏的打招呼声，脚步踩在木地板上的声音，有失礼貌的宾客突然响起的手机铃声，不一而足。尽管外面光线还很好，但是她脑海里浮现出房子里面灯火通明的景象，像在演戏。灯光洒在门廊和走道上。窗户里透出一丝异样的风情。这是一种截然不同的生活方式，像博物馆的透景画，百货商店的半身照片。房子里总是灯火通明，像在举行派对，胡克、露露和沙拉的生活一直都像派对。

在这种派对上，你不用按门铃，而且，她已经很多年都没有按过他们家的门铃了。她来来往往习惯了，或许很久很久以前按过吧。她走进大门，客厅里人很多，一个身穿黑色 POLO 衫和黑色短裤的漂亮女孩走进来，只见她腰间围着樱桃色的围裙，手里托盘上的东西老远看过去就觉得可口。参加派对的男人各个西装革履。这种派对上，人们不管走到哪里都是西装革履，哪怕在床上呢。当然也有女人。远处某个地方传来露露的声音，你总能听到她的声音。她从喉咙深处发出哈哈大笑声，说话的时候夹杂着各种语言：她的母语西班牙语、永远不会完全美国化的英语，为了强调效果，适当的时候再加点儿法语。罗伦能想象她的样子，她侧身站着，头微微后仰，有点儿像萨金特引起公愤的肖像画——后来他不得不进行修饰，加了一条裙带。露露总是那样站着，她觉得要把自己“好看的侧面”展现出来。罗伦穿得不够隆重，只穿了一条棉布裙。不过，她的年轻足以弥补这点不足。她不是那种穿着无领西装的强势的几何老师，也不是穿着铅笔裙的博士。她只是个普普通通的女孩。到处都看不到胡克的身影，她沿着楼梯向二楼走去。

沙拉的房间和胡克的办公室都在四楼。二楼是她父母的卧室和客房，客房经常有人住。二楼的女盥洗室外面排起了长龙，走到哪里都有女人，都有女人在排队。罗伦大步穿过人群，走过胡克和露露卧室的门。门上和往常一样，雕饰着亚克力彩绘，一幅女孩的肖像画用丝带挂在卧室门的钉子上。露露是个收集狂，墙壁上早就挂满了她收集来的各种饰品。楼梯嘎吱嘎吱作响。参加派对的来宾有个心照不宣的共识：客人可以上到二楼，在卫生间外面排队，但是再往里面走就是对主人的冒犯了，所以罗伦穿过人群，继续往顶楼走去的时候，大家都皱起了眉头。罗伦极力摆出一副理所当然的样子。

墙壁上挂着各种相框，都是拼接的剪贴画，足足有几百幅。照片本来是要成为经典留念的，可惜这些并不是。灯光效果、过时的发型、服饰的颜色：你从很远的地方就能看出它们非常陈旧了，陈旧得像洞窟壁画。所有的一切都摆放得十分雅致，压在塑料板下面。但是这些图片装裱的方式似乎有点儿像老古董。罗伦不需要贴近去看，也不用去找，一眼就能看到自己的脸：沙拉旁边的那个女孩，不是在冲着镜头微笑，而是学着化幼稚的妆，还做鬼脸。那是她们外出的时候拍的，跟哪些男孩子有关吧，她记不起来了。还有那边，梳着马尾辫，辫梢从鹿皮绒边的灯芯绒棒球帽后面钻出来。那是班级去野外考察的时候拍的，那天他们去了农场，去了暴风国王艺术中心，可能还去了野口勇博物馆，总之大约是类似的参观。当然，那张也是沙拉：她骄傲地坐在高高的马背上，因为她是那种喜欢策马奔腾的女孩。直到满十三岁以后，沙拉觉得骑马有点儿幼稚，像阿奇蜡笔漫画里面的芭比，这才作罢。还有那张，沙拉还是个刚刚学走路的孩子，不过一眼就能认出她来（长长的鼻子、蓬乱的头发）。她在研究爸爸的大厚书，嘲讽地皱着眉头，把爸爸的帽子当靴子往脚上套。还有一张是沙拉穿着工装，正在埋头做着各种各样的项链。那个时候沙拉特别喜欢做项链，她用细绳把各种珠子串起来，称其为自己的艺术大作。那些项链罗伦至今还留着一条呢。

罗伦想起自己的父母，他们在郊区错层式的住宅没有这么花哨的楼梯间，虽然楼梯旁边的墙壁上也挂着孩子们的照片，但是只有三幅，一个孩子一幅。她父母的装饰风格跟露露截然不同。他们更喜欢从商店买来的东西，而不是淘来的旧东西。沙拉的门是关着的。罗伦敲了敲门。

“你躲起来了？”

“一分钟就好！”

“我说，你躲起来了？”罗伦轻轻拧了下把手，拧不动。门上锁了，“是我。”

门打开了。“该死，你吓我一大跳。”沙拉一边内疚地扇着烟一边说，“快进来。”

罗伦马上把门带上，好像担心被抓到干什么坏事似的。她忍不住这么做。每次在这座房子的顶楼，她好像都会干一些非常幼稚的事情。沙拉朝后倒在床上。她穿着海军蓝的裙子，裙子有点儿保守，腰间有些褶皱，只有刚怀孕的女人或五十岁的妇女才这么穿。而且这个颜色也不适合她，不过她总是很喜欢这种浓烈的色彩——深蓝、纯黑、大红，一点儿都不衬她的皮肤。不知道为什么，沙拉对自己穿衣服的效果不怎么上心。沙拉对某些东西确实不在意，这让罗伦有点儿嫉妒。

房间里有两张床，有配套的床头板，床边还有配套的软垫长椅。左边床边的长椅上放着罗伦的短途旅行包，是她以前来过夜的时候留在这里的。右边床边的长椅上扔着沙拉的运动衫和衬衫，都是她早上不肯穿，随手丢在那里的。罗伦非常喜欢那些牌子：这件是贝纳通的，那件是盖普的；这件是拉尔夫·劳伦的，那件是唐娜·凯伦的；最后那件不像是露露给她的，倒像是从露露那里偷来的；羊绒衫柔软细腻得像婴儿的皮肤。下午清洁工会过来，把衣服全部收好。

“我靠，这里像个展览馆。”罗伦坐在自己床边。这里有自己青少年时期的影子。在这片屋檐下，她似乎穿得太多了。

沙拉哈哈大笑起来。“为优等生举办的展览，我就是那个优等生。”她手里拿着一支玻璃烟斗，上面装饰着五颜六色的小雏菊。“A 级展览。”

“A 级展览是预展，不是展览会。”

“你到底想不想来一口？”

“你从哪里弄来这东西的？”罗伦大概认出来了，她认真看了看，有点儿嫌恶又有点儿喜欢，就像看着一件曾经很喜欢现在却很讨厌的毛衣。

“小抽屉里的珠宝盒里找来的，就挨着你从布卢明代尔百货偷来的耳环呢，我记得好像是吧？”

罗伦知道沙拉说的是哪副耳环。“你把酒壶也藏在那里了吧？”

沙拉把玻璃烟斗和一只酸橙绿的小打火机递给罗伦。罗伦摇了摇头。“不管你信不信，这东西是亨利·胡克·托马斯的个人收藏品。”

罗伦屏住呼吸，感觉烟钻进她的肺部，又从她的鼻子钻进嘴里，就像有魔法似的。她张开嘴，把烟吐出去——只有一小缕烟。她以为会吐出一个大烟圈呢。

“你在跟我开玩笑呢。”罗伦说着咳嗽了一声。

“我没有，亲爱的。”沙拉脱掉鞋子，双脚蜷在身子底下，稳稳地坐好，不过看上去还是很专注，“关节炎。这是遵医嘱。”

“哦？”罗伦咳得更厉害了。她已经很久没有过烟瘾了。

“是握手握得太多了吧？”沙拉微微一笑，“可怜的爸爸。十多年了，我还在偷他珍藏的东西。”

“他抽肯特吧？”罗伦记得：沙拉在另一个房间里东拉西扯地吸引她爸爸的注意力，罗伦偷偷从他挂在餐椅背后的夹克衫里摸出两三根烟。她把烟斗和打火机递给沙拉。

“那时候你干得真不错，伦伦。胆大包天啊。对着布卢明代尔百货的女店员一点儿都不害怕，对着这栋房子的男主人一点儿都不胆怯。”

“人家说每个人都有擅长的事。”罗伦说。她想把鞋子脱掉，又不想脱。她不想让自己在这个房间里待得太舒服。凡·高在纽约现代艺术博物馆的海报、挂在门后的那一团马德拉斯皮带，一切都看上去那么熟悉，又那么陌生，就像她曾经参观过却再也不想回去的国家。她已经长大了，这些只能留在过去。

一簇小火苗蹿出打火机，沙拉凑过去吸了一口，又吸了一口，连吸了三口，火苗越来越高。她把玻璃烟斗放在露露用来保护仿古床头柜的玻璃上。两个女孩十四岁的时候，每天都用玻璃杯乖巧地喝无糖汽水，为了不让玻璃杯在床头柜上留下印子，露露专门割了两块玻璃放在床头柜上。“靠，我真有点儿高了。”

“我去打开窗户。”罗伦说。她觉得有点儿闷。她拉开窗帘，推开窗户。窗帘和床头板相得益彰，是用漂亮的浅绿色厚斜纹绸裁剪而成的。

“好多了。”沙拉说。她下了床，来到罗伦身后，把下巴放在罗伦肩膀上。肌肉的记忆：两个人曾经好得像一个人，经常手牵手，亲热地交头接耳，膝盖靠着膝盖坐在出租车的后座。那时候她们就像连体婴儿，一会儿都不能分开。沙拉淋浴的时候，罗伦就坐在浴室的地板上跟她说话，水泼溅在地板砖上的声音盖过了罗伦的说话声。

她们呼吸着城市里炎热的空气。不知道为什么，现在好些了。沙拉回到床上坐下，无聊地摆弄着自己的裙子，裙子堆在她腰间，像个泄了气的救生圈。罗伦坐在对面的床上，两个人的膝盖快挨到一块儿了。

“有什么新鲜事？”

“没什么新鲜事。”罗伦说，“你呢？你怎么会在星期四晚上从你爸妈的派对上溜走，一个人躲在这儿抽烟？”

“你都说了，是我爸妈的派对。”沙拉说，“这还不够？我是说，丹不在，我知道你会来的，就想和你一起回忆回忆过去。”

“很好。”罗伦说。

“很好？”沙拉揶揄道。

“该死，回忆过去没错啊。”罗伦摇摇头，感觉有点儿蒙，有点儿蠢。

“是这样治病该死吧。”沙拉说。她咯咯笑起来。她笑的时候很迷人。沙拉少女般的咯咯笑会渐渐变成开怀大笑。她一个人就可以为一部情景喜剧录制笑声声带。她的笑声变化多端，特别有感染力，“你没有给我回电话。”

“没有吗？”罗伦不擅长回电话，她对自己这个特点很了解。难道听到留言，想着给你留言的那个人还不够吗？其实她也知道不够。

“对不起。”罗伦也不太擅长道歉，尽管她确实诚心诚意。这也是让沙拉不满的地方。

“我都习惯了。”

“瞧，我这不是来了嘛！我以前也都来了。对不起。”

“我知道你会来的。”沙拉说，“就算你忙得顾不上回电话，也会来的。我还不知道你？总是有什么事，要么就是有什么人。”

“没有什么人。”这是沙拉叫人着恼的地方：她话里话外总是暗示自己被人取而代之了，暗示性比她重要。而罗伦叫人着恼的地方是：总是兜兜绕绕。她想，接着问啊。可是沙拉偏不。她们两个说话总是暗藏机锋。她打探，她回避；她有言外之意，她偏偏避而不答。最近沙拉跟罗伦说话的方式非常直接明了，她使用最简单的语法，非常明确地说出来，就像跟英语不太好的出租车司机或服务员说话那样。

“没有什么人吗？”

“没有什么人。”手腕上的橡皮筋箍得罗伦很不舒服。她总是把橡皮筋套在手腕上，“要是真有什么人，我肯定会告诉你的。”

“我以前确实这么觉得。现在你电话总是打不通的时候，我就会觉得你的注意力放在别的地方了。”

就是这样，沙拉真的很担心。“首先，我永远都不会重色轻友。”罗伦说，“第二，没有人吸引我的注意力。唔，几乎没有人。”罗伦永远都做不到对沙拉保密，至少她心里想让沙拉知道的事做不到。

“啊哈！”沙拉得意扬扬，不过更多的是兴致勃勃。

“什么事都没发生呢。”罗伦说，“我是说，他只不过，好吧，他都不知道自己是我的什么人呢。或许他会成为我的什么人。不过这事太复杂了。我们是同事。”

“不是你老板吧，别告诉我是你的老板。”沙拉的声音里既有警告，也有对八卦的好奇。

“我那些老板都是女的。没有男的会到菜谱出版社当老板。他是个临时工。”罗伦低声说，不像在说脏话，倒像在说什么噩耗，比如癌症或者大毁灭。

“这是禁忌吧？”沙拉突然自言自语地说。

“不知道。”罗伦说，“我觉得办公室爱情听上去像20世纪60年代的事。比如亲吻秘书什么的。他看着真不错。”

“那问题到底出在哪里？”

“说实话，我不知道跟临时工上床是不是自寻死路。”罗伦咳嗽起来。

“你真傻，如果他是个临时工，那就意味着这是临时的，不是终身大事。你是个编辑，又不是最高法院的法官。”

“我觉得我得找对时机。”罗伦说。沙拉省去了她头衔里的“助理”，她很高兴，“你知道我有多不善于保守秘密。”

“唔，我可不知道，我以为你永远都不会对我保守秘密呢。不过，或许你真的不对我说呢，可能你很擅长保密呢？反正不管怎么样，还是要记住谨慎从事。要面无表情，若无其事。说到最高法院，今天晚上就有个最高法院的人。”

“哪个？”

“反正不是好的那头儿的。”

“哦。”罗伦早就知道，在这座屋顶下谈论政治没什么意义。当然，这里的人会谈论政治，但是你只能洗耳恭听。胡克的保守主义非常严重，对持有异议的人，他只会感到困惑。而在这样的谈话中，最叫人恼怒的就是困惑。他是个浑蛋。“就当我什么都没说，什么事都没有。他什么都不是，就是个临时工。”罗伦暂时忘记哪些是真的，哪些是自己想象出来的。她高了，“前两天我有点儿心不在焉。没给你回电话，对不起。我肯定会来的。我以前都来了。我这不在这儿呢。咱们是不是应该下楼了？”

“好吧。”沙拉说。

她们走进粉红色的卫生间，里面马桶、淋浴间和瓷砖都是粉红色的，叫人看着就没劲儿。两个人找到一支牙刷，估计是沙拉的，还有一支清新纯水牙膏，牙膏管捏扁又捏圆了，不过看上去多半没毒。两人轮流刷了牙。沙拉湿了湿毛巾角，轻轻擦了擦眼睛，又补了眼妆。罗伦对着几十瓶香水嗅来嗅去，几乎每种香水都有一段往事。那瓶古龙水是她们从胡克那里偷来的，她们当时觉得用男士香水很酷。琥珀色的香水，装在菱形的瓶子里，像从河底打捞上来的石头。她往手腕上喷了一点儿，轻轻搓了搓，又在腋窝下按了两下，在耳根后面擦了擦。现在，她呼出的气息散发着薄荷味，胸口散发着麝香味，有参加派对的样子了。忘记那个临时工：或许她会碰到一个雄心壮志，又不那么谄媚的男人，对生活有非常明确的目标，就比如，农业部长。在胡克和露露举行的这种派对上，总是会遇到这样的人。她不介意。她巴不得闲得没事干，自己一个人去处理各种事情。她可以做一个花瓶妻子，或者说，她原本可以做一个花瓶妻子。现在已经三十二岁了，做不了花瓶了，只能做糟糠之妻，或者相夫教子的妻子。

沙拉刷了牙，但是却毁了眼妆。她把鞋子穿上，立马高了三英寸。她对鞋子的品位无懈可击。这双鞋子就很性感：尖头、流线型、锃亮发光、身价昂贵。它们敲在地板上会发出威严的“嗒嗒，嗒嗒”的声音，一看就是靠得住的鞋子，不像鞋子，倒像舞台，穿上它，你可以高视阔步，顾盼生辉，成为人们必须重视的女人。

“你看到爸爸妈妈了吗？”

罗伦摇摇头。沙拉紧紧抓着她的胳膊，两个人走下楼梯。二楼已经没有女人排队了。楼下传来音乐声和谈笑声。因为是夏天，派对的来宾会跑到地下室的厨房和外面的花园里。露露喜欢派对来宾都聚集在厨房里。她不介意人们看到雇来的侍者和大厨，聘包办筵席的人也不介意被人看到，他们挥着沙茶酱烤鱼串，大人物从门缝里挤进来，或者站在炉子后面，或者走出法式大门。对露露来说，这具有魔法般的效果——不亚于一种演艺才能。

“天哪，你身上散发的气味真好闻。”沙拉说。她们走进休息厅，胡克正咧着嘴笑，自信、精明，手里拿着酒杯，叫她们小姑娘，我的小姑娘，她们这会儿又成了小姑娘。

胡克个头儿不高，但是看上去很结实。他看着有点儿胖，其实不胖。胡克是个天生的大嗓门，不过，因为他说话的时候，大家都会停下来洗耳恭听，所以感觉他好像总是在扯着嗓子叫喊。或许这就是他成功的原因——他一开口，别人就会乖乖闭上嘴巴听他说。

“这位是罗伦。”胡克大声说，“她从小跟我的沙拉一起长大。是这个家庭的荣誉成员。她们几天前还是小姑娘呢。时间过得真快！”有人说“很高兴认识你”，罗伦这才意识到胡克在介绍自己。她微微一笑，没有开口，因为胡克在发言。

“当然，你们认识我的沙拉，这才是我唯一的作品。要写在我讣告的第一行。真是这样。告诉《泰晤士报》的莱曼，我是认真的。”大家笑起来，“你们知道吗？她就要结婚了。现在已经订婚了。‘不要伤心，给你个妻子！’是《无事生非》里面的，还是《威尼斯商人》里面的？随口说说而已。她要嫁给一个出色的小伙子了。沙拉，丹今晚没来是吗？”沙拉摇摇头。“丹是个医生。不是那种四处出诊的笨蛋，拿着听诊器等着给病人看病。您觉得怎么样，约翰逊太太？我的天，他可不是。不是那种给人看一次病要十块钱的混蛋，不过社会主义者会搞得像卫生部。全免费！医生顺道探访，给你接种，每个星期一、星期三、星期六。星期四，他们会挑出来能回收利用的回访的，派妇科医生上门。”大家哄堂大笑。胡克又高谈阔论了四分钟，才带头向沙拉祝酒，就在前厅，一群来宾举起高脚杯，为丹医生和胡克的小姑娘幸福美满的未来干杯。

罗伦挣脱胡克的胳膊，他一直搂着她的腰，直到举起酒杯祝酒。胡克的拥抱不像沙拉，不能激起她美好的回忆。她悄悄往后退了几步，就像在英国女王面前溜号似的。罗伦来到起居室。在这儿很自在，没有人注意她。胡克已经开始谈论金融政策了。

起居室里没那么多人，只是墙壁上挂满了露露收集的亲友肖像，所以看上去到处都是人。三个发型一模一样的女人正在火炉边讨论着什么严肃的话题。罗伦坐在沙发上。沙发上摆满了枕头。她一直都想不通，沙发上摆那么多枕头，还怎么舒舒服服地坐在上面？感觉有点儿咄咄逼人。她取出背后的靠垫，靠在沙发背上，把靠垫放在腿上。她想喝一杯，可是坐在那里又不想动。她想看看表，可是又没戴表。四十分钟。她待四十分钟就可以走了。后面花园里传来一阵畅快的笑声：发生什么好玩的事了。她对花园里的事一点儿好奇心都没有。

“别躲起来呀。”沙拉坐在沙发上，“一点儿都不淑女。”

罗伦仔细看了看她。沙拉的眼睛有点儿红，不过她伪装得很好，一点儿醉意都看不出来。“我不想站起来。”罗伦说，“太舒服了。”

“这可是派对。”沙拉说着站起来，然后抓着罗伦的手，把她从沙发上拽了起来。

平绒枕头掉在了地上，罗伦没去捡。

她们穿过餐厅，沿着后面的楼梯走出去，不需要从前厅的胡克跟前经过。地下室的楼梯间明亮而洁白，只有光秃秃的几面墙，因为露露觉得最好能产生灯光效果和空间效果，因为这里空间太小。露露简直可以做设计师了，她很喜欢聊这些话题。

厨房里有张桌子，桌子上摆着盘子，盘子里堆着葡萄和草莓，还有夹在切得很薄的肉片里的东西，白葡萄酒和汽水的瓶子外面渗出了水珠。罗伦拿了只酒杯，沙拉把两只酒杯都倒满，抿了一小口，然后一饮而尽。有点儿太甜了，可是不要紧。沙拉抓着她胳膊，她们挤过人群，朝后门走去，来到花园里的蓝砂岩石板上。

露露在花园，她的姿势跟罗伦想象得一模一样——头稍稍偏向左边，仿佛刚刚有人在叫她；微微翘着身子，仿佛正在倾听音乐，咧着嘴角，似笑非笑。树上挂着灯笼，隔壁房子散发的灯光、城市的微光和落日的余晖让这一切看上去颇有戏剧效果。不管有没有退居二线，露露都是大明星。

露露可以很大声地说话，或许是全世界唯一声音比胡克还大的人，不过，她沉默的时候说话最管用。她看到罗伦和沙拉，马上招手叫她们过去，很热情，但是也充满了权威。罗伦和沙拉手拉手，另一只手拿着酒杯，跨过石板，穿过宾客，罗伦的手臂从那个尊敬的助理法官后背扫过，差点儿碰到他。露露也站在石板上，但是看着像站在舞台上。她一手一个，一把抓住她们两个。

“你们总算来了。”她说。

“嗨，妈妈。”沙拉说。

“嗨，露露。”罗伦说。

“嗨什么嗨。”她用力抓着罗伦的胳膊，“你现在怎么都不来了？以前经常来的嘛。”

“以前经常来，现在偶尔也来。”罗伦说。

“你以前经常来！”她不情不愿地放开她们的手臂，拍了拍巴掌，一下、两下、三下，“我很高兴，哦，看到你们我很高兴。

可是，亲爱的，丹到哪里去了？他今晚没来吗？”

“丹今晚没来呀。”沙拉说。她的口气听上去像是已经跟她妈妈解释过这事了。

“不要紧，不要紧。哦，天哪，罗伦，你真漂亮！瞧瞧她，沙拉，瞧她多漂亮啊！漂亮得离谱。”

“漂亮得离谱。”沙拉随声附和道。

“你怎么一直都不来了。”露露老话重提。她又爱又恨地掐了罗伦一下。

罗伦心里嘀咕：我发现你很搞笑哎。你丈夫是个战争贩子。你女儿就要嫁给大胖子了。我的生活可没你这么如意。不过，她笑了笑说：“我一直都很喜欢到这儿来的。”只有这么说才得体。

“大家都喜欢到我们家来。”露露说。这番话让她光彩照人。不是化妆化的，也不是天生美貌，而是某种自带的光环。她点点头，仿佛这个问题总算解决了。“大家都喜欢到我们家来。别走开。跟我一块儿待在外面吧。来见见我们的朋友。虽然你的未婚夫不在这里，你可以给大家看看你那枚戒指。罗伦，你见过那个戒指了吧？是他们家祖传的。”

“我觉得在外太空都能看见。”罗伦说。戒指她见过了。调好大小之后，沙拉就发了张图片给她——杏仁那么大的钻戒。

露露开怀大笑起来。罗伦的话再次说到了她心坎上。“别走，留下来，再喝点儿，坐下来，待在我身边。”她不容置疑地说。

已经四十分钟了，感觉都过了四十年了，时间漫长得像永远都不会结束似的，罗伦还在花园。她抓住沙拉的手。她们一起待在这里。

03

罗伦的公寓弥漫着一股怪味——油烟味和中药味，她的邻居熬了中药。沙拉对附着在身上的气味十分敏感。几年前，有一次她们和朋友吃晚餐，然后去参加在别人家里举行的派对，那人是在法学院认识的。当时她跟一个叫布莱恩还是莱恩的帅哥相谈甚欢。两人聊了一会儿，那个布莱恩或者莱恩说："去吃泰国菜了？"不是谴责，不过确实也是：她们去吃泰国菜了。沙拉的脸涨得通红。她话都不说了。最叫人尴尬的是，你自己闻不到自己身上的气味。她希望那种油烟气不会粘在她身上，尽管这让她想起来该去干洗店了。

沙拉抚摸着那张沙发。沙发是深棕色灯芯绒的，20 世纪 70 年代的遗物。有一天出现在百货商店展销会上。原本放在派克大街一位太太家闲置的房间里，足足放了四十二年。老太太去世后，孩子们把所有的东西都拉到商店处置——为艾滋病人筹集资金义卖。沙拉知道罗伦肯定会喜欢的，事实上，她自己很喜欢，不过罗伦才是到市场上淘廉价家具的人。罗伦让沙拉保证替她留意。

沙拉先把沙发买下来寄存在商店，罗伦从网上雇了辆货车，把它拉回了公寓。沙拉也记不清罗伦后来有没有还她钱了。四百块钱。罗伦公寓的格调马上就上了几个档次。沙拉非常喜欢。

夏季还没有完全结束，秋天已经降临了。夏秋更替总是这样：劳工节[①]还天气炎热，阳光明媚，星期二早上已经十分阴冷了。到了傍晚，天空看上去截然不同，时尚的女孩开始穿靴子。尽管几天前还是夏天，可是好像夏天已经被人忘到了脑后，好像从来不曾来过似的。在葡萄园待了十天，她的皮肤从纯牛奶色变成了杏仁奶的颜色，或许介于香草和法式香草之间——已经褪色了，假期也被彻底忘记了。秋天很精彩，也很短暂。冬天很快就会到来。今晚她们要出去；就只我们两个人，她们在邮件和短信里反复强调，就只我们两个人，像是承诺，又像是一种悲叹。

这已经成了她们习以为常的交流方式：沙拉提出要求，罗伦迟疑不决。很长一段时间，她们都密不可分；时间长得就像她们现在分开的时间一样。大多数时候都是沙拉主动约罗伦，她们还不时见个面。大多数时候，并不每次都是。沙拉并不介意。她很擅长订座，擅长调整日程安排，擅长制订计划。今晚，她们要在几个月之前去过的一家餐馆见面。这里距离罗伦的公寓不远。这种餐馆最近几年很流行，它们并不忠于哪个国家的食物，而是想

① 美国为九月的第一个星期一。——译注

到什么就做什么。它们的食物搭配有时候让你难以理解，而且经常推出一些奇怪的配料，就算你以为自己知道是什么东西，也得问服务生才能分辨出来，就好像你明明认识那个单词，但是却说不出是什么意思，使用它遣词造句的时候犹豫不决，比如蒜叶婆罗门参、菊苣，或者土荆芥。上次来的时候，罗伦跟酒保熟稔地打着招呼，还亲了老板娘的面颊，沙拉这才发现罗伦是这里的常客，于是建议以后再来。或许这里能成为她们两个的老地方。

沙拉很准时，她总是很准时。事实上，她来早了。在餐馆外面的长凳上坐了十五分钟后，她打算去罗伦的公寓等罗伦收拾。沙拉住的那栋楼，下面门面有一间是房产中介的办公室，办公室的橱窗里挂着一个个精致的相框，上面是另一间非常漂亮的公寓的照片。那个区的公寓都很漂亮，价格也很高。罗伦的公寓很漂亮，价格不高，真是怪事。公寓很小，但是很精致，像个玩具小屋。地板不平，窗台被油烟熏黑了。起居室一扇窗户上方的窗格脱落了，往下沉了一英寸，罗伦用扫帚柄把它撑回原位。房门、起居室、壁橱、不能用的壁炉、两间俯瞰大街的窗户、厨房、噪声很大的冰箱、四个台阶长的过道、距离厨房很近的卫生间、砖墙裸露的卧室。这是一种特定类型的城市公寓，装修很漂亮，但是每个夏天都会有老鼠出没。沙拉坐在沙发上等着罗伦，罗伦从来不会问沙拉要不要喝点儿什么。她才不会在沙拉面前扮什么主人呢。沙拉想喝什么可以自己打开罗伦的冰箱拿。

沙发旁边的书架上塞满了书，这是在百货淘到的另一件宝贝，是罗伦亲自淘来的，她和盖比一起。盖比的弟弟住在布鲁克林，有辆货车，因为他有个乐队。他们开车进城，把书架装上弟弟的货车开走。这好像是沙拉最后一次看到盖比。沙拉一直都很喜欢盖比。盖比的工作和保护历史遗迹有关，不过不是体力活儿，是学术上的，主要针对重要的建筑物。事实上，盖比是她的责任，是她介绍给罗伦的。她比罗伦先认识盖比。她有做红娘的天赋。盖比的眼睛很漂亮，胸脯上毛发旺盛，总是从衬衫领口里钻出来。他是个书生，但是很强壮，可以把书架举起来。唔，书架倒没多重，不过沙拉还记得他举起书架放进货车车厢的时候多干练，还记得他手臂上暴起的血管。她怀念盖比，希望盖比还在她们身边。她想象着四个人共进晚餐，一起喝酒，同去度假的情景。那时候总觉得一切都不会变，一切都是自然而然的事情。书架看上去很不错，锃亮的黄铜和黑色的木地板相得益彰。

“工作还好吗？”沙拉几乎不用提高音量，卫生间的门没有关，她知道罗伦能听到她说话，就算卫生间的门关上罗伦也能听到。

“工作就是工作呗，有什么好不好的。”罗伦含着满嘴牙膏说，“那本书的合著者家里出了点事，我这一整天净忙这事了。到处找人替换她。”

“家里出了点事？”

“估计是她母亲过世了，不过我不想多打听。”罗伦吐掉牙膏。

“母亲过世？”沙拉说，“还真是不方便。”

“我也不想那么没心没肺。”罗伦胳膊上搭着毛巾，走进房间，“换掉她是不是太心急了？”

沙拉摇摇头：“不会，算不上吧。”

“反正我总是那么冷酷无情。”罗伦说，“你的事怎么样了？”

“一团糟，简直就是灾难。”沙拉说。她这会儿不想多说。她原计划在餐馆里把这件事告诉罗伦：在嘈杂的背景里喝着解百纳葡萄酒。“我彻底落伍了，伦伦。至少切尔西露台酒店的克劳迪娅·奎恩这么认为。”

“什么意思？”罗伦坐在地板上，抬头看着她。

“显然，如果我想明年四月份结婚，十四岁生日的时候就应该开始策划婚礼了。”

“酒店没房间了？”罗伦问。

“我告诉她四月份的时候，真应该让你看看她当时的脸色。”沙拉说，“她就好像受到侮辱似的，替我感到尴尬。”

“嘁，去她的吧。”罗伦说。

“确实，不过她说得有道理。今年夏天我就应该列清单、订场地、订摄像师什么的，结果我浪费了一整个夏天。”那天下午，在克劳迪娅·奎恩面前，她觉得自己简直像个白痴，现在依然觉得自己像个白痴。她很自豪地以为什么都准备好了，觉得自己很擅长处理复杂的情况。

“没事的。”罗伦说着，站起身来，“走，咱们去吃东西，再喝两杯。别瞎想了。”

餐馆人很多，不过倒不用排队等座，罗伦亲了一下（亲两下就太亲热了）老板娘的面颊，然后对沙拉介绍说这是麦格。这是她第二次介绍她们认识了。麦格把她们带到座位上。餐馆非常小，每张桌子都好不到哪儿去。

菜单就是随手丢在桌面上的一张牛皮纸。

“什么是块根芹？”罗伦皱起了眉头，“我记不清了。”

“那东西很恶心。”沙拉说，“你知道吗，刚才在你住的地方我想到谁了？盖比。”

“盖比？”罗伦看着她。

“是啊。我也不知道为什么。真的。看到那个书架，就想起了他。”

“盖比。”罗伦叹了口气，“天哪，都多久以前的事了。”

“也没那么久。”沙拉说，“你这话说得像个上了年纪的老太太。”

“都快两年了。”罗伦说，“确实挺久了。都是我年龄的十六分之一了。我都忘记那个书架了。我们从他弟弟那里借来了货车。你还记得他的乐队吗？我们去看过一次他们的演出。”

沙拉还记得。三个男人，瘦得像男孩儿，在某个地方的某个酒吧里，拿着乐器站在舞台上，姿势很好看。

“我记起来了。”

“他们后来倒是真的干出名堂了。”罗伦说，“有些歌卖出去了，卖得还不错呢，卖给苹果公司，或许人们用信用卡购买。不管怎么说，我确实不知道盖比现在怎么样。我们没有联系了。”

“可是当时不是挺好的吗？感觉是那种我们会成为朋友的。”

“大家不过是说说而已。”罗伦说。

“我觉得你不会说说而已的。”沙拉说，“那时候，我喜欢盖比，你也喜欢盖比。我现在就是觉得很好奇。你们怎么会没有联系。”

“我们又不是沙拉和丹。”罗伦说着，打了个手势，叫服务生过来点餐。服务生来了，她们才意识到两个人都想点鱼。两个人商量了半天，才定下来——鱼给沙拉，罗伦要牛排。点完餐，服务生给她们送来了红酒。

“我知道你和盖比不是我和丹。”沙拉说。这个话题她还没说完。她不擅长巧妙地把人引入尴尬的话题。她心里对这点很清楚。胡克以不容许有任何异议的修辞风格教育她。她是个行家。这是他们家祖传的。

“这已经是老皇历了，沙拉。”罗伦啜了一口葡萄酒，“你喜欢盖比。你觉得我不应该单着。我明白了。我也不知道。”她摇摇头。

“我只是说我喜欢你的前男友。天哪。”

“谢啦，老妈！”罗伦说。

“咱们能不能别这样？算我求你了。”沙拉最后说道。人总是先感觉到刺痛，才会流下眼泪，“我今天已经过得糟透了。”

“因为那个女人吗？”罗伦的脸涨得通红。她微微一笑，不生气了。她们总是这样，片刻间就能从着恼变成亲昵。

“她说得有道理。”沙拉像个鉴赏家似的，漫无目的地转着手里的玻璃杯，“我之前对自己说，我会好好利用这个夏天。像往常一样工作。可是在别的方面却放松了。我们去葡萄园度假，糟透了，就连，就连奢侈都算不上。我以为婚礼可以等等再说。可是现在我觉得一团糟，就好像做梦梦到参加期末考试，可是那门课你根本没学过，你没读过，也不知道人家在说什么。”

“或许这只是你的借口呢。”罗伦说，“拿去委托。市政厅。然后早午餐。说干就干。”

“露露不停地给我买各种婚礼杂志。可是它们看上去大同小异。大同小异的杂志，她买了一本又一本。”全都堆在她床边：有的像电话簿那么大，喷的那些香水让你闻到就想打开，擦在自己皮肤上，“她搞了不少计划。”

“这个季节还流行白色的大裙子吗？”

“你觉得我应该穿白色吗？妈妈有点儿焦虑，她觉得白色暗示我还是处女。”沙拉十七岁就失贞了。那是高中的最后一年，她跟一个叫亚历克斯·合德的男孩上了床。很不可思议的是，那个男孩的中间名竟然叫埃尔维斯[①]。他长着一张娃娃脸，油腻腻的头发，肥胖的手指，笑起来一顿一顿的，感觉很愚蠢。其实他并不蠢，也不是那种叫人讨厌的家伙。他去了普林斯顿，后来又去了加州，好像在技术学校做什么事。人们去加州无非就是干这些，要么技术学校，要么拍电影。那是在汉娜·周公寓举办的派对上，10月12日，一个星期五的晚上。这个日期沙拉记得很清楚，为什么不呢？她第二天就告诉她妈妈了。

“她开玩笑的吧。”罗伦知道沙拉把那件事告诉了露露。十五年了，她都难以置信，“我不敢相信大家现在还有这种想法。”

“露露很守旧。可是，看在老天的份儿上，我都跟丹睡了多少年了。”沙拉一口喝掉杯子里的红酒。“嘿，你爸爸妈妈还好吗？”她很久没看到罗伦的父母进城了——记不清多久了。事实上，她有时候都忘记罗伦还有对父母了。就好像他们住在很远的地方似的，比如新墨西哥，而不是跨过一条河就能到的南奥兰治。多年前见面时，罗伦的妈妈自我介绍说是布鲁克斯太太。那时候沙拉已经长大成人，可以叫成年人的教名了，但是“伊莎贝拉”几个字却叫不出口。她能感觉出来那是一种冒犯。反正，沙拉心

① 和“猫王”同名。——译注

里一直把她当作贝拉——罗伦每次说到她都用这个简称代替，青少年时期的不屑都浓缩在这两字里面了。贝拉说我不能擦口红。贝拉说九点给她打电话。贝拉说光吃蔬菜不健康。其实，贝拉人挺好的，疲惫的双眼，说起话来叫人很安心。沙拉想象不出来伦的爸爸麦克长什么样。不过估计跟大多数爸爸差不多。当然，她自己的爸爸除外。

“我爸爸妈妈？”罗伦把胳膊放在桌子上，把本来应该当餐垫的牛皮纸撕成了碎片。刺啦刺啦的声音听上去很过瘾。“不知道，不过说到父母——你不能交给他们代办吗？露露很擅长举办派对。”

“我的婚礼对露露来说规模太小了。”沙拉说，“她应该策划总统就职典礼、加冕典礼之类的。”

罗伦摇摇头。“或许穿白裙子的应该是她。”两个人哈哈大笑起来。

“是这样，我需要你帮忙。”沙拉说。又来了：典型的胡克风格。你需要某些东西，你打电话，你征询意见，尽管征询意见和说明要求相去并不远。

罗伦耸耸肩膀。“我会帮忙的。我很乐意帮忙。最要紧的事先做，咱们是不是要去服装店？我也可以试婚纱吗？店员会不会疑心？”

“你可是伴娘，你说呢。”沙拉说，“再说了，咱们可以装作一起举办婚礼，可以装作摩门教徒。”[①]

“我还没结婚，你确定是叫伴娘？天哪，这个词儿听着像同性恋似的。”

“没错啊。我认为伴娘是未婚的，女傧相是已婚的。”[②]

“狗屁，一结婚就突然变成女傧相了？”罗伦皱起眉头。

“很性感，你不觉得吗？”

“就算为了这事，我也应该抢在你前面结婚。那我就是女傧相了。这是我的朋友罗伦，她是我的女傧相。”

“这么说你愿意给我当伴娘喽？你得尽伴娘的职责。”

“你有啥事就开口。”罗伦说，“交给我啦，保管给你干好，什么事都行。舔信封？往口袋里装大米？往你车上绑易拉罐？”

“我只是想确定一下，”沙拉说，“咱们以前谈过这事，可是从来没有真正着手去做，现在已经秋天了。不能再去装什么大米了。事实上小鸟才不会四处飞，人们总以为小鸟会四处飞。婚礼结束的时候看着鸽群飞起来实在叫人失望。”

“等等，你是想告诉我，我是个不称职的女傧相吗？”罗伦把手伸过桌子，好像要去抓沙拉的手，但是又没有，“这是一种干涉吗？你想不想让我做女傧相？”

---

① 摩门教徒实行一夫多妻制。——译注

② 女傧相在英语中是“matron of honor”，而matron是“女舍监、女主任、护士长”的意思，所以女傧相在英语中有“荣誉舍监”的意思。——译注

“别胡扯了。”她说。

“是你在胡扯。你就告诉我怎么做吧。我可不懂那些婚礼习俗。我所知道的都是从情景喜剧里看来的。”

沙拉不由想起她们一起住在城里的那些年。沙拉会去处理账单，而罗伦好像很抱歉似的，抱着几百美元的日用品回家——可不怎么感恩图报。她倒不是没有责任感，只是做事的方式不一样，反正跟沙拉不一样。沙拉得指导她怎么做，这倒没关系，因为沙拉并没有打算把所有的责任都推给罗伦，她只是需要罗伦帮把手。

“那好。”听着有点儿卑贱，于是她又说了一句，“那好。依我看咱们首先要整理一份清单。要安排衣服，张罗派对。还有未婚女出嫁前的那些东西，不过那就算了吧。还要安排去做头发、化妆。还有花、蛋糕，还有摄像师。”

“这么传统的婚礼，我之前可没想到。”

“我就想结婚那天摆点儿漂亮的鲜花，这要求很过分吗？”

“我会帮忙的，你放心。”罗伦突然变得体贴起来，“我们会找到一件没那么蓬松，但依然暗示你的处女膜很完整的裙子。”

服务生送餐来了。沙拉什么都没说。罗伦嘀咕了一声，可能是道谢吧，沙拉没听清。沙拉拿起叉子，对着盘子半天没动。她不饿。她想走了，可是又想再喝一杯。她觉得多半是罗伦让她产生这种感觉，总觉得自己的婚礼罗伦会袖手旁观。

账单送来了，罗伦把账结了。沙拉没在意。她们离开的时候，互相亲吻了面颊，跟来餐馆的时候罗伦亲吻老板娘截然不同。外面刚好有辆的士，沙拉直接跳上车走了。平时她可能会送罗伦回家，但是今天没有。

04

沙拉和丹住的大楼修建于20世纪80年代，这种大楼给人的感觉让她永远都喜欢不起来，不过他们的公寓很不错：两间卧室差不多大，前厅的壁橱很大，足以放一辆自行车，厨房由真正的墙壁隔开，还有一扇窗户，这样他煮饭的时候——大多数时候都是丹煮饭，就不会整间公寓里都弥漫着金枪鱼橄榄汁面的气味或油烟味了。他会煮的菜不多，他们经常叫餐。

大楼有个门卫，干洗和快递之类的事很方便，而且还有个屋顶花园，只不过他们很少利用那个福利。她一看到这套公寓，马上就爱上它的实木地板和现代化的大窗户了。你可以俯瞰楼下的车水马龙却听不到噪声。她父母的房子太不结实了，而且风格也太怪异了。窗户被雨水泡得最多只能打开一英寸，父亲书房里那张装着脚轮的办公椅总是在歪歪扭扭的地板上滑来滑去。谁需要什么风格？她需要舒适。于是两年前他们买下了这套公寓。他们一致认为要两间卧室，说是以防外地来的客人来留宿，其实是因为他们迟早会有孩子，只不过他们嘴上从来不说，这种事说出来似乎有点儿粗鲁，而且有点儿冒险。

丹坐在沙发上，电视机开着，他没去看。他正在玩手机，电脑放在大腿上，报纸丢在旁边的沙发上。他是个一心多用的能手。他大脑转得很快，而且充满激情。他的博学多识总是让她大吃一惊。不管跟什么人，聊什么话题，他都谈得来。人们擅长发表高见的领域都只有自己从事的那行，但是他对各个领域都能侃侃而谈，不管对方是做什么的都能聊得投机：医生、房产中介、金融分析家、电脑一族、新闻记者、政治记者、出租车司机、从事艺术行业的人。或许应该称其为博学家。十年级的时候他还跳过级。

“回来了？”他说。他没有站起来。

“回来了。”门口有张椅子，沙拉总是一进门就把包包放在上面。桌子上丢着一份垃圾邮件，还有一本她不感兴趣的杂志，“晚饭吃了吗？”

“贝瑟妮定了韩国餐。我刚到家。”

“夜深了。”她脱下鞋子，把报纸推到一边，挨着他坐下。

“嗨！”他把目光从手机上移开，抬起头来，亲了亲她的面颊，“你相信吗，那个议员竟然干出这种事来？”

她不知道丹说的什么事。关注这类新闻是她爸爸的工作，她本人对此毫无兴趣，于是不置可否地“嗯”了两声。夫妻之间不都这样交流嘛。

他们像老夫老妻。两个人一起生活很久了。

“我刚才在工作，结果我们这位好出风头的议员搞得我分心了。”他把手机放下，注意力重新回到电脑上。电视里正在播放波音公司的广告。音乐很吵，“你可以把音量关小。”

他知道沙拉不喜欢把电视音量放得太大。沙拉有时候很好奇，心想不知道他是不是有点儿聋，总是把电视放那么大声。她把音量调小。

“对了，你去哪儿来着？”他一边打字一边问。

“去跟罗伦吃饭了。就是她家附近那个地方，她喜欢那家餐馆，你知道的吧？”

“某事与某事？那个地方不错。我们上次去那里吃到的东西都不错。有鳐鱼吧？还有紫薯。我记得有紫薯。”他记忆力惊人。沙拉喜欢他过人的天资，他是真正的天资过人，做什么事不费吹灰之力。他永远都不用费尽心机给人留下印象，因为那不是他的本性。他不需要刻意做什么，就会给人留下深刻的印象。

女人都喜欢长得帅的男人，但是沙拉更喜欢聪颖过人的男人。丹是那种你希望在派对上站在你跟前的人。

“单位有什么事吗？”

“和往常一样。”他说。他没有不开心。丹似乎从来不会感觉工作的压力特别大，“昨天就已把事情全都安排好。今天都快周末了，大家都急着走。除了我和贝瑟妮，没人干活。要是哪天这种情况变了，倒是要让人觉得奇怪了。”

丹很依赖贝瑟妮，不过沙拉才不是那种乱吃飞醋的女人，事实上，她为此感到骄傲。再说了，丹永远都不可能搞外遇。他实在太忙了。

丹和沙拉的朋友梅雷迪思的哥哥一块儿上的宾夕法尼亚大学。不知道是谁决定用电脑分配寝室，反正他们俩被分到一间寝室了。两个人相处得很不错，直到现在还是好朋友，就好像她和梅雷迪思到现在还是好朋友一样。沙拉上六年级的时候就认识梅雷迪思了。当时，梅雷迪思、本和他们的父母刚从郊区马里兰搬进城里。十年前，沙拉和梅雷迪思在放学路上会顺便到西村一家酒吧给她哥哥送钥匙，她哥哥在那里和室友丹喝酒。梅雷迪思会留在城里过夜，睡在沙拉那里。沙拉和丹两个人的相识倒不是谁刻意安排的，只不过事后回忆起来像故意设计好的。沙拉是因为梅雷迪思才认识丹的，这一事实永远影响着沙拉对朋友的看法。

沙拉有很多朋友。她认识很多人。她觉得必须要了解清楚自己对圈子里每个人的感觉，这对她非常重要。她有个非常详细的排名顺序系统，会跟踪自己上次见到某人是什么时候，他们上次聊天是什么时候，都聊了些什么，对彼此有什么感觉，她认识某人有多长时间了，他们谈到政治的时候观点是否相似，她是否喜欢他们的配偶，他们的工作或婚姻或其他什么东西有没有让他们从根本上发生改变。她就是这样考虑的。如果她认识某个人，如果某个人是她的朋友，她就要分辨他们之间是哪种友谊，以前是怎样的，现在又是怎样的。这有助于她理解别人是谁，也有助于她理解她自己是谁。

她不知不觉叹了口气。

“明天有什么安排？”丹问。

“明天，嗯，明天星期五。哦，要去开个会，卡罗尔那个团体的筹备会。”

“哪个？”

“你说哪个团体还是哪个卡罗尔？”

“是卡罗尔·阿博特吧？露露的朋友。我记得。我是问那个团体是干什么的？”

“还没启动呢。是关于数学素养的。早期儿童教育。会培养很多孩子。未成年的孩子，特别是女孩儿。”

“挺不错的。”丹点点头。“确实不错。”

“团体还处于起步阶段。好像只有卡罗尔和一个搭档，还有一个实习生，是哥伦比亚大学的吧？她丈夫在哥伦比亚大学教书。好像是的。现在主要是经费问题。她觉得我可以帮她写拨款申请。”

“你当然可以了。”丹说，“你是个才女。”

“我才不是才女呢。”她打了个哈欠，“咱们要不要喝一杯？”

“我想喝一杯。”丹说。

冰箱门上放着一瓶葡萄酒，瓶口用塑料塞塞上了。酒很冰，都尝不出味道了。不过，要的就是这种冰冷的口感，手里握着酒杯，挨着丹蜷缩在沙发里，丹手里也握着酒杯，这种感觉舒服极了，比品尝葡萄酒的味道重要得多。

05

星期五，沙拉很早就醒了。今天有单车课，沿着街区往下走几步就到健身馆了。那家健身馆也是沙拉选择这栋 20 世纪 80 年代的老房子的原因之一。上完单车课，她步行回家。在家里一边吃酸奶和冰蓝莓，一边心不在焉地看着电视：早间脱口秀、季节美容新趋势和明星访谈，那个女演员从布隆迪领养了一个孩子。随后，她检查了电子信箱：有一封邮件是维拉发来的，维拉是露露的朋友极力推荐的婚礼策划师；一封是百货商店发来的，提醒她下周参加员工大会；还有一封是她的朋友莱克西发来的邀请函，莱克西搬到了布鲁克林郊外，请她星期日到自己的新住处去吃早午餐。

她冲了个澡。上完单车课，头发一团糟，她得用洗发水洗一遍，还要把头发吹干。否则，湿着的时候还好，头发一干，就会乱成一团，既不卷也不直，四处乱翘，惨不忍睹，所以必须打理。

于是，她洗了头吹干后，把它梳理通顺。好多了。她刷了牙，又提醒自己记得跟牙医预约时间，她对牙齿增白很好奇。接着，她七手八脚地涂了口红，擦了乳液，喷了香水，又画了眼影。她得化点儿淡妆。这是成人的义务。

她穿上套装，觉得太正式了；换上牛仔，又觉得太不正式了；于是干脆穿着便西装：中庸之道。便西装上的扣子钉得不是地方：她系上又解开，解开又系上。解开像搔首弄姿的办公室荡妇，系上又像循规蹈矩的犹太人。她最后决定还是循规蹈矩的好。她戴上手表和项链，然后又戴了一条项链。第一条配着一枚S形的银坠子，另一条配着一枚未抛光的绿松石，是露露送她的礼物。她穿上鞋子。鞋跟太高了，她又换了一双。她对着挂在卫生间门后的镜子照了照。还不错。

会议在市郊卡罗尔的公寓里召开。沙拉不应该慢条斯理地查看邮件来着。倒不是晚了，而是不怎么早了。她不喜欢通勤车只能在那么远的距离往返，而且车上没有坐垫，因为可能被临时征用当救护车，而且还会在星巴克门口随时停车。沙拉坐在计程车里看了看手机，又收了一些邮件，都是提醒她记得干这干那的。她随身带着一支自动铅笔和一个小便签本，于是就做了一些笔记。把需要做的事情写下来会让她记得更牢。她得给她的朋友斯蒂芬妮发一封e-mail。斯蒂芬妮是一家大型奢侈品制造商的艺术指导，沙拉要制作“按时出席卡”和邀请函，需要向她咨询关于凸版印刷的问题。有人告诉沙拉可以到邮局去定制邮票，票面上印刷什么内容你说了算。她很喜欢和丹去伊斯坦布尔旅行时拍的一张合照，想着制成邮票肯定很漂亮，可是她需要看到邮票的规格。

会开得富有成效。有个叫伊丽莎的研究生也来参加了。她说话漫无目的，啰里啰唆，又说不到点子上。他们一边喝着茶，一边聊着市区现有的教育充实计划。沙拉花了几个晚上对这些计划做了充分的调查。她坐在沙发上，腿上放着电脑，丹坐在她身边，腿上也放着电脑。沙拉提到了几家她认为可能会有帮助或者做得不错的机构。

“瞧！”卡罗尔说，“我就知道你什么都懂。我就知道她什么都懂。你是个奇才。”

他们聊了九十分钟，最后对伊丽莎冗长枯燥的东拉西扯置若罔闻。后来，卡罗尔要去她儿子的学校开会，沙拉要去和菲奥娜共进午餐，会议才结束。沙拉是上大学的时候认识的菲奥娜，只不过菲奥娜后来转学去了帕森设计学院，后来成了一位珠宝设计师。这是意料之中的事，因为她看上去就是那种靠设计珠宝谋生的女人：名副其实的鹰钩鼻，两只胳膊长得像翅膀，金色的头发湿漉漉的却很整洁，特别喜欢奇装异服，包括头巾帽和带袖的皮短披肩，而且每根手指上都戴着不同颜色的戒指。菲奥娜替服装业的一家巨头打工，负责设计样式繁杂、五光十色的珠子项链，还有用人造珍珠和羽毛制成的发饰。他们的产品都是均码，谁都能用。在孟加拉国加工后，运回本国商店销售，售价卖到98美元。沙拉想让她帮忙设计对戒。

菲奥娜选了一家距离办公室不远的餐馆。她只有一个小时的时间，前后一共一个小时，在那种地方上班就是这样。沙拉到餐馆的时候，菲奥娜已经坐在餐馆前的长椅上等着了。只见她穿着简洁大方的白色扣角领衬衫，每颗扣子都钉在最合适的地方，最上面那颗没有扣，所以看上去像凯瑟琳·赫本，而不像在卖弄风情。她站了起来，沙拉不由再次为她的身高和美丽惊叹。

菲奥娜看上去有点儿像英国人。她的确是个英国人。她叫了一声："沙拉！"她的口音真好听。

"嗨！"沙拉踮起脚尖，在她每侧面颊上都吻了一下。

共进午餐有点儿违背常规，因为沙拉和菲奥娜见面通常都是在派对上。菲奥娜这样的女人，经常会接到某种派对的邀请，而且她总是会叫上沙拉同去，每年至少会一起出去好几次。一次是一位共同的朋友举办的后时尚秀庆典，那位朋友跟她们在同一所大学读书，现在已经声名鹊起，巴尼百货销售的不对称礼服的标签上，绣着她姓名的首字母；还有一位社会名流为一家在哥斯达黎加植树的组织举行的募捐会。沙拉很喜欢受邀去参加这些活动。偶尔干点儿不务正业又特别刺激的事挺有意思的。而且菲奥娜在这些派对上应对自如，连带着沙拉也感觉很自在。和菲奥娜在一起，沙拉觉得自己像是变了个人。她知道这有点儿无聊，也知道这是装腔作势，可还是很喜欢。

她们聊了几句出现在各自生活里的男人和死板的工作规定。时间一分一秒过去了，菲奥娜只有一个小时的时间，于是，沙拉和往常一样，开门见山，径直说起了结婚对戒的事。

沙拉话一出口，菲奥娜就拍起了巴掌，一下、两下、三下。“当然了，我的天，这可是我的荣幸。我简直不敢相信你要我来做。”她说。

“是吗？”沙拉松了口气。“我还担心你生气呢。”

“怎么会生气，说什么傻话。”

“当然，我会付钱给你的，你要花时间，还要找材料，还有那么多事。我只是喜欢特别的东西，喜欢独一无二的东西。”

菲奥娜毫不在意地挥挥手。“我知道怎么做了。你的用玫瑰金的，丹的用纯银的。或者铂金？还是铂金吧。”菲奥娜从包包里掏出一个小卷尺，绕在沙拉的手指上。

“你不知道这对我的意义有多重大。”沙拉说。

“我们要搞点儿精致漂亮的东西。”菲奥娜说。

菲奥娜的办公室距离沙拉父母的住处不远，沙拉决定顺道去看看。爸爸不在家，但是妈妈肯定在家。她们有很多事要谈。再说了，要是妈妈知道她就在附近吃饭却没有回去看看，肯定又是一番长篇大论。她可不想听妈妈唠叨。沙拉送菲奥娜回到办公室，互吻面颊后道了别，又说好多联系，常见面。

菲奥娜办公室楼下是他们公司一家连锁店。沙拉信步走进去。音乐的音量刚刚好，店员的推销力度也刚刚好。店里有一张台子，台子上摆着几件款式简单的羊毛衫，颜色各不相同，感觉像秋天的色调——深橙黄色、橘黄色、巧克力色、青苔色。沙拉选了两件。穿着很合身，又很轻，而且买两件更便宜。她不喜欢纸购物袋，总是随身携带一个小巧的棉布手提包，折叠起来放在包包里，也不占地方。买好单，她把手提包拿出来，店员用纸巾把羊毛衫包好，又用贴纸封上，给她塞进手提包里。手提包很轻，因为羊毛衫一点儿重量都没有。

这会儿天气暖洋洋的，不过她知道晚上会有点儿凉。再过几个小时，她就会很庆幸自己带了便西装。到时候她应该在回公寓的路上，不过不管她在哪儿都会觉得冷，别看现在还有点儿出汗。听说有人往腋窝里注射某种东西，可以防止出汗。她觉得两条腿有点儿酸痛，因为早上去上了单车课。她原本打算经常去锻炼，可是没能做到，现在有点儿生疏了。

沙拉朝东走去。阳光太灿烂了。她担心太阳镜会让她脸上留下一道黑白分明的印子。不过，要不了几个星期，她就该盼着能晒晒太阳了。她讨厌冬天。她一直想着举行婚礼之前和闺蜜们去度个假：阿美娜、菲奥娜、梅雷迪思，当然还有罗伦。可以去佛罗里达或者墨西哥，甚至可以考虑巴哈马，要去那些低俗（热带饮料盛在大得离谱的玻璃杯里，还有各种舞蹈比赛）和奢华（豪华餐厅、可以按摩的地方）相互交融的地方。她昨晚本来想跟罗伦谈谈这个计划，觉得罗伦可能知道去哪里最好。罗伦看过很多杂志。她本来想好好跟罗伦聊一聊婚礼的事，可是最后没聊成。她们聊着聊着就偏离她原本希望的方向了。

她一直了若指掌的罗伦突然变得很神秘。世事多变，当然了，总归会变的。人们长大后，开始对新事物、新朋友感兴趣。世事难料，大家都在变，只是大多数人意识不到而已。不过，罗伦是她人生必不可少的部分，她也是罗伦人生必不可少的部分。她很清楚这点。不管这些年世事如何变迁，这点是谁也改变不了。

她们争吵过，也产生过隔阂。她们住在一起最开始那几年，是罗伦想要自己的独立空间，每次叫她一块儿吃晚饭她都不高兴——总会有某个男生。后来，盖比出现了，罗伦把盖比当作自己的生活中心。沙拉曾经很妒忌盖比，不过都过去了。她现在还是不断邀请罗伦出来见面，给罗伦打电话。罗伦也不断赴约，不断接她电话。她们在一起很快乐，谁也离不开谁。

她担心罗伦在某种程度上也会吃醋，可是这话没法问出口。何况，如果真是这种情况，沙拉也没办法解决。

想着罗伦让沙拉想起自己小时候的事。有个闺蜜陪你一块儿长大是一件很棒的事情。沙拉对罗伦那种感情跟对兄弟姐妹差不多。她不想花太多时间去想这事，因为这让她想起来自己确实曾经有过一个哥哥，那是很久以前的事了，哥哥后来死了。

她得挺过去。她会给罗伦买个礼物，或者再把她叫出来一起吃晚饭，告诉她婚礼会很棒的，让她放心。婚礼会按照她们的想法进行，而不是露露的想法。不穿白色的大裙子，不要富丽堂皇的鲜花，不会有穿着小礼服的男宾，也不会有四重奏乐团。她讨厌那种婚礼。她想开开心心的，备上好吃的，叫上自己喜欢的朋友，让大家都高高兴兴的。她知道罗伦一听就能明白她的意思，她也知道罗伦可以帮她张罗这样的婚礼。这很重要，很迫切，因为如果要想让露露明白这不是她的派对，就必须让她看到这是她们的派对。

沙拉很激动，因为她就要结婚了。可是她也很烦恼，因为罗伦看到她这么激动似乎有点儿尴尬。搞得沙拉也尴尬起来。就像穿着过时的衣服被人看到了，就像承认自己喜欢大家都讨厌的电影。她原以为这是人们想要看到的：幸福的结局。人们难道不喜欢幸福的结局吗？

罗伦要是有男朋友就好了。这话说得好像很蠢，像个非女权主义者。不过，沙拉真是这么想的，倒不是因为她觉得女人有了男人才会快乐，也不是因为她觉得单身的人没有恋爱中的人快乐，而是因为她了解罗伦。罗伦还是个孩子的时候，她就认识罗伦了。她认识有男朋友的罗伦，也认识没有男朋友的罗伦，知道哪个罗伦更好。她知道罗伦跟盖比在一起的时候什么样。认识罗伦二十年来，沙拉发现罗伦跟盖比在一起的时候最好了。和盖比在一起的时候，罗伦经常笑靥如花，也经常开怀大笑，而且不急不躁的，不管做什么事，都笑眯眯的。

和盖比在一起的时候，罗伦经常慢半拍，就像喝醉了似的——或许她真的醉了，回头想想确实如此。盖比看罗伦的眼神深情款款，罗伦对盖比也深情款款：沙拉喜欢他们这样。那会儿她挺喜欢盖比的。罗伦现在假装他们之间没什么，沙拉才不会那么轻易上当呢。她希望罗伦开心，希望罗伦为她开心，希望他们两个人跟她一样幸福。

街道很长，沙拉更喜欢走在安静的街道上，远离步行道，远离巴士。一个保姆一只手打电话，一只手推着婴儿车，孩子在车上睡着了。一个老太婆站在拐角处，双手拿着一个信封。

一个男人正在卸货，他友善地冲街角杂货店的老板大声说着什么。那些纸板箱里不知道装的什么，反正都是送给杂货店的。不知道哪里传来一声警报，路上有车子鸣笛的声音，直升机的声音，还有手提钻的声音，还能勉强听到哪里传来的音乐声。她绕过一个小水潭，停下脚步等红绿灯。

一连搞定几件事，沙拉觉得很高兴。她今天干的可不少：跟卡罗尔开了会，跟菲奥娜吃了午餐，又淘了几件羊毛衫，现在又顺道来看妈妈。她决定了婚礼对戒的设计，下午还有时间发几封邮件，考虑怎么吃晚饭。或许可以做一顿牛肝菌烩饭，她只会做这一种食物。这是一种特色菜呢。看了一下已完成和待完成的事件列表，她不由得加快了步子。她觉得自己更轻松、更聪敏了，觉得一切都在控制之中，觉得充满了活力。她想起丹穿着西装，坐在办公室，距离她这会儿所在的地方只有几个街区，不由得微微一笑。待会儿离开父母家的时候，她会给他打个电话。

街区有一段街道用黄色警戒线封锁了。有几个人在旁边转来转去，不知道是在修理什么还是在替换什么。看制服就知道他们是天然气公司的。生活要正常运转需要一百万人维护。每个人都有自己的角色。这就是沙拉为什么喜欢城市生活的原因——周围的一切都会展现在她的眼前。她想知道自己在这个系统中扮演着什么角色，在整个宇宙中扮演着什么角色。

沙拉父母家就在街道左边。她爬上台阶的时候，已经不自觉地掏出了钥匙。经常是大脑还没有发出指令，身体就会不自觉地做出这些动作。她打开门，使劲推了一下。大门特别笨重，很容易卡住。她跨进门槛，大门在她身后重重地关上了。那些噪声，包括汽车鸣笛声、直升机声、警报声、巴士喇叭声，全都消失了。家里很安静，但并不是悄然无声。楼梯上响起了脚步声。

“宝贝。”妈妈笑眯眯地走下楼梯，头微微扬起，像个女王。她在等着沙拉。有很多事要做了。

06

他叫罗伯。罗伦很快就弄清楚了。办公室没多大，她又不傻。不过，安东尼娅说到罗伯的时候，罗伦还是假装不太确定她在说谁。

“你可以去找罗伯帮忙。”安东尼娅关照说，她总是很乐意关照别人。她不是罗伦的上级，所以说话的时候尽量不显得那么专横。女人很早就学会这点。

“罗伯？”罗伦故意装作一脸茫然，还有点儿不太高兴，就好像安东尼娅脱口说了句外语似的。

“那个临时工。”安东尼娅说，“他应该有时间。而且他有大量的写作经验，所以应该花不了多长时间。你应该把名单分成两份，每人编辑一份，你觉得呢？”把措辞改成问句就会把命令变成其他的东西。

“罗伯？”她大声冲着罗伯叫了一声，好像并不确定对方是不是叫罗伯似的。

罗伯把椅子转过来，笑眯眯地站了起来。“我就是罗伯。我们一直没机会认识。”他伸出手。

“我叫罗伦。”罗伦紧紧握了握他的手。她讨厌那些有气无力的握手。很多女人跟人握手的时候都有气无力，仿佛楚楚可怜，可是罗伦认为握手的力度跟男女没有什么关系。她认为女人被教得假装有气无力。

“很高兴终于认识你了。”罗伯说，“当然，我早就注意到你了。”

“办公室很小。”罗伦点点头。好几个星期以来，他们都只是点头致意。罗伦故意避免跟他在厨房或电梯或打印室里单独相处，她有点儿尴尬，因为刚开始对他产生的幻想太真实了，搞得她几乎都能想象出他袜子上的破洞。因此，他们只是在人群中共处过，似乎也就没有自我介绍的必要了。或许她不想跟他上床呢；或许她只想幻想跟他上床。有时候很难说清楚这之间的区别。

“安东尼娅说，你可能有时间帮我一起做这个项目。”

他在自己的转椅坐下，有点儿漫不经心。“当然，没问题。”他说。

“太好了。很简单的。他们要重新设计网站，我们想趁机更新所有作者的传记。”不知道为什么，她突然脱口用了第一人称复数形式。

“很棒。”他似乎很顺从。不管她提出什么要求他都会答应。他就是这种人。

“所以，只要，比如，更新他们最近所有的新项目和新书。”她说。这么解释听着很白痴，可是她控制不住自己，“我会把需要更新的信息给你，或者发邮件什么的，你可以从这些信息当中去分析。”

“没问题。”

“嗯，一共有三十八份传记，我们可以平分一下。我做前十九个，你觉得怎么样？”或许她应该像安东尼娅那样，时刻注意措辞，好让这个要求听上去更像建议而不是命令。

“挺好。”他说。

他坐着她站着，她觉得有点儿怪怪的：“好的。”

“好的。”

他拿起一支笔，在克里斯汀名片的背后写上自己的邮箱地址。“我的地址。”他说。

她从他手中接过名片。“太好了。”她好像有点儿过于激动了。

07

一切都让罗伦走神。天气晴朗，她在三十四号街就提前两站下车了，接下来又要对着电脑忙活一整天，她迫不及待地想享受一下清新的空气。这样的清晨，这样的天气，让她不由得想起了加利福尼亚，想起在旧金山出差的事。走出机场的滑动玻璃门，她就注意到外面天清气朗。你没办法不注意。她喜欢出差，可是机会很少。她站在从佩恩车站发车的地铁车厢里，周围都是通勤者。她想都不用想就知道该怎么走，不到半小时，就会到办公室。她也可以一边走一边想着别的事，比如旧金山宝贵的自由空气，比如出差时的工作，比如不管她怎么竭尽全力，工作都是这样一成不变。她原以为更好一些：受到上司鼓励、受邀参加玻璃门会议室里召开的重要会议、电脑的嗡鸣声不断提醒她参加午餐或电话会议、被征询意见、感恩图报的作者们向她道谢。她像往常一样，从三十七号街的紧急出口穿过去。此时她的思绪已经从加利福尼亚飘到了感恩节、小红莓酱和尴尬的沉默。怎么会这样？她有点儿好奇，试图追溯自己的思路。她的思维怎么会从一件事跳到另一件事的？每个人都会这样吗？或许是秋天的气息让她有点儿胡思乱想吧。

每年感恩节都要回家，罗伦依然把那个地方当作自己的家，尽管她的房间早就不再是她的，被改建成完美的客房了。她从来不会在那里过夜。晚餐后喝杯咖啡，然后迅速冲出去赶车。房间里那张浅紫色的地毯原本是她选的，孩童时期她非常喜欢，到了少女时代又厌恶至极。现在已经换成了木地板。那种地板条五金店就可以买到，然后可以像玩具一样组装起来。爸爸很擅长做手工，他领着罗伦的弟弟亚当花了一个周末把地板铺好。单人床也被双人床代替了，两边还放了床头柜，床头柜上放着纸巾盒和纸杯垫：一切都很舒适。墙上挂着装了相框的海报，是大都会博览馆举行莫奈作品展的时候的海报。当时她翘课和妈妈一起跑去看展览，现在想想，似乎有点本性流露。

感恩节是布鲁克斯家的传统节目。妈妈会和蔼可亲地烹制各种菜肴，不停地翻看几十年前手写的笔记，查看配料的量放得对不对。爸爸以前是化学老师，所以由他来烘焙。“烘焙是科学。”他会说。他会围上围裙，其实根本不需要：他烘焙的时候像科学家一样精确，根本不会把东西泼洒出来。感恩节的时候爸爸会制作派，有南瓜派，有山核桃派；还会做热乎乎的面包，不单卖相好，而且松软可口。她长这么大，家里感恩节的仪式从来没怎么变过。祖父祖母早就去世了，所以没有长辈出席，只有本的女朋友阿丽克西斯。不过，就算多了她，也没什么变化。罗伦觉得阿丽克西斯这人很乏味。有点儿死缠烂打，而且理所当然地把这里当作自己的房子——或许这栋房子不再是罗伦的，但是罗伦也不情愿把它当作阿丽克西斯的。上次感恩节，阿丽克西斯对罗伦背的包大惊小怪。

“巴——黎——世——家！”她一字一顿地说，显得非常惊奇，“肯定要一笔钱吧。”

“打折的时候买的。”罗伦撒了谎。当然不是打折的时候买的，不过她不想跟阿丽克西斯解释为什么要花一千四百美元买个包。而且，过节吃饭的时候讨论花一千四百美元买个包，就好像讨论犹太人定居点一样荒诞不经。回到南奥兰治家中的罗伦跟在巴尼百货购物的罗伦不是一个人。回到南奥兰治家里的罗伦是爸爸妈妈的女儿，是聪明的罗伦，是打拼的罗伦，是独自在城市里过着父母所希望的那种成年人生活的罗伦。

其实罗伦也不太清楚她父母所希望的那种生活是什么样的，所以对他们隐瞒了大部分细节。她不敢实话实说，把房租隐瞒了三分之二，他们还嫌贵呢，觉得简直就是天文数字。不过，他们从来没有建议罗伦搬到泽西市或者霍博肯。他们知道那就成了一种妥协。不管他们女儿在为什么而奋斗，离开就等于承认失败，至少现在她还没有出局——比可怜的亚当强多了。别看他都快三十岁的人了，说个话还扭扭捏捏的，不敢抬头看人，像个十几岁的孩子。他房间的装修风格也变了，可惜他还占着那地方不走。不管怎么说，她妈妈至少有三年没再提让他去考法学院的事了，总算让人松口气。

罗伦把椅子拖近桌子，皱着眉头看着电脑。她记不起来刚才在做什么了，于是检查了一下邮箱。所有的工作都在这里面，看看还有哪些要干的。她一边干活，一边想着别的事情。她能做到一心二用：这份工作她干得太久了，老实说，她可没想到自己会干这么久。她在大学学的是英文，原本想着以后到杂志社工作，结果一毕业就进了一家网站建设公司，当时有位校友在那里当高级编辑。罗伦受老板指派，偶尔写一篇八十词左右的电影评论，一年半以后，她改行进了图书出版业，在企业集团的文学出版部门任职，刚开始的身份是助理编辑，后来被提拔为初级编辑。现在出版食谱。至少这家出版商还效益不错，给人一种职业安全感。

罗伦的书里夹着一张纸，是她持续更新的事务清单。她把清单抽出来看了看，发现需要退掉那几条网购的床单。她的东西都是网购的。那几条床单手感太差了，她把它们塞回箱子，又从传达室借来胶带把箱子封好。现在那个箱子就在她桌子下面，似乎总是在提醒她，她必须忍着恶心到邮局跟当地那些狂热分子一起排队，把箱子寄走，才能让那八十九美元回到她的账上。这件事已经列在单子上好几天了。去年她的个人所得税也出了问题，都怪那个该死的唐人街会计师，当时就不该贪便宜，轻信他的话。后来收到一封信，她没理会；接着又收到一封，措辞似乎稍微有点儿严肃；后来又收到一份超过一千美元的账单，数额之大，感觉像是算错了，所以她也没理会。结果账单来了一份又一份，最后信里还提到了执行令什么的，她知道这下事情闹大了，可还是不想去处理，就把它叠好，小心翼翼塞回信封里。现在它就每天在公寓里等着她，像个幽灵似的，搞得她心神不宁。还有，下周是她父母的结婚纪念日，所以要记得去买张卡片！另外，她还要去见沙拉，单子上写着要记得给沙拉发邮件安排见面时间，安排喝什么酒，之所以写得这么详细，是因为到时候她们有事情要谈。沙拉想谈谈婚礼的安排。罗伦突然发神经，从黑色的金属网格笔筒里抽出那支红笔。那支笔戴着红色的笔帽，很容易滑开，笔尖又粗又湿，像孩子们用的记号笔。她想在“待完成事项”中用整洁的小字写上“跟罗伯上床”。当然，她没这么做。可是，她最初对那个男人的感觉又回来了，觉得跟他上床肯定很爽。那个男人说话的时候会直视对方的眼睛，这点很吸引罗伦。

08

罗伦到底也没有去处理桌子下面那个包裹，也没有去给她父母买周年纪念卡。有时候，把事情写下来会让罗伦觉得已经把事情做了，这是列“待完成事项”清单的缺点。又过了一个星期，她才把箱子拖回家，放在一个卖办公用品的小店里。那家小店会替你邮寄包裹、复印，实在有需要还可以替你传真。她还在店里发现一张不错的卡片（上面是一幅布鲁克林大桥的钢笔画），于是带着卡片心满意足地离开了。总算对爸爸妈妈有交代了。那么多当地人都被宠物精品店、小杂货店和那种走中间路线的乏味的零售商（销售难看的手包和手机）取代了，它们能付得起最近高得离谱的房租。

回到大街上，罗伦听到有人在叫她，她的本能反应就是置若罔闻。“嘿，小姐，美女，等等。”——这种叫声从来不会有什么好事：诈骗的、问路的、找麻烦让你支持动物保护的，还有呼吁你支持生育权的。

“罗伦。罗伦·布鲁克斯。”

“哦。”她答了一声，好像这不是个没有意义的发音，而是一句话。她的神经元活跃了，但是什么都没看到，真是个可怕的时刻。她在这座城市上的高中，又在纽约北部上的大学，那座大学盛产出版界和艺术界下一代的精英。所以罗伦碰到老同学也就见怪不怪了。她只是有点儿搞不懂。梅丽莎·雷德十七岁的时候冷若冰霜；可是一年前再见到她的时候，罗伦却认不出来她了：她穿着一件男人式便西装，急匆匆地讲着电话，腰间堆满了肥肉——这一点儿都不合情理。不是罗伦记性差，她只能记起自己印象里的那个人。她印象当中，那个梅丽莎·雷德有个很酷的哥哥，父母离婚离得很“壮观”，搞得她十六岁生日那天一下子收到两辆车；她印象当中，那个梅丽莎·雷德号称在去瀑布别墅社会实习的班车后座给迪伦·伯克口交。罗伦根本不认识这个当证券交易员的梅丽莎·雷德。

“天哪，你好吗？”那个女孩说。可是罗伦一点儿也想不起来了。只见她颧骨很高，留着短发，像20世纪90年代的时装模特，又像个同性恋少女，或者法国小男孩。她朝罗伦探过身子，脖子往前伸，罗伦差点儿叫她别凑过来，等她搞清楚对方是谁再亲热也不迟。

罗伦不知道该怎么跟对方打招呼：握手、轻轻抱一抱、吻面颊还是亲热地拥在一起。她把自己的手提包背在肩上，好像要躲在包包后面似的。“嘿！”

“天哪，瞧瞧你，可真漂亮！”那个女孩伸手抓住罗伦的胳膊，这个动作提供了不少线索——说明她们曾经很亲昵。她们肌肤接触的那一刻，罗伦突然记了起来。或许是荷尔蒙和肌肤触感之类的分泌物让我们能得以从芸芸众生中分辨出自己的同类。是吉尔·汉森！她有个双胞胎弟弟叫赖利（又白又胖，吉尔比他漂亮多了），爸爸年纪挺大了，妈妈却很年轻。吉尔继承了妈妈特别特别完美的鼻子，当然还有两侧的颧骨。是吉尔·汉森！过去十五年里，罗伦确实没想过吉尔·汉森，不过她们曾经是闺蜜。罗伦对大街上碰到的老熟人一向不怎么热情，但奇怪的是，她竟然发觉自己对吉尔·汉森的感觉还是很亲热。

“吉尔！哇！”

“见到你真是太好了！”吉尔·汉森睁圆了眼睛。有的人三十岁比十三岁更耐看，吉尔就是这种人。

“你可真漂亮！”虽然是客套话，但吉尔确实很漂亮。

“我才不漂亮呢。”吉尔不在意地挥了下手，“不过这话我爱听。我需要听几句好听话。我刚生完二胎，感觉自己像个行尸走肉。”

“你刚生了二胎！”罗伦这个年纪就应该对别人生小孩很热情。她确实喜欢小宝宝，但还觉得自己刚才说话的口气假惺惺的。

“是啊，你有孩子了吗？”吉尔的语调又激动又尖刻，这让罗伦想象到家庭聚会的场景：孩子们在电视机跟前扭来扭去，丈夫们凑在一起谈论着男人间的话题。

“我？没有，我没有孩子。”罗伦突然很想伸出手，给她看看自己手上没有戴婚戒，吉尔多半会注意到。她可是标准异性恋的典范——早早就成了素食主义者，拒绝穿皮鞋，组织支持慕米亚·阿布杰摩的全校投书运动。“你有两个了！”罗伦赶紧换了个话题。

“老大叫里奥，今年四岁。老二叫奥迪，刚刚两个月。”她骄傲地说，但并没有给罗伦看照片。

“两个月，天哪！你看上去可真迷人。”罗伦这次是由衷地这么觉着。很难相信吉尔的身材恢复得这么快，她八个星期之前刚给某个男人生了孩子呢。

吉尔又不在意地挥了下手：“你现在在做什么？”

“哦，我住在附近。”罗伦答非所问。

“我们也住在附近！天哪，世界可真小。我们刚在德格拉买了房子；你呢？”

罗伦最不喜欢谈论的就是孩子，比谈论孩子更让她反感的是谈论职业，不过这些话题都比不上谈论房产让人讨厌：装修的细枝末节、锅炉修理的开销、在客厅旁边加个化妆间物流怎么走、当地公立学校水平怎么样以及再过几年以后是否会有所提高。如果吉尔·汉森的颧骨遗传自她的妈妈，那她在德格拉那套价值三百万美元的房子多半来自她的爸爸。“哦，我住那边。”罗伦大致指了一下背后，“你一直都在市里吗？这些年跑哪儿去啦？我们怎么一次都没见过？”

“我去西部上大学了。就是各种进修吧。后来我爸爸去世了。赖利现在也住这里。你还记得我哥哥吧？”

“当然，我当然记得。”罗伦把手提包抱在怀里，像抱着一只生病的小狗，这十分怪异。更为怪异的是，她们居然没有拥抱。她们以前可是闺蜜。

“他和他的爱人也住在这里。我们想住得近点儿，孩子们一起长大，感情会好一些。”

罗伦脸上露出悲痛的神情。“你爸爸的事真令人难过。”尽管算不上悲剧，还是要表示哀悼。她记得很清楚：吉尔·汉森的爸爸是个医生，发明了一种机器，可以伸进打开的人体里做手术。他们家以前可是超级富豪，这在学校倒也不算稀罕。他爸爸在某个地方有一套住宅，在长岛海边，是一套真正的豪宅，她妈妈曾经在长岛做派对筹划员，汉森医生在派对上（否则还能在哪儿？）邂逅了她。吉尔有两个同父异母的哥哥，现在应该有六十多岁了。

“谢谢你。不管怎么说，波特兰挺不错的。不过我们还是打算搬到这儿来住。我们喜欢布鲁克林。”

她们聊着：感觉就像迪斯尼乐园。

“你怎么样？跟咱们同学还有联系吗？你跟沙拉肯定还在一起。”

“我跟沙拉还在一起。”

“天哪，她怎么样？”大家谈起沙拉都是这样一惊一乍的，这已经成了惯例。

“她很好！她准备结婚了。”很好。咱们还是聊沙拉吧。

“太棒了！你得告诉她，我向她问好了。还有，恭喜她新婚快乐什么的。对了，你结婚了吗？”

“唔，没有呢。”罗伦摇摇头，她微笑着跟人聊自己没有结婚的事，算不上什么坏事，也不是什么大事，她只是没结婚而已。她得赶紧换个话题。“对了，咱们大家一定要找个时间聚一聚。”

“好啊，我可盼着呢。”吉尔激动地说，显然，她把罗伦的客套话看得太有诚意了。

“我也是。”罗伦说，突然她真的盼着能聚一聚了。吉尔·汉森，或许她的生活里一直少了一个吉尔·汉森。罗伦并不孤独，尽管她总是独来独往。没错，她和沙拉无话不谈。可是，有时候她想谈一谈沙拉，却不知道跟谁去倾诉。事实上，她并不认为吉尔·汉森能充当这个角色——吉尔·汉森多半要忙着照顾她的孩子们。说到孩子们，罗伦心想：那些孩子在哪儿呢？刚当了妈妈的吉尔·汉森怎么会在街上闲逛？她不是应该忙着照顾他们吗？不过，罗伦突然觉得很期待她们三个人：沙拉、罗伦、吉尔“聚一聚”，可是罗伦也知道这永远都不可能。

09

妈妈的婚纱是绝对不可能给她的。露露和胡克1970年结的婚。那年露露二十四岁，骨瘦如柴，一双大眼睛涂着浓浓的睫毛膏，刚刚结束一段婚姻（她一时冲动嫁给墨西哥一个二流音乐家，四天就闪离了）。那时候露露看上去非常漂亮，现在也很漂亮。那张婚纱照拍得非常好：薄绸婚纱在腰间打了几个褶皱，系着带子；领口装饰得十分华美；长长的手臂露出来，只戴了一只黄金护腕；婚纱拖在地板上，衣料十分轻盈，会吹得飘起来，就算在照片里看着也像在动。胡克的套装是黑色的，但已经过时了，外套裁剪得很长，大大的玳瑁壳眼镜看着像古董，就像他两鬓的短胡须似的已经不合时宜。从沙拉出生到现在，那张照片一直挂在厨房里。

婚纱肯定放在某个地方：露露这人多愁善感，应该还珍藏着。不管在哪儿放着，都不可能给沙拉。沙拉长得不像露露，虽然露露嘴上不说，但心里肯定这么想。她曾经开玩笑说，好机会白白溜走了：美女的基因是隐性的。沙拉听了既不会笑，也不会哭。没什么意义。她是她爸爸的女儿，跟她爸爸长得一模一样：跟他一样高，跟他一样的姿势，跟他一样的下巴，跟他一样开怀大笑，就连拿叉子的姿势都跟他一样——DNA遗传精准得出奇。不过，她总是模仿露露：微微扬起的头、果断的步伐、像个少女似的抚摸自己的头发、无师自通的举止，还有沙拉十二岁时的秘密计划。当然，她早在之前就知道遗传学多叫人失望了。沙拉有一个芭比娃娃，头发可以从头上摘下来，是个生日礼物，可以拿去梳妆打扮。露露的头发就像那个芭比娃娃的一样，可以高高地梳起来，也可以披在肩膀上，也可以梳成蓬松而漂亮的发髻。露露曾经长发及腰，当时她还很年轻，不过现在看着也很年轻，别看已经六十多岁了。她习惯像男人似的仰起头，这让她的脸蛋看上去更漂亮了。那些杂货店的橡皮筋对沙拉的头发似乎没什么作用，只会把她勒得紧紧的，像包扎得太紧的绷带，让你的手指充血发胀。

另外是那两个叫人羡慕的乳房，它们不停地长，那在少女时期简直是个噩梦（不总是这样吗？），乳晕像瘀青一样向周围扩散。沙拉那时候看着自己的乳房都觉得震惊。每次游完泳洗澡的时候，她都用大毛巾把自己遮住。当然，后来它们终于不长了，只不过有时候会拽得她背痛。两个硕大的乳房也是她不能穿上母亲的婚纱走进教堂的原因之一。还有她的肩膀（也跟胡克一样），又宽阔又强壮，倒不是什么坏事，就是有点儿膀宽腰圆。要是她的腰跟妈妈一样细，那就好看多了。别看露露生过两个孩子，穿上褶皱裙还跟个纸娃娃似的。露露保持身材的方法：一边在房间里转来转去，聊着天，说着话；一边偶尔从堆满食物的盘子里吃上一两口，然后全部倒进垃圾桶。她早上只吃几小块哈密瓜，下午喝杯蜂蜜柠檬茶，吃半块英格兰松饼，随便吃两口沙拉和鸡腿肉，很淑女地细嚼慢咽。沙拉光吃这些可吃不饱，她已经学会对过度饮食视而不见了，或许不是视而不见，只是不去为难自己，跟自己过不去。过度饮食的后果都堆在她身上，到处都是：下巴堆到了脖子上，从胳膊肘到腋窝之间有小肥肉，腰上面也鼓囊囊的，肚脐上堆起了搞笑的褶子。从膝盖后面往上的赘肉很顽固。她也去健身房，但好像一点儿效果都没有。

所以，不可能有“妈妈传下来的”婚纱了，还是去买吧。这家店不是百货商店，而是一间婚纱工作室。店门口没有任何标记，倒像一家炙手可热的酒吧或餐馆。她一迈进门槛，嗡鸣器就叫了。一个非常漂亮的韩国女孩权威地挥着手里的写字夹板，带着沙拉走进阳光明媚、装备齐全的房间。房间里摆着一排排带轮子的货架。这边是一堆过于繁杂的薄绸婚纱，上面缀满了蕾丝，是给那些做着公主梦的年轻新娘们准备的。那边是性感的紧身蚕丝礼服，挂在天鹅绒镶边的衣架上，有点儿性感过头了，是电影明星走红毯的时候穿的那种东西，电视记者看到后就会四处打听服装设计师的名字。

韩国女孩的睫毛忽闪忽闪的——那么长的睫毛，肯定是假的。女孩忽闪着长睫毛跟沙拉说，她长着一张非常古典的脸蛋。这既不是侮辱也不是恭维，而是一种高深莫测的判断。她领着沙拉来到她认为比较适合沙拉的货架前：杰奎琳·鲍威尔可能会选择的那种礼服。这些礼服很漂亮，款式大方，不失庄重，那些洁白无瑕的锦缎和棉布像奶油，像白云，那么纯洁无瑕，仿佛从来没有人碰过。当然不是这样，在某个遥远的地方，不知名的女裁缝一针一线地把它们缝制成衣。即便挂在衣架上，这些礼服造型也很漂亮。这才是婚纱！沙拉选了两件，韩国女孩一件一件地送到更衣室那边。她一只手高擎着衣架的钩子，另一只手臂微微弯曲，轻轻托着裙摆。

单单是穿上这么复杂的礼服，本身已经是一种繁杂的典礼了：拉开拉链，解开搭扣，钻进衣服里，露出头来，扣上扣子，系上搭扣。其实要四只手一起忙活，可要是沙拉肯对着那个女孩宽衣解带才见鬼呢。她脱掉平底鞋，这双平底鞋总是弄得那些卷发都跑到她脚背上；踢掉牛仔裤，也没有费劲往椅背上挂——估计放在更衣室里的椅子是给客人挂衣服的；再笨拙地扯掉衬衫，也没有什么其他办法把它脱掉；然后就发现自己几近全裸，站在镶了木框的镜子里。婚纱挂在墙壁上的衣钩上。沙拉费了半天劲才把它整理好，研究明白它的构造，找到它隐藏的搭扣、拉链都在什么位置。她把婚纱举起来套在头上，让它往下滑。婚纱上有些不被人注意的装饰品，再加上布料昂贵而结实，穿在身上特别重。婚纱顺着她的身体滑下去，发出一种窸窸窣窣、令人特别心满意足的声音。她又照了照镜子。更衣室里灯光十分柔和。婚纱穿在身上感觉很苍白，像一块裹尸布。她的脸看上去跟往常一样。她非常失望。

不是婚纱的问题。婚纱很漂亮。只不过不适合她。沙拉不敢匆匆往下脱，不敢乱拽乱扯，生怕把它弄脏，生怕把它弄坏。她小心翼翼地扭着身子把婚纱脱下来。幸好衣服遮住了她的脸，她看不到自己身体扭来扭去的样子。她把那东西挂回衣架上，试了另一件。第二件婚纱虽然看上去平淡无奇，款式更简单朴素，不过效果非常棒。如果忽略她发红的脚丫子、腿上的汗毛以及被婚纱勒得很难看的胸部（当然，她需要一副更好的胸罩），那真是相当完美。唔，她看上去真的像个新娘子了。终于找到一件合适的。这已经是她第四次试婚纱了。

她在镜子前换着姿势照来照去，重心一会儿放在这只脚上，一会儿换到另一只脚上，就像从爱琴海底发现的那些古风时期的希腊雕像似的。她对着镜子转过身，扭头看着后背。不是忸怩作态，而是在琢磨。背后几乎全裸，但是还是遮了一点——刚刚够。很棒，或者说，她希望这件婚纱很棒。她有点儿拿不定主意了。从这方面来说，买婚纱就像去游泳：就算你非常内行，也最好别一个人去。她应该叫上罗伦跟她一起来。罗伦会坦言相告，无时无刻不反驳她，这点很可爱。她可以忽略罗伦的直白。罗伦知道婚纱是不是真的很棒，而且罗伦会径直告诉她。

沙拉告诉那个女孩，她对第二件婚纱有兴趣。那女孩记在沙拉的档案里——他们像医生办公室一样，会保存客户档案。女孩给了沙拉一瓶矿泉水。沙拉诚心诚意地道过谢，就坐上出租车，赶去百货商店了。午餐时有个差事。百货商店的人好像很看重午餐时间。沙拉对午餐不感兴趣，或者尽量不去感兴趣。她想着自己穿婚纱的样子，这一小时里有不少差事。百货商店的差事是工作，不是志愿服务，尽管他们有很多志愿者。她得遵守规则，所以没有拒绝开给她的工资。其实工资只是象征性的，远远比不上她在百货商店的花销。她觉得这很重要，就好比亿万富翁 CEO 也会象征性地给自己开点儿工资一样。这是一种信号，尽管只有她和丹会接收到这种信号：这是她的工作。于是这就成了她的工作。她本来曾经打算去考 MBA，或者去上法学院，去做慈善。现在已经说不清楚当初是怎么回事了。她无意识当中没有填写申请表，没有找人写推荐信。就好像你总是听说附近开了一家餐馆，也一直想着去试试，结果一直都没去。多奇怪啊。机会就这样溜走了。一扇门关上了。另一扇打开了。

沙拉努力把自己看作一名顾问。爸爸告诉她，如今这个世界就应该这样，她知道爸爸说得对。她出现在会议室的时候，负责运营商店和管理伞状慈善组织的委员会的成员似乎吃了一惊，尽管他们声称欢迎所有人都来开会。她提出各种建议和意见，也知道人们在迎合她。委员会有十来个人，其中最有权势的是一个特别敌视她的室内设计师，那人是正儿八经的狐假虎威。他很讨厌沙拉。沙拉原本希望成为这个机构的顾问，她知道，就是因为他厌恶她，她的希望才落了空。沙拉努力把精力放在重要的事情上：

为纽约艾滋病患者服务。

在派对上，丹或者爸爸的同事顺便问起的时候，沙拉会说："我们对艾滋病的看法和疗法已经有了很大的进步。我们对艾滋病的理解几乎每年都会发生变化：那为什么我们的机构不能做出相似的调整，以适应和艾滋病斗争的新形式呢？"这个观点听上去很深刻，至少可以说，听上去完全正确。她出现在会议室，戴上胸牌，坐在桌子后面。她在会议室走来走去，试着把人们曾经很喜欢的花瓶摆得更好看。她不会让权力斗争削弱她的责任心。现在有些委员会成员对她明显比她第一次出现的时候友善。都两年了。终于要沉冤昭雪了。

出租车开得太慢了。司机有点儿犹豫不决，好像不太确定怎么走。别看沙拉一生下来就住在这里，除了上大学的时候才离家几年，她可没办法给司机指路。她从来不会留意哪条路怎么走。她想都不用想，就可以驾车从她父母存放那辆老爷车的车库一路开到康涅狄格州，可是却记不住哪条大道是开往市中心的，哪条大道是开往市郊的。她什么都没说，低下头看了看手机，又抬头看了看窗外。最近有个调查说，父母经常看手机，手机在某种程度上已经威胁到了父母对孩子的关注。调查还说，我们大家都沉溺于和别人紧密相连的关系，沉溺于能够随时获得知识的状态。自从看到那篇调查报告后，她努力控制自己不去看手机，不过那些东西确实很有吸引力。

她在包里找到一盒腰果，于是取出一颗放在嘴里慢条斯理地嚼着。试婚纱这件事让她多少受到了打击，她决心以后少吃点，虽然这跟她的原则不太相符。她想漂漂亮亮地出现在人前。别人会记住他们结婚那天的样子，她希望给别人留下完美的印象。这点很重要，如果因为看重这点而显得愚蠢，那就愚蠢好了。

沙拉又想起了那张照片，露露穿着礼服，并没有显得多么快乐安详，反而有点儿目瞪口呆。别看他们穿得很正统，其实他们是私奔的。两个人跑去找胡克的熟人，一位联邦法官。沙拉很好奇，心想，不知道露露会不会因为离家千里，嫁给一个自己父母从来没见过的男人而感到难过？是怎么出嫁更重要，还是只要嫁出去就够了？国家才是沙拉和丹唯一信奉的上帝，沙拉还没想好应该由谁来代表国家宣布他们结为夫妇。她参加过很多婚礼，在那些婚礼上，这些事会由新婚夫妇的朋友来张罗。那个朋友在网上考到资格证，证明他具备和宗教有关的某些很重要的资质。他们的爱情固然重要，可是她实在想不出她的生活中有什么能算上神圣，那种类似于受到诸如大教堂、集体性幻觉和内战的启发而产生的心境。不管他们的婚礼怎样进行，感觉都跟上帝没什么关系。婚礼绝不会在教堂里举行。

沙拉摇摇脑袋，好像要把那些念头赶跑。现在还不到考虑这些的时候。或许这只是对这次愚蠢的购物行为的一种反思，可悲的是，有很长一段时间，她什么都不想做，只想去购物。以前，她和罗伦在华盛顿广场公园附近的精品店逛来逛去，那里针对的销售群体是大学生，她们看中一副鼻钉、一双厚底靴、一瓶闪闪发光的指甲油；她和罗伦还跑到市中心露露喜欢的那种大百货商场，看中一只小巧的真皮双肩包、一条和贝齐·约翰逊同款的碎花棉布裙，还有扁瓶装的男女通用款性感香水。不过，试衣服一点儿都不好玩，特别是两个人试穿同样的衣服，因为一眼就能看出来穿在谁身上更好看。可是，穿在谁身上好看不重要，重要的是，沙拉才是那个揣着零用钱和信用卡的人，这点从她背的珑骧包、戴的吊坠耳环和喷的香水就能看出来。罗伦也存钱买了个凯特·丝蓓的钱包，可是钱包里的钱少得可怜。

沙拉需要那样的罗伦，那个以前的罗伦。她们深受对方的影响。一切都令人兴奋。现在，好像很少有什么令人兴奋了，至少对罗伦来说是这样。沙拉不想自己变成这样，她不想变得那么愤世嫉俗。她摆弄着车窗开关，把玻璃降下来。吹吹风可能会好点儿。是的，婚纱的事儿很丢脸，但是她打算设法让自己兴奋起来。她充满了渴望，不过，凉爽宜人的微风吹在她的脸上，或许会唤醒她的记忆，唤起她的感觉，改变她的心绪。她看了看手机。

10

那个名厨在电话里哭了起来。她哭诉说：她的电脑出了故障，刚搬了新办公室，狗也死了，助手盗用款项被她炒了鱿鱼。这不是罗伦职责范围内的事。她头衔里那个“助理”迟迟没有去掉，按照她的级别，这事不归她管。她只能安慰对方“没事的，没事的”。她又不是听人忏悔的神父，也不能给对方提出什么建议，只能听着，听对方从啰里啰唆的倾诉变成情绪激动的长篇大论。那个名厨很气愤：科学技术不靠谱，新搬迁的地方不满意，卑鄙的助手背叛了她，死亡本身令人沮丧。

罗伦只能说：“真是糟透了。”世事就是这样叫人无奈。她有很多想法，有喜欢合作的名厨，有真心钦佩的作者，有很棒的选题，有能够引起出版界关注的计划，可是她现在只能低声软语地劝解电话里的陌生人。

那个女人还在喋喋不休地说个不停，她完美的古巴口音、愤怒的语气、尖刻的语调都让罗伦对她好感倍增。她记起她们小时候曾经非常不厚道地取笑沙拉，说她是拉丁美洲女孩。因为沙拉的名字中间有个拉丁名——沙拉·罗哈斯·托马斯，露露把娘家姓做了沙拉的中间名。罗伦和那些朋友当时觉得这个名字很搞笑，认为它暗指沙拉是女仆。她们缺乏想象力，想不到叫罗哈斯的女人还能从事其他的职业。

最后的结果就是：这本书要推迟了。罗伦看到来电显示区号305的时候就猜到了。这本来是米兰达的事，一来米兰达现在不在，二来那个名厨有点儿畏惧米兰达。她知道米兰达比罗伦级别高，知道罗伦不能把她怎么样，所以决定跟罗伦讲。真是狡猾。话说回来，哪个名人不狡猾？

罗伦一边点头，一边在电脑上忙碌着，她真希望自己的思绪能从身体里飞出去，希望不用应付这场对话。电话终于接完了。那个名厨总算没那么不高兴了，罗伦听到她明显松了口气——至少推掉了诸多责任中的一项：合同本来规定下个月底截稿，她要推迟交稿日期。她得逞了，她早就知道自己会得逞。

11

这通电话搞得罗伦一整天都很郁闷，让她觉得口干舌燥，呼吸加速，好像自己做错了什么似的，可这明明不是她的错。她走在回家路上，呼吸着凉爽的空气，把那些负能量丢在清风里，释放出自己的压力。她一边走一边想，这就是真正的权势，把自己的问题丢给别人，摆脱承诺和责任对自己的束缚，然后——什么都没有。不用承担任何后果。这就是名人。当然，她在工作当中认识很多名人。这个名厨不是唯一的一个。工作之外，还有个校友，比她小一岁，但是大家都知道他。他刚毕业没多久就获得了奥斯卡奖。她高中的时候身边都是名人的孩子，其中有些人现在已经声名鹊起了：比如在下东城拥有几间艺术画廊，比如组织了几场慈善活动，比如美丽出众，比如在国外活动。当然，还有胡克和露露，但是他们和别的学生家长不太一样：他们不是模特，不是电视明星，不是摇滚歌星，不是百老汇的英国演员，但是他们很出名。即便不是名人也是名流。他们跟时下的流行文化没有任何关系，不是稍纵即逝的明星，不是在杂志上昙花一现的天真少女。他们长盛不衰。胡克长盛不衰，露露坐在他身边，人们把她跟胡克相提并论，每次用同样的插入语介绍她："他的妻子露露是个广受欢迎的歌唱家。"广受欢迎，说到底，受人欢迎不就是美国人的梦想吗？

罗伦从来没有把胡克当名人。她认识胡克的时候才十一岁，那个年龄的孩子有几个懂外交政策？她记得非常清楚，第一次去他们家的时候，看到很多胡克的照片，不同的年龄，形象却大同小异：戴着眼镜，或浓密或稀疏的头发，雪茄，奇怪的大翻领外套，惬意的微笑，握着不同人的手——福特和福特夫人、里根和里根夫人、布什和布什夫人、然后是另一个布什和布什夫人、英国前首相托尼·布莱尔、法国前总统密特朗、英国前首相撒切尔夫人、美国前国务卿鲍威尔、美国前国防部长拉姆斯菲尔德、副总统切尼等全都有。这个人是谁？她同学的父亲是什么人？罗伦从来没往远处想过，她觉得同学的父亲就是同学的父亲。

通常情况下，罗伦从来不觉得胡克是个楷模，不过她不得不承认：胡克从来不会超过约定期限，他永远都不会打电话逼一个助理编辑接受他无法按时交稿的事实。不过，要整理他写的那堆垃圾肯定特别费劲，说到艺术性，他写的那些东西还比不上“古巴碎牛肉”的趣闻逸事和烹制说明。没关系。真正的权势从来不道歉。那个名厨对自己逾期交稿的事没有丝毫歉意，就像胡克对伊拉克毫无歉意一样。

是那个国家，是那个国家陷入的冲突、困境（只要不用“战争”这个词就行）让罗伦明白胡克究竟是谁。她早就知道胡克是个大人物，但是因为她们当时太年轻，对沙拉的爸爸在四楼办公室写的那些东西毫不关心。毕业那年夏天，在胡克和露露家的一次小型聚会上（只有二十位客人，而不是上百位来宾；大家围坐在餐桌前，而不是端着盘子四处转悠），罗伦碰到了代表——唔，不清楚他代表谁，总之是代表某人负责伊拉克事务的人。当然，每个人都知道当地发生抢劫、军队被解散的事，知道政治阶层遭到放逐，知道几百万美元凭空消失：所有的一切也是一场灾难。但是，如果你只是碰巧走进去，去盛一些美味可口的菠菜咖喱角，那你永远都不知道发生了什么。他们握手寒暄，热情地拥抱，面带微笑，系着爱马仕的领带，谈天说地，聊孩子的近况（有的去了法学院，有的去了高盛集团），他们还相互约定夏末到葡萄园去聚一聚。

罗伦的父母曾经给里根投票，但是父亲对很多留守儿童的问题直言不讳。她们毕业那年，到处都在谈论战争。当时，为了庆祝罗伦毕业，全家在波基普西最好的餐厅聚会，那家餐厅要提前两个月预定才能订到座位。让她非常沮丧的是，当时又谈起了这个话题。妈妈非要罗伦请沙拉一块儿吃饭，罗伦爸爸怒斥当局政府的时候，沙拉头也不抬地吃着宽面条。他们不知道胡克的影响力有多大，就算知道，也不是听罗伦说的。罗伦看着沙拉，知道最好装作时事与真实生活毫不相干。

从本质上来说，这是昂贵的教育带给罗伦的启发：你要么成为影响社会发展的人，要么成为个人生活受到社会发展影响的人。罗伦很好奇，不知道她父母决定把她送进城里读书的时候，是不是抱着这样的希望。这个念头来自可汗医生夫妇（穆罕默德和安捷利），妈妈在他们上班的地方帮忙，到现在已经快二十年了。可汗医生夫妇在她家代表着最高标准：他们受过良好的教育，却勤勤恳恳地工作；很有钱却脚踏实地（他们两个人开一辆二手的丰田客货两用车上班）；对上层社会的文化非常了解，尽管他们并不是出身于上层社会。可汗博士认为，贝拉自己要看到这一点，也要让孩子们看到这点。

麦克·布鲁克斯和贝拉·布鲁克斯夫妇认为，作为有学术成就的父母，为了交换所获得的机会，生活中承受一点儿小屈辱也是值得的：想想令人印象深刻的课外活动（春假去参加考古挖掘活动）、上大学、拿学位、获得经济上的自由等种种前景。六年级之前，罗伦的所有功课都获得全优，这是能力而不是天资，尽管多年来从来没有人想到这点。于是，她去了那所学校，那所十分特别的学校，那所资金雄厚的学校，那所赫赫有名的学校。六年后毕业的时候变得连父母都认不出她了，就像张冠纯毕业的时候。张冠纯是中国福建人，她的父亲是个鱼贩，母亲是个裁缝，她先是考上了哈佛，后来又顺理成章地去了哥伦比亚大学，在市政府工作，罗伦在电视上见过她。

罗伦在凉风中走了很久，结果就是：她感觉有点儿冷。很多夜晚，罗伦都想把自己的脑袋拧下来，用水好好冲一冲。今天，那通电话的抱怨、名厨的违约和随之而来的罪恶感，这些负能量感觉都粘在了身上。如果这份工作这么无聊，这么毫无意义，她怎么会受到这么深的影响？母亲在自己这个年龄，带着一个刚学走路的孩子和一个新生儿，在家都做些什么？她也会这样叹气吗？也会像这样耷拉着肩膀吗？罗伦很像妈妈，她们很多习惯和举止都完全一样；罗伦发现，她们接电话时候的语气、双腿交叉的姿势、疲劳时揉后脑勺的动作几乎一模一样，除此之外，可能还有很多习惯大同小异。要观察自己很难。她冲了个澡，热水顺着她的身体缓缓流下来。她努力想象着母亲此时在做什么。10月份的星期三，傍晚 7:30，空气寒冷而干燥。

她在家做晚饭吗？还是在可汗夫妇的办公室处理文件？她被堵在路上了吗？还是在社区剧院为下一场演出试音？她参加志愿活动去给孤寡老人送饭吃吗？还是去食品杂货店买东西？她把车子送去维修保养吗？还是在去看牙医的路上？她做完事情顺道去

了图书馆吗？还是跟罗伦的爸爸去看早场电影？罗伦不知道。

12

凯伦是罗伦在工作中结交的唯一一个朋友。其他人也都很好。安东尼娅很可爱，就是有点儿奇怪，她会在大家聊着天的时候突然冒出一些不相干的话题（比如她妈妈的脚动了手术、市议会选举、接待室新来了保安）。戴丽话太多，不过总的来说还算比较友善。汉娜比她年轻不了几岁，但总感觉跟她不是一代人，罗伦永远都无法理解她聊的那些话题（狂欢派对、社交媒体、罗伦从来没听说过的各种乐团）。克里斯汀一说话就用问句，倒不是多大的毛病，但是罗伦听着很烦人，只不过现在她对克里斯汀比较宽容，因为要不是克里斯汀休假，罗伯就不会出现在办公室了。玛丽·贝斯和米兰达是她的上级，因此不能看作朋友，不过那两个人她都挺喜欢的。玛丽·贝斯穿着打扮朴实无华，反而让人觉得魅力四射：她用黑色搭配海军蓝，耳朵后面夹着钱币走来走去，头发里夹杂着几缕银丝。玛丽·贝斯对穿着打扮毫不在意，反而让她看上去优雅大方。物以类聚，人以群分，她们办公室也不例外。美术编辑们对摄像部门很友善。上级跟上级共进午餐。

罗伦和凯伦置身于这样的环境里，自然而然走到了一起。不过她们运气不错，罗伦挺喜欢凯伦，凯伦也喜欢罗伦。凯伦比罗伦小两岁，但是老气横秋的，倒像比罗伦大十来岁。她似乎看透世事，对这个世界深感厌倦，所以从来不把烦恼放在心上：不管是上级的小毛病还是下级的讨好。罗伦意识到自己这个年龄对这个等级来说有点儿老——作为“助理”编辑大了两岁，她心中的厌倦有时候感觉更像痛苦。

罗伦努力不让自己受这种痛苦的影响。她从来没想过自己的职业生涯出现什么特殊的转折点，所以没有晋升也没什么好抱怨的。这其实是自欺欺人。她依旧心怀憧憬，依旧规划着未来，依旧在给自己留后路，尽管她也不知道未来究竟在哪里。她保留着选择的余地，缴纳保险，偶尔买一个巴黎世家的包包。

“还不错，不过算不上好吃。”凯伦筷子用得很顺溜。这是新开的一家餐馆，菜单上全是饺子，凯伦说得没错：东西吃着不错，但是算不上特别满意。

罗伦知道自己的弱点：她不喜欢一个人去餐馆吃饭。她觉得，作为一个人类，作为某种人类，作为已经进化的人类，这是她的失败。如果你不能独自坐下来，一边看《纽约客》，一边蘸着小塑料碟里漆黑的酱油吃东西，那你怎么能宣称自己悠然自得呢？不能。或许她不能。不过话说回来，回忆往事，十一二岁的时候，我们大家谁不曾端着塑料托盘，在食堂里到处寻找友善的面孔？罗伦一直都需要朋友。十一岁那年，刚到新学校的她有点儿惶恐不安。

谁不是这样呢？老师并没有让她站在全班学生面前做自我介绍。老师才不会这么做呢，对吧？其实，十一岁的孩子已经知道很多事了。报到那天早上，罗伦看到排成长龙的出租车和公交车，就知道一切都和以前不一样了。

那天，妈妈牵着她的手，后来把她放开了。妈妈知道，千万不能影响女儿在同学们心中的印象。显然，有很多家长，很多爸爸和妈妈都抱着同样的想法，觉得应该给孩子的社交开个好头。不过，也有很多孩子没有家长来送：他们在这所学校上了六年了，不是新生报到，只是返校上课。罗伦走到他们中间：他们自觉排着队，走进那所学校的大门。校园的墙壁覆盖着真正的常青藤。罗伦什么都没说。有个胖乎乎的女孩跟她搭讪，说她们的书包是一个牌子的，她也没搭腔。她需要朋友，但是也需要加以甄别。她看出了那个女孩脸上流露出的急切和窘迫，不想被她拖入同样的境地。

罗伦和沙拉都记不起她们是怎么开始说话的了，也记不起是谁先找谁说的话了。不过，两个人都觉得，她们当时一见如故。沙拉人很好，但性格和她那个圈子的人一样，也是个急性子。十一岁的女孩，哪有不是急性子的？那个时候罗伦虽然渴望朋友，焦虑不安，但也十分谨慎。因为心中对朋友的渴望，到了午饭时，她的心防就已经打开了。中午她们就成了朋友。当时，她们聊得很投机，聊着聊着就忘了时间，二十一年后，她们仍然是这样。

沙拉把罗伦介绍给了她认为罗伦应该认识的那些女孩——是沙拉给她做的介绍！告诉她谁是谁，跟她解释周围的一切是怎么回事，只不过当时她们不可能握手吧？在以前的学校，罗伦从小就认识所有的孩子。你很快就认识谁是谁了，你可以按照首字母的顺序去认识他们。三个星期后，放学后罗伦会跟沙拉回家。到了放秋假的时候，罗伦还跟沙拉去了她家在康涅狄格州的住宅——一套豪宅，只是偶尔去过个周末或者度个假，这样的事情罗伦以前连想都没想过。妈妈让罗伦寄了一张感谢卡，后来她再去沙拉家的时候觉得很难堪，她寄来的那张感谢卡被钉在厨房电话旁边的软木板上。

罗伦的妈妈曾经很可怜沙拉没有兄弟姐妹，觉得两个女孩之所以这么快就这么亲密，是因为沙拉是独生女。当然，沙拉其实不是独生女，不过贝拉不认识露露，也不可能知道沙拉曾经有个哥哥。罗伦从来不觉得沙拉孤单。她有点儿嫉妒沙拉：没有弟弟冲她打嗝、冲她歇斯底里地大笑，不用忍受男孩子身上散发的那种浓烈而恶心的气味，后来她才知道那是因为自慰。

不管怎么说，沙拉从来都没有孤单过，所以她不可能觉得孤独。她总是跟女孩子们结伴在一起。沙拉很有权威，她很有气场，天生就有领袖风范。她有一种明星气质，这跟她的父母是谁没有关系，跟他们有没有钱也没关系——除了罗伦，每个人的父母都是大人物；除了罗伦，每个人的父母都有钱。沙拉的气质是天生的，就像天气潮湿她的头发就会打结一样。

七年后，在另一座陌生的自助食堂吃第一顿饭的时候，罗伦看到露露那张愚蠢的脸和胡克那颗威严的脑袋，终于如释重负地松了口气。她才不在乎以后同学们是否会谴责他是战争罪犯。她只是坐在那里，看着露露拿叉子去捅沙拉；看着胡克吃一块烤芝士三明治，感觉似乎既不协调又完全适合。因为他这么热爱美国，诸如此类。在陌生的环境中，在富丽堂皇的大楼里，沙拉没那么容光焕发了。那栋楼受制度调整的影响，为了节能，装上了刺眼的荧光灯，从而失去了自己的特色。说不定这跟胡克和露露有关。罗伦的爸爸妈妈把罗伦送到学校就走了。罗伦跟他们道别，假装难过，其实激动得胸口都要炸开了。她终于摆脱了大人的束缚。看着父母钻进停车场外面那辆紫红色的客货两用车里，罗伦感觉仿佛卸下了千斤重担。她在夏日下午的空气里自由飞奔。她这一辈子都在等待即将发生的事情。这是她第一次真正经历这样的事情。现在十四年过去了，回头看看，她似乎觉得既不太可能，又十分滑稽。

接下来，她们一起吃了四年的饭。早餐：沙拉喜欢吃早餐，罗伦不喜欢吃，只喝一杯咖啡。午餐：如果安排得过来就一起吃。晚餐：大部分时间都一起吃。还有消夜：她们是大学生，经常熬夜，到了夜里11:00，什么都不想，就想来一盘泰特土豆。一边吃夜宵，一边讨论《米德尔马契》：没有人喜欢读《米德尔马契》，但是读那本书让人受益良多。当时她和沙拉要是不一起吃饭，就会觉得很难想象，或者非常别扭。其实现在看来，那时候天天腻在一起才叫别扭呢。这就是生活，生活真是有意思。

凯伦头发微微发红，笑起来很尖刻。她对所有的事情都很尖刻。她在俄亥俄州长大，说话发音很奇怪。她的揶揄挖苦入木三分。她们第一次一起吃午饭，是凯伦主动邀请罗伦："嘿，一起去吃午饭。"听着很自然，所以罗伦就自然而然地答应了，只不过如果换了她，她绝不会主动去约凯伦。那次吃饭，凯伦用自己对上级细致入微的观察取悦罗伦。她指出，玛丽－贝斯两条腿不一样长，而且差很多，看她走路就能看出来。罗伦比凯伦早两年进公司，却从来没留意过。她不怎么留心别人生活中的细节。凯伦模仿玛丽－贝斯的步态给罗伦看——倒不是嘲弄，只是很客观地模仿，罗伦非常吃惊。凯伦很善于观察。或许，善于观察比天资聪明更重要。

"对了，那个临时工怎么样了？"凯伦漫不经心地问。

"什么怎么样了？"罗伦用筷子的样子很狼狈，所以用的是叉子。

"他挺帅的。"凯伦有男朋友，叫埃文，是个插图画家。听上去不像正规职业，但他以此谋生。埃文人不错，但是留着山羊胡子。去年有一次下班后，他们三个人去喝过一杯。他的除臭剂喷得不够多。

“是啊，挺帅的。”罗伦说，就仿佛她们在谈论天气。

“我靠，就好像你没注意似的。”这是凯伦的又一大特点：爱骂脏话。

“我注意了啊。”罗伦说。

13

沙拉小时候就讨厌星期天。每个星期天一大早就浑身发痒，倒不是因为要去教堂——胡克和露露从来不去教堂，而是因为感觉星期一就要到了。星期天，城市里弥漫着安静的哀伤。比这更糟糕的是去康涅狄格州过周末。那时候他们偶尔会去那里度假，沙拉总是游说父母午饭之前离开，这样她就能安全到家，准备一些东西，一些不可名状的东西会渐渐聚集，沙拉能感觉到。直到现在，她都不喜欢星期天。

他们很早就醒了。丹端着咖啡，沙拉拿着报纸。报纸毫无意义地裹在蓝色塑胶袋里，是门童丢在他们家门口的。丹和沙拉不会赖床，两个人一起床，沙拉就会整理床铺，因为她讨厌床上凌乱不堪。不过，他们并不急着穿衣服。丹会打开电视，收看星期天早间播报的软新闻。他轻松随意，积极而乐观，会同时做四五件事：喝咖啡、看电视、查看 e-mail、看报纸、备忘录、看手机。

星期天晚上是家人聚餐的时间。当然，三十二年来也有例外情况，比如：生病、外出旅游、工作、上大学。丹能理解，他会跟沙拉一起回娘家。四个人总比三个人好，这替上帝恢复了某种平衡。他们不相信上帝，是上帝杀死了沙拉的哥哥。这个星期天，丹没有跟沙拉一起回去，他在加班。总是这样，因为工作在这个家里很受尊重，特别是丹的工作。

“你看到了吗？威斯顿家准备把房子卖掉。”露露轻快地走过来。她不喜欢坐着。她吃上两三口，就会站起来去做甜点。晚上只有自家人的时候，他们从不在餐厅吃：有正式活动的时候才会使用餐厅。他们会请来包办宴席的人，让客人到餐厅里就餐。星期天晚上，他们就在厨房里吃饭，一边吃一边聊，露露一会儿站起来去切菜，一会儿冲回餐桌吃一两口或者喝一小口水。“有面包呢，我从联合广场一家小摊上买的。差点儿忘了。”露露又站起来去拿面包。

“威斯顿家准备去哪儿？”永远的烤土豆，永远的脆饼。一切都让人很安心，星期天晚上聚餐本来就是为了让人安心。沙拉啜了一口葡萄酒。

“用我们这行的话说，威斯顿家现金不足了。”这是胡克的典型风格：不管讨论什么问题，都会用“我们这行”来指代。沙拉知道他是在开玩笑，但是并不觉得好笑。

“空巢！”露露把面包放在桌子上。面包皮上涂满了黄油，油光闪亮的，撒着迷迭香，画着菱形花纹，“那对双胞胎大学毕业后已经离开了。只有他们夫妇两个，要那么大的房子有什么用？面包看着还不错吧？”

确实看着不错。沙拉拽住一头想撕一块，反正不是正式活动，只有自家人，餐刀就算了。面包特别黏手。“我也大学毕业了，妈妈。你们两个要这么大的房子有什么用？”

“面包撕不开的时候你撕不开面包，露露。”胡克拽住面包想撕开。

“我去拿餐刀。”露露说着，已经穿过房间去了，“这栋房子以前不是没有人给过报价，沙拉。不过我怀旧舍不得。”

“卖掉这栋房子我会觉得自己玩完儿了。玩完儿了！”胡克做出一副害怕的样子，“你在这里住了一辈子，你也不想卖掉，对吧？”

妈妈还没有拿餐刀过来，沙拉从面包上拧了一块下来，慢条斯理地嚼着。“我开玩笑的，爸爸。当然不想卖了。是威斯顿夫妇想卖。我是说，我明白了。嘿，妈妈，这面包不错。”

露露听了马上眉开眼笑，仿佛面包是她自己做的。“我知道，他们提供免费试吃，所以我才买的。免费试吃，我吃了三块呢！”

沙拉一边嚼着面包，一边想，真希望自己也有露露那样的新陈代谢功能。这已经不是她第一次这么想了，不过我们无法选择自己继承的东西。她把鸡肉上的皮撕下来，暗暗觉得可惜，因为这是最好吃的部分。

“当然了，我们需要这栋房子举办派对。”露露说，“我喜欢这里。”

“说到我们的派对，你妈妈有个好主意。我们大家怎么都没想到，只有露露一个人想到了。”

“不知道威斯顿夫妇会去哪里。”露露用餐刀切开面包，“不是佛罗里达州吧？人们不会当真去佛罗里达吧？”

“人们真的去佛罗里达，妈妈。或许你和爸爸也应该去。到暖和的地方去。”

“只要卡斯特罗一死，我们就去古巴买房产。他什么时候死我们什么时候买！”胡克举起酒杯致意。

“真荒唐。”露露伸手去够抱子甘蓝。

“好吧，我听听看。”沙拉看了看父母亲。胡克和露露总是这样，一唱一和，“什么好主意？”

“这面包很便宜呢，才七美元，说实话，光是这些迷迭香就值七美元了。”不知道露露在跟谁说。

“唔，主意是你妈妈出的，由我来跟你商量。关于你的婚礼，你的结婚仪式，你的庆典，你应该在这里举办，就在家里，你不觉得吗？我们怎么都没想到呢？”胡克看着她，一副教授的派头。“我的意思是，不去教堂。虽然有会所，但是你和丹都不是混夜场的人，对吧？这太老套了。”

“太老套了。”露露皱了皱眉，“我是说会所。主流社会。荒唐。”

“我们不是混夜场的人。”不是只有切尔西露台酒店。沙拉还去看了其他地方：布鲁克林一家树林覆盖的老工厂、曼哈顿上西城一家低俗的舞厅。生活在市中心，最缺的就是空间和场地。空间大的地方价格昂贵，而且供不应求。这些地方明年四月份好像都订不到。“在家里？”

“你可以从我们卧室下楼。”露露说，“也可以沿着这条走道进来，再合适不过了，大家不觉得吗？省得你再去安排什么的。要安排的事情太多了。”

事实上，沙拉当然想过在家里举办婚礼，可是她有点儿拿不定主意。她希望婚礼那天是他们的大日子，是她和丹的，不是露露的。

“这就是个想法，不错的想法。我是说，外面场地太贵了。”

“你考虑考虑。后院那么大，多好啊，可以容纳很多人。”

“容纳两百人，小菜一碟。”胡克说，“我知道我们会有两百位客人。”

“我觉得有三百位！”露露说。

“不会有三百位客人。”沙拉皱起了眉头。

“那就只请关系亲密的？”胡克手指敲着餐桌，像打鼓似的，“我们得把清单列出来，确保不会漏掉哪个重要的亲朋好友。你没有请婚礼策划师什么的吗？得有人替我们把把关。”

“不会有两百个，连一百个都没有，估计就是七十来个人。”沙拉算过好几次了。最少七十个，不过她还是希望只请七十来个。“我请了策划师的。很快就去跟她商量怎么安排。策划师叫维拉。就是埃伦推荐的那个。”

露露抿了抿嘴唇。她把深蓝色的陶罐放在过滤水池旁边的水龙头下面接满水。“七十来个。”她顿了一下，“对，维拉，就是她。埃伦对她评价很高。瑞秋的婚礼办得很漂亮。”

“这数字不错，不管怎么说。”胡克插进来说。他措辞总是那么圆滑，“这数字不错。”

“我跟你们说过的，我们不想把仪式搞得那么大。”这点沙拉不想多说。而且她不想把问题摆到明面上：婚礼开销是她父母支付，所以他们有权要求在他们的房子里举办。

“可是七十个也太少了吧。按照我的估计。太少了。我是这么觉得。”陶罐“砰”的一声放在餐桌上，“就着黄油吃，是咸味黄油。”

“不错，这么吃很不错。”沙拉说。

“对了，我们那天晚上还剩下半瓶解百纳。”露露说。

“那酒不错。”胡克赶紧点点头。

露露上楼去了。父亲探过身来靠近沙拉。沙拉坐在桌子尽头，从几十年前她的高脚椅放在这里开始，她就一直坐在这个位置。

“七十个？”

“或许再多一些吧。可是爸爸，不要搞得太大了，亲朋好友就够了。人太多叫人难为情。”

“有什么好难为情的？你是在结婚。这是一场社区典礼。你要知道。不是为你。是为——为大家。为你妈妈和你爸爸。”

“你们那时候是私奔的。”沙拉说，“你们避开了整个雷区。”

胡克举起手来表示投降。“我只是说，你妈妈很难过，她说不出口。她希望我们结婚那时候，自己的父母都来参加了。她喜欢婚礼，喜欢婚礼通道、鲜花和音乐。”

沙拉点点头。“好吧，鲜花，音乐，每个人都喜欢那些玩意儿。”她不想让他们大失所望——她从来都不喜欢让人们失望。

14

读书俱乐部每三个星期聚一次。大家一致认为一个月时间太长了。你会失去动力。你不想再去参加聚会，或者不记得自己应该干什么了，或者忘记俱乐部里那种微妙的关系了。两个星期时间又太短，读不完一本书，或者时间保证不了。三个星期刚刚好。他们会限定读书的页码范围。这次他们读的是迪迪恩的书。还算不错，但是有点儿烦人。沙拉怀疑人们之所以喜欢琼·迪迪恩，某种程度上是因为她身材苗条，光彩照人，或者曾经身材苗条，光彩照人。她读的那个版本封面上有作者的照片，看上去很雅致。

今晚由沙拉主持。这个时机不错。清洁工都是星期三来，每隔一周来一次，今天刚刚来过。浴室里不再到处都是金黄色的头发，头发多得就连她都觉得吃惊。还有炉子，也闪闪发亮。就连冰箱里面都干干净净，所有的东西都按照高度依次排好，摆放得井井有条。那个清洁工有点儿强迫症。沙拉带着列好的清单走出家门：葡萄酒（读书俱乐部里总是有葡萄酒）、好吃的零食和甜点（每个人都会带吃的来，不过她的责任心很强，不会让人觉得她没有准备，万一大家都忘了带呢）、鲜花（你得先买好鲜花才能让别人到你家去，这就好像开会之前要涂口红一样）。

她以前读过迪迪恩的书：她上过大学。她当时的梦想是读书、抽烟、做爱、熬夜和某人或者所有人激烈地争论某些问题或所有的问题。罗伦跟她怀着一样的梦想和期待。她们对大学英雄所见略同。她们一起选择的那所大学。

当然，高中生活要求极其严苛。她们读过《苍白的火》，知道马克思、内德·诺姆、沃森和克里克，知道巴黎弗勒吕斯街27号的沙龙。沙拉不需要知道太多，不需要醍醐灌顶，不需要朱迪·芝加哥、辛迪·谢尔曼、玛丽·麦卡锡（唔，没有她，她们在大学里也没有读她的书）或者约翰·凯奇告诉她如何思考。她有自己的思考方式。大多数时候，沙拉渴望的都是同样的东西——优异的成绩和教授的刮目相看，可她又有点儿放纵自己。

一点儿探索，一点儿挣脱。她在高中永远都不会摆脱束缚。她的心思不在这上面。不过，她会去上大学，没有人知道她变成了什么样，除了罗伦。她剪短了头发，或许，穿着农民穿的裙子，学着用颤音唱琼尼·蜜雪儿的女高音歌曲，跟女孩做爱。

她们认识很多这样的女孩。这是陈词滥调了。她们有坚持下去的原因。来自那么多所高中的那么多女孩——或者女人，每个人都说自己是女人，不是女孩，有的甚至称自己为“womyn”[①]。有的学生跟她们来自同一个城市，有的来自其他城市或其他地方。大家似乎还沉醉在暑假里，青春岁月，充满活力。每人三万美元学费的校园景色非常美丽：到处都是鲜花，从新鲜的土壤里钻出来。胡克身为守旧派的英雄，并没有期待受到什么欢迎。他习惯了在校园里碰到富有创造力和充满愤怒的标语，破坏他演讲和对他置之不理的学生。

他们从来不讨论这些，不过他对这种事的处理方式和对其他所有事一样，都略表困惑。他更喜欢跟研究生相处。

“你瞧，开车要不了多久嘛。”露露不停地说，接着，她叹了口气。因为其实还是有点儿久，来报到的新生和他们的家长像大马哈鱼似的挤在路上。不过露露的意思很清楚：“你要经常回家。”新生不能把车开到学校，不过列车很方便。

---

① 女权主义者造的词，以避免 women 一词中含“大男子主义”的 -men。——译注

这次离别让胡克和露露很难受。他们家本来就是三口之家，就这几个人。当然，克里斯托弗出事后就只剩下他们三个了。沙拉是他们第二个孩子，也是他们第二个机会，是他们自我救赎的机会。

沙拉的室友是个纤弱而易怒的女孩，叫艾莉儿。艾莉儿从小在伯克利长大。当她最后发现沙拉的父亲是什么人的时候吓了一跳。当时有份档案搞得人们议论纷纷，档案里言之凿凿地说到胡克，说到关于美国插手拉丁美洲国家内政的事。沙拉对此不太确定，她没有调查过。不知道什么原因，拉丁美洲整个洲都是让艾莉儿热情洋溢的事业。她为了消遣读马尔克斯的书，口齿清晰地说着她的西班牙语。两个月后，艾莉儿提出申请更换寝室。校方对这种事很不高兴：大学的室友本来就是为了扩展你对这个世界的感受，是为了让你认识不同的人，建立亲密的关系，学着如何跟别人一起共处。艾莉儿听不进去。沙拉希望过平静的生活，她去找罗伦，叫罗伦跟艾莉儿更换了寝室，接下来那四年，艾莉儿完全当沙拉这个人不存在。

第六十号街有一家很大的花店，沙拉准备最后去那里，这样就不会因为买的别的东西把花儿给弄坏了。她的“待完成事项”清单并不长。她想，或许可以走路去。就当去健身房了。就算有时间，她也不想去健身房，没那个心情。去健身房，一边跑步、流汗，一边听音乐或者看电视，然后冲个澡，几个小时就过去了，也没什么特殊的感觉，除了有点儿沾沾自喜，饿得前胸贴后背以外，没多少收获。走路是不错的健身方式。

她很喜欢这样的时刻，像具行尸走肉，身子只管往前走，脑子什么都不用想。包括洗澡、走路去什么地方、沿着那条熟悉的路线从家开车到康涅狄格州。她可以利用这些时间反复整理自己的思路。思路总是那么凌乱，像许德拉[①]似的。你每解决一个问题，就会有新的问题冒出来。现在场地的问题已经解决了，当然，场地。她想把这事告诉罗伦，还要考虑怎么安排那几千位客人——显然，她父母打算请几千人来参加她的婚礼。罗伦了解那栋房子，她肯定会有好主意的。她应该给罗伦打电话，先把这事写进清单里。今晚不行，今晚读书俱乐部要聚会。罗伦不是读书俱乐部的人，她跟俱乐部没有半点儿关系。俱乐部除了沙拉共有四人：梅雷迪思、艾丽斯、瓦莱丽和西蒙妮。梅雷迪思很喜欢读书俱乐部，事实上，俱乐部就是她组织的；艾丽斯是梅雷迪思的同事；瓦莱丽是艾丽斯的老朋友，也是梅雷迪思的朋友；西蒙妮是丹同事的老婆，她有一次在派对上跟沙拉说想加入读书俱乐部。这不是罗伦的圈子。明天也不行，明天沙拉得去跟卡罗尔参加工作晚餐——中餐外卖，要去谈拨款的细节问题。星期五也不行，星期五要工作，下午还要去一家宴会包办公司试吃品尝，晚

① 希腊神话中的九头蛇，砍去一个头即长出新头，后为大力神赫拉克勒斯所杀。——译注

上要跟丹和丹的同事斯蒂芬以及斯蒂芬的妻子艾米共进晚餐。星期六也不行，露露生日快到了，沙拉要去给露露买礼物，不过到现在她都还没想好买什么；买完礼物丹也下班了，要跟丹见面。丹每个星期六下午都要去办公室加班，沙拉会去逛街或者在家看书什么的。星期天也不行，星期天雷打不动是留给他们过二人世界的。他们白天在家消磨时光，晚上回沙拉娘家聚餐。不过还是要尽快打。到时候她可以告诉罗伦，他们打算在家里举行婚礼，露露提到想在接待会上高歌一曲，还老是问新娘的妈妈应该穿什么衣服。只要是关于婚礼的，不管什么事，沙拉第一个想法就是告诉罗伦。

沙拉厌倦了思考自己的生活现状。关于婚礼的事似乎非常琐碎。上周，沙拉参加了和丹同事及其配偶的晚餐聚会，除了他们二人，还有迈克尔和贝瑟妮、安德莉亚和埃利阿斯。他们都非常可爱，也都非常喜欢丹，认识丹的人，没有不喜欢他的。而且大家爱屋及乌，也都很喜欢沙拉，因为沙拉要嫁给丹了。

戒指还是很有意义的。戒指和戒指象征的东西，是大家反复谈论的话题：从工作说起，说到了婚礼；从房产说起，说到了他们自己的婚礼，接着又回忆起在纳米比亚度蜜月的那些琐事，说到深夜要给客人提供零食（碰巧都是甜甜圈；两对夫妇都准备的甜甜圈，那时候他们还不认识呢），说到了婚姻登记的风险，说到了写感谢信的重要性。

婚礼还没有举行，她已经很厌倦了，不希望一次次成为人们关注的中心。显然，新娘唱的是独角戏。比如，她从来没听到有人问丹任何具体的问题，包括他婚礼穿什么，客人们吃什么。从某个角度来说，相对于大家普遍只谈论别人做什么工作的趋势，这倒是个进步——每个人都喜欢一见面就问对方是干什么的，不是吗?

沙拉对这个问题无法给出令人满意的答案，因为她总是把自己当成问题的处理者，只是不知道该怎么清楚地表达这种职业。反正她也没有时间思考应该怎么把自己所做的事情说清楚，因为她只顾着去做了。也没有哪个词语能描述她正在做的事。她每次都试图把话题引开。也没有哪个词语能描述胡克所做的事，可是他做了很多事。这是家族事业，沙拉所做的这些事，将方方面面联系起来，解决各种问题，都是家族事业，尽管她知道并不是每个人都能理解。她很羡慕菲奥娜和罗伦她们，因为她们只用一句话就可以说清楚自己的事业。

现在她的事业就是这场婚礼。沙拉不介意唱独角戏，也没指望丹帮多少忙：这是她的责任，她知道。这倒不是性别歧视，只是两个人谁更适合处理选购鲜花和蛋糕这样的事情，就由谁来做。她不得不考虑这些该死的问题，倒不是对根深蒂固的女权主义信念的某种背叛——这反映了他们之间的这种关系，他们希望建立这样的关系，这是一种相互帮助的关系。她知道，如果她口出怨言，丹肯定会利用午休时间帮她订蛋糕。

事实上，她才不在乎什么该死的蛋糕呢。她去过法院。现在已经太晚了。他们就要这样结婚了，她必须认真对待这件事了，人们想要什么就给他们什么，人们期待什么就给他们什么：打上领带，穿上不太漂亮的裙子，吃温热的三文鱼，用甜品小勺轻敲香槟酒杯，拍照，跳舞，跟亲戚长辈打招呼，去见大学和高中的朋友，半夜十二点时钟敲响的时候从黏糊糊的盒子里拿热气腾腾的甜甜圈吃。她会克服各种问题，举办一场完美的婚礼。她不会让人失望的。

15

办公室街对面的化妆品杂货店正在展销万圣节的糖果。那家店倒像一家食杂店或者精品店。它不光卖指甲油，还卖哈密瓜和运动衫。这种商业模式叫人看不懂，但是好像挺赚钱的。罗伦去买了一杯酸奶，一包下午茶零食。那杯希腊酸奶的隔层里装着草莓酱，你可以把草莓酱挤到杯子里，混在一起吃，像吃甜点。吃完酸奶后罗伦更饿了。想必是到点了身体就有这种反应。

罗伦一直在盼着吃晚餐，因为刚刚肚子饿了，也因为要见沙拉了。不过，她好像又有点儿害怕见沙拉。倒不是她不想见沙拉，只是不太确定自己为什么不太情愿。

沙拉选了一家闹市区的餐馆，她总是选择闹市区的餐馆。罗伦觉得，这可能是因为她曾经对市郊的餐馆发表长篇大论，说它们有多糟糕。罗伦对此很赞成，当时在没谈论沙拉的时候，罗伦曾经说起为她的一本书举办派对的事，派对在西街七十号一个非常明亮的地方举行，那里空调很足，东西很难吃。不过她知道沙拉肯定记在心里了。她知道她的思维方式。

从地铁站出来，罗伦很高兴能呼吸到冷冽的空气，尽管她知道不久就要离开，去更暖和的地方度假了。生活在纽约市必不可少的情况之一就是特别向往加州的生活。加州在海岸边，所以一切都跟这边完全相反。她曾经去过加州两次，一次是自己去的——去旧金山参加那次食谱出版会议。当时她去了几家很不错的餐厅，喝了很多当地的淡酒，渴望着在户外消磨时光。除此之外还去过洛杉矶一次，那是好几年前的事了。当时大学刚毕业，她跟沙拉一起去度假，跟几个同住一栋小房子的朋友们待在一起。他们的房子非常可爱。罗伦和沙拉觉得十分新奇：一栋真正的房子，完全属于自己，有私家车道，厨房门外有一片水泥地，放着一张桌子，九重葛落了满地。她大学时期的男朋友格雷格毕业后搬到了洛杉矶，开始了他在电影行业的职业生涯。说他是罗伦大学时期的男朋友似乎有点儿奇怪，不过他们在大学的时候确实哪儿都没去，总是在他的校园公寓和她的大学寝室之间穿梭，在学校里做爱，所以这么描述他们的关系也就不足为奇了。格雷格在一家制片公司上班，那家公司跟某位知名导演有着千丝万缕的联系。他的主要工作就是订午餐，拿出外卖，摆在各个会议室的桌子中间。她们当时去洛杉矶就是为了格雷格。罗伦付不起路费，但是沙拉坚持要她去：暂时摆脱她们枯燥的第一份工作，暂时摆脱她们合租的那间劣等公寓，还可以体验完全不同的生活。沙拉从来没想过让罗伦跟格雷格分手，可是除了分手还能怎么样？让罗伦嫁给他？他现在已经结婚了。大学毕业后重了七十磅，倒不是胖了，而是壮了。以前他纤瘦而结实，现在变得高大魁梧，不到三十岁下巴都变宽了。他现在还在电影公司上班，已经是线上制片了，只不过罗伦并不知道什么叫线上制片。他妻子是一名道具设计师。他们住在银湖，生了个女儿，叫紫罗兰，他充满深情地在网络上记录着女儿的成长过程。

要不是为了格雷格，多年前罗伦根本不可能去加州。这似乎有点儿白痴，有点儿可怜，也过分高估了她和格雷格之间的关系。她从不介意格雷格根本没有要求她去加州。大学结束了，他们的爱情就结束了。他们心里对这种劳燕分飞的结局都很清楚。事实上，罗伦已经记不清他们有没有正式提出过分手了，或许某天早上，两个人在床上谈过吧。他很贴心，罗伦很喜欢跟他做爱，但是，她想留在纽约市，进入出版业，迎接生活给她的机遇和挑战。大胆去闯荡。现在八年过去了，再想搬去加州已经太迟了。一切顺利的时候，她会觉得人生还有很多机遇等着她。生活不顺的时候，她就没那么肯定了。不好不坏的时候，就比如今天，她就会让自己的思绪随风飘荡。可是，搬去加州她应该从事什么工作？她又不会设计道具，其实她也不知道“道具设计师”是什么意思。然而，在清冷的傍晚，想一想满地的九重葛，依旧感觉很怀念。

沙拉坐在那边，低头看着手机，已经在等她了。

“我迟到了吗？”罗伦可不希望还没开始吃饭就搞得沙拉不高兴。

沙拉摇摇头。“我来早了。”

罗伦跌坐进椅子里。就算可以很淑女地坐进椅子里，罗伦也不会。“怎么样？”

沙拉把手机放进长软座上的包包里。“我很好！就是饿得够呛。”

“我也饿坏了。这就是秋天。适合多吃多睡，最好冬眠。”

“天哪，我可不能冬眠，我还得穿礼服呢，你可以百分之百肯定是无袖礼服。我简直都能看到自己胳膊上的肥肉在寒风里颤抖。”

罗伦发出啧啧的声音，表示她听到了，但是不赞成。“你看上去很棒啊。”她说，不过，沙拉话音刚落她就脱口而出，显得没多少诚意。

沙拉露出苦恼的笑容。“你怎么样？”她问。

“我很好。今天一切都很顺利。”罗伦说。她还在感叹：她简直无法相信那是真的。

沙拉很惊讶。“说来听听。”

“不用那么吃惊吧。”罗伦说，“我就那么叫人扫兴啊？我也有顺利的时候嘛。”

“我只是为你感到高兴罢了。”沙拉说，“有什么不同寻常的事，还是只是顺利？”

今天下午，从昂贵的预切沙拉吧打包的沙拉——菠菜、鹰嘴豆、西兰花、金枪鱼、胡萝卜、葵花籽、香脂醋混合而成，11.95美元，还摆在罗伦的桌子上，玛丽·贝斯就一瘸一拐地走了过来。自从看过凯伦模仿玛丽·贝斯的步态，罗伦就觉得她走路一瘸一拐的。玛丽·贝斯意味深长地站在罗伦椅子后面。“罗伦。”她叫了一声。

倒不是玛丽·贝斯叫她有什么好奇怪的——她是罗伦的上级，找她说话很正常，但是她的语气有点儿不一样，好像在暗示什么。“你有空吗？”

这同样暗示着她们需要私下谈话。罗伦跟在玛丽·贝斯身后走进她的办公室，担心自己喷出来的金枪鱼沙拉气味呛人，好像电视里那些毫无创意的口香糖广告似的。玛丽·贝斯意味深长地冲着办公室的门点了点头，应该是叫罗伦把门关上。

简而言之，就是要给罗伦升职，而且是非常重要的职位，可以摆脱头衔里的“助理”，会受邀参加最高项目的策划，会有出差的机会，会外出就餐，甚至偶尔还可以报销。看来出版社颇有盈利。戴丽要离开了；出版社人虽然不多，但是需要重新调整；罗伦很快就会发现自己突然很接近最高管理层。还有，机遇更多了，有些话不必多说，大家心照不宣。米兰达要调去总公司任职，其实是明升暗降。总公司在三十六楼，所有的重要会议都在那里召开，全部是玻璃幕墙，大家都不敢高声说话。玛丽·贝斯告诉罗伦，她一直都很喜欢罗伦，还告诉她，这次调整力度很大，谁都拿不准会怎样，她在公司表现很好，升职算作送给她的礼物和对她的奖赏。玛丽·贝斯甚至提到那个名厨，就是那个喋喋不休的古巴人。看来，她们替罗伦说了不少好话。

罗伦耸了耸肩。“就是很顺利啦。我不知道。我可能会承担一些新的责任，我认为还不错的责任吧。我是说，更多但也更有趣的工作。”

“你是说，他们终于意识到你的才华被埋没了。”沙拉说，“感谢该死的上帝。恭喜你！加薪了吗？”

几年前，她们还是室友的时候，罗伦有一次忍不住悄悄偷看了保诚公司每个月寄给沙拉的信。从厚厚的信封里那些数字和表格推算，沙拉的零用钱数目惊人。“加薪了。”她说。其实她想说，那个数目在沙拉看来肯定微不足道，不过她什么都没说，“还不错。”虽然不多，但都属于她的。

她们点了酒：两个人都点的马提尼，似乎很怀旧，也有庆祝的意思，而且很有趣。酒摇摇晃晃送来的时候，从笨拙的酒杯边缘洒了出来，沙拉似乎为了打起精神，先啜了一口，而后举起杯子。

“祝贺你！”她说。

“谢谢。”罗伦说着，也啜了一口。“现在是编辑，不是‘助理’了。”

“不是助理？”

“编辑。”她说。

“真是太好了！”沙拉说，“我就知道会有这么一天。”她停顿了一下，接着说：“顺便说一声，我应该向你道歉，不管怎么样，上次咱俩出来吃饭的时候，如果我惹你生气了，我要向你道歉。”

受到人家赞美的时候，罗伦从来不知道该如何应对，有人向她道歉的时候也一样。遇到这两种情况，最好换个话题。“我没生气。没有。我那时候只是……你知道的。”

“我那天并不是存心要跟你一直谈论盖比的。”沙拉说。

“我那天心情不太好。”罗伦说。有意思的是，现在听到沙拉提盖比的名字，她没有任何感觉，可以说心如止水。她们可以谈论任何事情。或许她那天真的心情不好。

“那个话题很敏感。我知道了。你这个傻瓜，那天你应该叫我闭嘴的。”那么现在：一切正常了。

“拜托，搞得好像你这辈子有人叫你闭嘴过似的，好像你真的会闭嘴似的。”罗伦知道她喜欢听这样的话，听着像责备实则是赞扬：沙拉会坚持自己的意见，沙拉说了算。“丹怎么样？”罗伦总是忘记问候他，尽管那枚硕大的戒指总是在提醒她。

“他很好，老样子。很忙。最近经常加班，比以前更忙了。不过这样挺好的。工作挺多但是表现挺好。你家里人怎么样？”

“我家里人？唔，他们都好。两周前我妈妈过生日。我送给她一本食谱，我们还没正式出版呢，所以残缺不全，但是爸爸说妈妈就想要这本书。我也不知道他说的是不是真的。你们要去度蜜月吗？”

“我跟丹商量过了。丹抽不出时间来。可是，大家好像都觉得，哦，你们必须得去度蜜月什么的。”她耸了耸肩膀。

“或许你们需要……从你父母身边离开去度个假，对吧？”罗伦非常了解那个家庭的生活多复杂，所以跟沙拉开起了玩笑。

“丹过段时间得去洛杉矶出差。我觉得或许我可以跟他一块儿去，然后安排真正的蜜月旅行。比如去非洲？非洲。每个人都跟我说要去非洲。”

“洛杉矶。天哪，这也太怪异了。我刚刚还在想我们大学毕业后去洛杉矶的事呢。你还记得吗？”

“怎么可能忘记呢？当然记得了，我脑袋又没坏。霍莉和克里斯汀娜，还有那栋小房子。”

“你当时只是想让我去见见格雷格吧？真是别有用心。”

“我不知道你在说什么。”

“胡扯，你说谎技术太差了。等等。”罗伦大脑突然灵光一现，这个词不太合适，不过意思就是这个意思。“这就好像上次我们吃晚饭的时候，你谈到盖比一样。”

“我不知道。那时候我喜欢看到你们两个在一起。当时我们的生活可不像现在，有这么多糟糕的事情。”

“同样的事情还在继续。”罗伦说，“都这么多年了还一样。”

“不是这样的。”沙拉听了这话好像有点儿受伤。

服务生来了，她们又点了几杯酒。沙拉点了沙拉和鱼。罗伦点了沙拉和意大利方饺。

沙拉清了清嗓子。“好吧，或许我私下有这个打算来着。”

“天哪，你怎么这么热衷给我张罗男朋友？”

“盖比很不错啊。仅此而已。” 最后的总结。

“可是，格雷格呢？”罗伦哈哈大笑起来。“我是说，你想让我怎么做——嫁给他？他们甚至连名字都相似：盖比，格雷格。天哪，我这是怎么了？”沙拉只跟丹谈过恋爱。或许她根本就不理解有时候找男朋友不是为了嫁给他，而是为了跟他上床，并不代表着要永远跟他在一起。

“你本来可以嫁给格雷格的。”沙拉喝醉了，她的手势越来越夸张。她不满地指着桌子对面的罗伦，样子十分滑稽。

“拜托，你居然觉得我本来可以嫁给艺术史毕业的瘦猴子，这个念头太荒唐了。即便我真的嫁给他，咱们实话实说，多少大学情侣最后都变成怨偶了，无法逃脱劳燕分飞的下场。”

“你说得好像真的没什么似的。”沙拉说，“他可见过你的父母。”

“只见过一次，马普尔小姐[①]。”怎么这些事情沙拉都记得？“我们当时还是孩子呢！”

“你知道的，罗伦，很多人都是这么做的。人们会跟大学认识的人结婚。这有什么荒唐的？你总是假装这根本不可能。”

“你才是我的人生伴侣。”罗伦说着，伸出手去，充满深情地抓住沙拉放在桌面上的手。她有点儿微醺，但这是真心话。她想象不出自己和盖比或格雷格坐在这家餐馆里的情景，但是她可以想象出自己和沙拉坐在这里的情景，可以想象出一年后或者十年后和沙拉坐在这里的情景。

“人们大学一毕业就放弃‘女同’主义了。”

“说到‘女同’，我前几天碰到吉尔了。该死，她姓什么来着？就是有个双胞胎哥哥的那个吉尔？”现在她也醉了。

“吉尔·汉森？你碰到吉尔·汉森了？她现在是‘女同’吗？”

“不是，不过她的发型很像。对了，她哥哥是个‘男同’。”

“他本来就是同性恋。还记得上初中的时候他是怎么介绍《乔

---

① 指简·马普尔，“侦探小说女王”阿加莎·克里斯蒂笔下的第二号侦探。——译注

万尼的房间》的吗？”

“不记得。你怎么会记得这么多乱七八糟的事？”

“我吃了维生素的。你在哪里碰到吉尔·汉森的？”

“她现在跟我是邻居。结了婚，搬到了这里。我记不清那么多了。她问起了你，还给了我电话号码，可是我想着……我要不要给她打电话？好像挺奇怪的。”

“当然要打。她人挺不错的。”沙拉翻了个白眼。

“她有两个孩子。我们有什么好聊的？”

“等等，吉尔·汉森住在你家附近？”

“那个小区很不像样，对吧？”

“说真的，我以为她会变成亿万富翁呢。听着，吃饭之前，我有事要告诉你，或者说要问你。”

“说。”

“先说好，不准生气。你也知道，作为伴娘，你要负责张罗我的单身派对。”

罗伦点点头。“我上次去西村，发现有家商店出售一种意大利面食，形状像‘小鸡鸡’。”

“说正经的。听我说：我找好地方了。是个热带小岛。有家很不错的酒店，非常好，不是那种下三烂的旅馆。我们五个人，可以懒懒散散的什么都不干，叫客房服务，可以坐在游泳池边上消磨时光，还可以去按摩，想做什么蠢事傻事都行。”

罗伦听了，开始思考。好处：阳光、酒店的大床、按摩、游泳；坏处：其他的一切。三个女人一台戏，五个人在一起够热闹的。不过她什么都没说。现在不是时候。她微微一笑。“五个人？”她停顿了一下，“听上去不错嘛。”

“你真这么觉得？”沙拉仿佛松了口气，“我还担心你会不高兴呢。”她又停顿一下，说：“是的，五个人。你、我、梅雷迪思、菲奥娜、阿美娜。”

“很棒。”罗伦说。她很喜欢菲奥娜，喜欢她那悦耳的口音和奇怪的穿着。在她看来，梅雷迪思非常愚蠢，阿美有点儿叫人讨厌。不过她们都是沙拉的朋友，这是属于沙拉的活动。事实上，她们也算是她的朋友。而且，她也知道自己这时候应该承担什么职责。“还有沙滩。”她面无表情地说，尽管她并不喜欢沙滩。

“我在想能不能感恩节去。”沙拉说。感恩节。真是神来之笔。罗伦立刻松了口气。这给了她完美的借口。“感恩节。嗯，好主意。我们感恩节去。”

“那好，就这么说定了。好了，可以吃饭了吧？”

16

以前有段时间，罗伦经常晚归，这在现在很难想象。那时候，罗伦决定，只要超过晚上11:30，连想都不用想，直接打车回来。

那个时间点地铁不安全，也不可靠。她打不起车，但是也不想在地铁里遭到强奸或者被人吐一身。所以这就成了规矩。她严格遵守这个规矩，从来不苛刻的士司机的小费，尽管她拿一美元买的东西多半跟司机一样多。现在，她的规矩是不超过晚上 8:00。只要迟于 8:00 就打车回去，坚决不乘坐公共交通工具，当然，从切尔西到她的公寓也没有直达车。她打得起车。现在对她来说，打车不是什么大事，她付得起车费，下车后只要支付二十四美元就能把车子打发走，让它从哪儿来到哪儿去，她还挺高兴的。这种交易有点儿象征意义。

出租车汇入它的同胞或竞争者中间，挤上大桥。曼哈顿桥特别丑，但是在桥上看风景不错。她喝醉了。打开车窗，深吸一口气，感觉口干舌燥。

夜风很凉，但是罗伦不在乎。她很快就要去某个热带小岛上度假了，只不过她还不知道是哪个小岛，因为沙拉没告诉她。她哈哈大笑起来，笑她自己，也笑整个活动安排。结婚真是一件愚蠢的事。在莎士比亚的作品中，结婚会打动人，结婚就是最后的结局，可还是很白痴，或者说，以它的方式，让我们大家都变成白痴。罗伦已经很多年不抽烟了，但是现在她很想抽支烟。街角那边有家商店，她会顺道走进去买一包。她可以在消防通道口抽一支，这样就不会弄得公寓里全是烟味了。她可以坐下来抽支烟，什么都去不想。

17

天空飘着零星小雪，地面微微有些湿。从公寓望去，没有什么特殊的：交错的楼房上空，灰蒙蒙的天空一片苍茫，河流黯然失色，让人想起新泽西。这样的小雪让沙拉可以望望窗外的景色。

不管怎么说，眺望窗外的雪景总比翻看卡罗尔的简历有意思，卡罗尔请沙拉帮忙输入简历。沙拉把那叠纸放在咖啡桌上有一个小时了，既没有去看，也不知道里面写了些什么。感觉今天已经结束了。她拿起电话。

少女时期，想在卧室里装部电话要努力争取才行。她们可能是美国最后一代不得不游说父母给她们这个特权的女孩了。才过了二十年，卧室里的分机仿佛就成了老古董，像乘坐软式飞艇旅行似的不可思议。不过当时可不容易。沙拉又是哀求，又是保证会好好学习，天天向上，才终于争取到这个特权，不过她不需要什么额外的激励也会好好表现的。

现在回想起来，父母并不是上了她的当，而是不怎么在乎。电话线装好了。她使用电话会受到监控——账单就装在比标准信封小一点儿的信封里寄来。她不懂他们究竟要监控什么？他们把她打的每通电话都记录了下来：她在房间打给汉娜的电话付款八美分，还给外婆留了口信。当然，沙拉没有支票账户，她父母替她付的钱。他们从来没有大惊小怪地去计算她打电话的时长。

她很好奇，她们怎么会有空打那么多电话？她跟罗伦打了两个小时的电话：她们什么时候分开过两个小时？在电话里都说了些什么？她小时候记忆特别鲜明的情景之一就是把热得发烫的电话听筒压在耳朵上。

现在她也经常煲电话粥，只不过已经不能像以前那样能做到一心二用，一边打电话，一边做别的事了。上学的时候她都是一边打电话，一边做作业。现在无处不在的手机并不能改变以前打电话时那种亲密无间的感觉。一点儿小奇迹而已。她把简历推到一旁，开始给罗伦打电话。

“嗨！”电话里传来罗伦熟悉的声音。

以前电话文化的另一个缺点：拿起听筒之前不知道电话是谁打来的。“嗨！”沙拉有点儿意外，罗伦的电话经常很难打通。

“我正在想你呢，你就打电话过来了。真是心有灵犀。”

“希望是好事。”

“非常好的事。你还记得咱们迷恋哥特摇滚的那个时期吗？别告诉我你不记得了。”

“那算不上什么时期吧。”沙拉说，“咱们买了几张《城市衰败》的唱碟，还跑去看尼克·凯夫的演出。”

“那会儿咱们怎么那么忧郁，那么神秘。”罗伦哈哈大笑起来。

沙拉耸了耸肩膀，她忘记罗伦看不见了。“青少年时期可不就是忧郁的时期嘛，我们当时会去尝试各种各样的东西。”

“现在想起来真好玩。一点儿都不像我们自己。不像你。你当时……”罗伦没接着往下说。

“我当时？……”沙拉问道。

“你当时，你也知道，你当时可是头儿，是典范，是班里的大姐大，大家唯你马首是瞻。”

“胡说八道。”沙拉哈哈大笑起来，“我才不是呢。我就是个普普通通的女孩。跟你一样的少女，什么事儿都想试试。”

“有事？”

“没事。”沙拉站起身来，她打电话的时候会把作业推到一旁，站起来踱步，“就是想打个电话给你。你还记得咱们小时候经常打电话吗？”

“我爸爸妈妈恨得牙根痒。”

“我记得你坚持要求他们开通来电等待。”

“他们拒绝了，一个月八美元呢！可把他们气坏了。”

“可是咱们那会儿都聊些什么啊，罗伦？有什么特别紧急的事非打电话不可？”沙拉望着窗外飘雪的夜晚出神了。下雪总是让你觉得很惬意。她甚至不在乎明天得出门。票买好了，房间也订好了：四个晚上、一个游泳池、一个热水浴池、客房服务、吧台、高尔夫，万一她突然想打高尔夫呢。有了这些期盼，似乎一切都有可能了。

罗伦叹了口气，或者呼了口气，听不太清楚，她的呼吸声沉重得惊人。“我很高兴咱们不知道。肯定是很傻的事。你读过自己小时候写的日记吗？全都是垃圾。谢天谢地，我没有写日记的习惯，一年写的日记不超过三篇。”

沙拉也一样。日记本是生日时收到的礼物。她尽职尽责地写上两三篇之后，就把本子放在旧鞋盒里，丢进壁橱了。她那些宝贝都藏在壁橱里：朋友写的便条、老登机牌、海报、没用的外币。那只鞋盒肯定还在东街三十六号的房子里。“不知道。”沙拉说，“不管我们那时候为什么事发愁，现在看来都算不上个事。”

“不过当时我们肯定不这么觉得。”罗伦说，“我们会涂黑色的指甲油，会遇到棘手的问题。只不过跟现在的问题比起来微不足道罢了。”

“你现在遇到什么问题了吗？”

“没有，你呢？”

“婚礼策划的问题，很烦人。”

“有什么进展吗？露露没有替你使出浑身解数？她应该跟墨西哥街头乐队合作。墨西哥街头乐队多喜庆啊。”

“确实很逗。不过，音乐的事随她安排吧。我只要穿好婚纱，准时出席就行了。最麻烦的就是婚纱。”

“对了，婚纱。你去试了吗？”

“试了，糟透了，伦伦。巨大的裙摆，特别蓬松，感觉很……放荡。我都不知道婚纱为什么非要这么放荡。”

“我觉得你应该学着放荡。我觉得这对你来说才是真正的告别过去。”

“这还不算。你根本不能一个人去婚纱店。我以为自己心里知道想要什么，结果走进去就变成了白痴，去试穿那些最荒唐的衣服，然后看着店员征询意见，店员脸上的表情就像在说‘你看上去棒极了’。我就会觉得或许真的挺好看的，应该赶紧给她四千美元带着婚纱离开，尽快结束这种折磨。”

“问题是你自己去的婚纱店。你怎么没叫我陪你一块儿去？我可是很理智的。”

“对啊，我为什么不叫上你呢？”

“我可是你的女傧相。”罗伦骄傲地说。

“是伴娘。”

“哦，我没告诉你吗？我结婚了。对不起！我应该告诉你的。为了做你的女傧相，我已经结婚了。”

“你要是肯陪我去就陪我去吧，有你陪着会好很多的。我需要你帮忙。”沙拉说。

“那你怎么都不知道来叫我？我当然会去的。这不是废话吗？”

“跟我聊聊别的事吧，不想再谈这场婚礼了。”沙拉的目光落在咖啡桌上那堆婚礼杂志上，不知道为什么有几页都卷角了。感觉她好像也应该这么做——把页码折叠起来，在心里存好档：用美胜瓶盛放鸡尾酒，用宝丽来相机拍摄桌子中央的装饰，准备一筐跳舞穿的拖鞋，“那个临时工怎么样了？”

“临时工很好啊。还是老样子。事实上，我在和临时工搭档做事呢。”

“小心点儿。”沙拉说，“你升职以后多半就成了他的上级。这种复杂的关系太敏感了。”沙拉虽然在取笑罗伦，但是也为她感到高兴：罗伦在那里干了五年，编辑各种食谱，也该提拔了。

“我只是觉得他很帅而已。”罗伦说，“他穿的是鞋子。我几乎没怎么跟他说过话。”

“嗯，穿的是鞋子。”

“不，我是说，鞋子。男鞋。驾驶鞋。莫卡辛？驾车鞋？不知道叫什么，就是鞋面上带点儿搭扣的那种？在我感兴趣的男人当中，他可能是第一个不怎么喜欢穿高帮帆布鞋的。”

“哦，是吗，驾车鞋？等等，是那种平底便鞋吗？丹有一双。乐福鞋，那种叫乐福鞋。”

“丹当然有了。搞不好他从二年级就开始穿这种鞋了。”

“胡说！”沙拉哈哈大笑起来。“有可能吧。不过，确实。穿男鞋，说明是个成熟的男人。这么说临时工是个成熟的男人，只不过做的不是成熟男人该做的工作。”

“嘿，这里竞争很激烈的，偷懒的人干不了。”

“这么说你确实喜欢这份工作。事业和乐趣完美融合？”

“不是这样的，沙拉。我努力想把这事搞定。我觉得这可能不是什么好主意。我不想让上级知道我跟办公室的同事上床。”

沙拉被打动了。伦伦，她的罗伦，对男人的问题做出了非常负责的决定。“或许你说得对。办公室恋情或许真不是什么好主意。再说了，男人嘛，无所谓，我是说，还是工作重要，你早该升职了。好好享受你的工作吧。”

罗伦非常平静。“哪儿有那么久。我是说，别说得我像个窝囊废似的。”

“才没有呢，我只是说，你得考虑一下要是你上级知道你跟下属谈恋爱会怎么看。然后对比自己想跟穿男鞋的男人约会的欲望。”

“好。”罗伦并没有心服口服。她好像有点儿不高兴了。她惩罚别人的方式就是：只说一个字。

“我没别的意思。”沙拉非常平静，“我刚才不应该那么说。如果你因为鞋子而喜欢一个男人，咱们尽可以找那些穿男鞋的男人。现在就开始找。你需要能陪你参加婚礼的约会对象！”

最后一步——改变话题，让自己成为笑柄，让自己看上去可怜巴巴的。

“嗯，好。那好吧，婚纱。咱们约个时间吧。”她们约好了下个星期三，在伯格朵夫百货公司见。接着，她们又聊了近一个小时，直到开始犯困。沙拉发现，她们两个说了这么久，她都不知道聊了些什么。

18

海水跟罗伦预期的一样，看上去不太真实。从上空看，大海在她们下面铺开，呈现出牙膏沫的颜色。这不仅让人感觉难以想象，也让人失望，就像看到一件久负盛名的艺术作品的原型似的。你就站在《圣殇》的对面，却感受不到任何深刻的东西。你凝视着培根的三联画作，心里却不起任何波澜。沙拉坐在位子上，倾过身子向窗外望去。窗户设在座位前方几英寸的地方，而不是舒服地和座位毗连。罗伦探头看着广袤的大海，心里想着形容大海的那些词语（像宝石、像丝绸、那么蔚蓝等），丝毫不觉得激动。倒不是她不渴望着跳进海水去游泳，而是她不会那么神经兮兮的。

明天就是感恩节了，机场人山人海。不过，更令人出乎意料的是飞机。她以前都不知道，我们这些美国人一边骂着恶劣的食物，一边登上飞机，飞往只提供火鸡和小红莓酱三明治作为复活节食物的度假胜地。罗伦的父母听说罗伦要放弃唯一家庭聚餐仪式的时候有点儿不太高兴。

“哦，告别单身旅行，不错。”罗伦母亲说。她用“不错”这个词形容什么东西都是同样的意思。母亲喜欢看着三个孩子齐整整地围坐在饭桌跟前，就像以前那样。现在最让她失望的事情莫过于无法成全她这个愿望。罗伦对此感到非常抱歉，确实如此。母亲上过大学，嫁给了心上人，在医生办公室找了份工作，考虑生三四个孩子，然后让可汗医生夫妇免费为他们接种疫苗、检查身体。这些全都实现了。既然人生这么顺顺当当的，还有什么好遗憾的？因为这还不够。尽管罗伦拿到了奖学金，学费依然很高，他们要节衣缩食地送她读书。父母认为在梅西百货买东西简直就是挥霍浪费。

父母对她另眼相看，倒不是因为她特别聪明，尽管她确实不笨，而是因为她是他们的女儿，因此是与众不同的。再加上母亲在心底对她寄予厚望，希望她能实现自己内心对男女平等的渴望。罗伦怀疑母亲曾经幻想过自己当医生的情景，然而，她所做的工作最贴近医生的，恐怕就是替可汗医生夫妇填写保险理赔申请了。贝拉过去对罗伦的期望值很高。毕业后也一样，她总是拿一些自己认真研究过却没有亲身体验过的事刺激罗伦，比如头衔的变化、弹性工作时间制、名片等等。至少有一些好消息了。

“有个好消息，我没办法当面跟你说了，我要升职了。”罗伦告诉母亲。

母亲欢呼了一声，又叹了口气，接着问了很多问题：涨工资了吧？责任也更重大了吧？有新头衔了吗？换了新职位吗？有自己的办公室吧？印新名片了吗？

罗伦很高兴能告诉妈妈自己升职了。她做到了！或者说，她就要做到了。这一切都是值得的！至少现在看上去是值得的。父母对罗伦的衡量标准总是高于两个儿子。他们对两个儿子比较宽容，要求也没那么严格，唔，两个男孩子在某种程度上也算成功。本从事的是房地产中介。阿丽克西斯帮他布置场景：把枕头拍得松软，在烤炉里放上冷冻苹果派，以营造居家气氛。两个人开着掀背式汽车，车门上印着本的资格证书和电话号码做广告，想想这幅场景就叫人沮丧，尽管他们两个挣的钱可能比罗伦多。亚当让爸爸失望透顶，先是没考上大学，去社区大学混了几天日子，又辍学跑到高中同学父亲的幼儿园和园林绿化公司打工。他住在家里，不过父母对此似乎还挺高兴的。

罗伦试图想象布鲁克斯家在她缺席的情况下举办家庭聚会的情景，不过很快就放弃了，因为那让她觉得十分愧疚。她不是个好女儿。

19

假日酒店派了两辆黑色的 SUV 来接她们。司机（一个满脸微笑，一个满脸隐忍）把她们的行李装上车，她们钻进车里：罗伦、沙拉和阿美娜坐一辆，梅雷迪思和菲奥娜坐另一辆。阿美娜手长腿也长，又高又瘦，棕色的皮肤，戴着手镯，身子一动，珠宝就跟着叮当作响。阿美娜将优雅和笨拙融为一体，看到她，罗伦就会想到长颈鹿。她上高中的时候就认识阿美娜了，虽然交情没多深，但是在那座学校，在那个圈子里，就算只是熟人关系也很亲密，而且这种友情会持续很多年。就算罗伦跟阿美娜多年不见，突然打个电话找她帮忙也不会觉得冒昧。

“好美啊，天哪！”阿美娜透过有色车窗望着外面说。她的口音特别奇怪，就像鸡尾酒：她父亲说英语带着英国伊顿公学口音，母亲的英语带有明显的印度口音，更不用说她辗转世界各地时轮番教她的那些老师了——先是在伊斯坦布尔，后来到了伯尔尼，接着是亚的斯亚贝巴，最后才来到了纽约。她是十岁的时候来的美国。事实上，六年级之前，罗伦还没来的时候，阿美娜才是那个“新来的女孩”。为了看得更清楚，阿美娜举起手来搭起凉棚，手镯碰着玻璃叮当作响，动作非常淑女。

沙拉的脸颊涨得通红，头发微微卷曲，尽管空气并不怎么潮湿。这里十一月份下旬的平均气温是31℃，罗伦查过了，比纽约正午时分还高20℃。现在办公室里空荡荡，没有人在乎她跑到热带小岛度假，而没有留在家里吃那些装在盒子里的东西，其实那些东西罗伦挺喜欢吃的，配料精确得像化学家设计出来的似的。感恩节这个节日非常特殊，因为人们会花数年时间为保留各种怪癖和家族习俗的细微差别而辩白，并且在随后组织的家庭里重现那种怪癖和习俗。当然，罗伦对某些事情也充满柔情——肉桂吐司、想家的时候偶尔放纵自己、室内游泳池的氯味、入冬仪式，但是感恩节不属于这个范围。

假日酒店像一栋巨大的房子，不过以前它确实是一栋大房子。他们自豪地说，这是一片“种植园”，在纽约说这个词会觉得可耻，但是在这里不会。一切都很完美。

为了和种植园的身份相当，沙滩上种着棕榈树。从近处望去，大海的颜色十分怪异。接待台后面的女人热诚地招呼着她们。

当然，她们是刚刚到这里，但是别人好像已经在这里待了好多天或者以前来过似的。大家都很放松，逍遥自在。人们在度假区大呼小叫，玩着手机。菲奥娜使劲抓着罗伦的胳膊，把她都抓痛了，她的兴奋感觉像装出来的，反正觉得很奇怪，因为她们两人并不熟悉。菲奥娜在大学是那种（每个大学都有这样的）穿得特别好的女生。两年后她转学去了帕森设计学院，不过沙拉一直跟她保持着亲密的关系——她现在出现在这里就说明她们之间的关系比罗伦想象的亲密。罗伦欣赏菲奥娜的时尚。菲奥娜还戴着一顶帽子。

大伙儿看上去都比罗伦自在。罗伦总觉得住酒店有点儿奇怪。确实，她原本不想来的，说实话，她对要跟一群女孩儿消磨几天时间有点儿心存疑虑。经历过这段时间后，聊天会变成共识，团队会变成帮派。然而，作为一种婚礼前的仪式，这总比乘坐氖气灯豪华轿车外出，喝香槟、唱卡拉OK强。现在，她们已经到了。罗伦迫不及待地想回房去冲个澡，洗去一路的风尘，穿上泳衣，捧着书坐在泳池边。其他人多半会想要聊聊天，可她还是买了两本书。她没什么想说的。

别看接待厅富丽堂皇的，房间却叫人意外：铺着廉价的地板砖，墙壁的颜色叫人讨厌，不过床很大，卧室半截在户内，半截在户外。户外绿草茵茵，一条蜿蜒的小径，还有那片大海。大海还在那里，看来不是梦。空调是开着的。门房把罗伦的行李安置好，罗伦发现自己没有带外币，不管这个国家用什么币种，罗伦都没带。于是她给了门房五美元，希望不会太多让他感觉受到冒犯，也不会太少。反正他什么都没说就走了。奇怪的是，浴室非常陈旧，不过还好热水挺足。她的皮肤油腻腻的，头发闻起来像快餐。于是，她随手拿起香波洗头洗澡，根本不在乎它对头发有什么效果。这些东西她都用不起。就算有点儿过时，也还是奢侈品。住宿的费用是沙拉支付的，五间房都是她订的。她坚持要一个人付款，最后也没人跟她争了。她也不像没有钱的样子。

罗伦往身上擦了防晒霜。擦防晒霜你得用力搓一搓，否则它就会浮在你的皮肤上。她们刚才说好了待会儿在吧台见。前台女招待建议点一些零食和三明治，餐厅到吃晚饭才会开门。罗伦饿了，已经饿坏了。她穿上泳衣，外面又套了一件裙子。她想赶紧吃点儿开胃虾仁沙拉，这东西听上去就是典型的热带食物，而且十分荒唐，你独自一个人待在酒店才会点这种东西。吃完东西，她想躺在泳池旁边的躺椅上，跳进冰凉的水里，把自己裹在特别松软的大浴巾里。手里捧一本书，看着看着睡着了，醒来后再接着看。可是最后她还是把书丢在房间里，去吧台了。

菲奥娜已经在吧台了。她手里端着一杯鸡尾酒，正拿着手机拍照。她还戴着那顶帽子，帽子像强调她身高的感叹号。

"很棒，对吧？"菲奥娜在跟她打招呼。

罗伦在菲奥娜的桌子旁边坐下。吧台跟前没有人，只有调酒师站在后边。调酒师也笑得很灿烂。或许是因为他们是黑人，所以笑容看上去特别耀眼。这么想貌似有点儿种族主义嫌疑。

"那当然。"罗伦说。话一出口，她就意识到自己有点儿愚蠢，她偶尔会无意识地用英式英语来表达。有时候还会带点儿英式口音。

菲奥娜似乎没注意。她戴着墨镜，头发在夕阳的映照下微微发红。她真的很漂亮。

"我在喝媚态[①]。"她的口气像在忏悔。

罗伦哈哈大笑起来，因为她觉得理所应当做出这种反应。"听上去不错。"

---

① 一种鸡尾酒，又叫美态或迈泰。——译注

“是不错，我的朋友，极力推荐。”

于是，罗伦对调酒师做了个手势，也点了一杯媚态，外加一些法国炸薯条，这里叫薯片，像是殖民主义遗留的习惯。

“你是做饮食业的，对吗？”

“做食谱的。”

“我厨艺很糟糕的。”菲奥娜说，“我是个英国人。”

罗伦又哈哈大笑起来。“我也从来不煮饭。”她说，“不怎么煮吧。我们出版食谱，都是那些名人们写的。特别简单的食谱。蛋黄酱馅的巧克力蛋糕、用商店买来的法式旋转烤鸡做的墨西哥玉米卷。”

“我丈夫煮饭。”菲奥娜啜了一小口鸡尾酒。她非常优雅。“他总是尝试按照杂志上的方法去做那些非常复杂的东西。那些食谱总是以‘在后院钻个洞’这样的说法开头。他搞得一团糟。把家里所有的碗碟都弄脏。你结婚了吗？”

“没有。”调酒师把罗伦的鸡尾酒送来了。罗伦摇摇头，仿佛在强调，“不说也罢！”

“终极女悍将。”菲奥娜啜了一小口。

“差不多吧。”

“不过你好像有个谈婚论嫁的男朋友，对吧？我记得沙拉提过的。”

“以前有过。我们分手了。”

“对不起。”

“没关系。”她说。薯条也送上桌了，“分手都好几年了。”

菲奥娜点点头，眼睛望向远处。

旅行是件很奇怪的事：你出发，然后到了目的地。你期待了很久，或者担心了很久，或者盼了很久，突然就到了。沙拉一个月前就把旅行安排告诉了罗伦。罗伦担心了四个星期，又怕自己消费不起——泳衣、防晒霜、去机场的的士，都要花钱。她的工资还没涨，而且就算涨也涨不了多少，又渴望明媚的阳光；想到要跟四个女孩共处那么长时间有点儿担心，但是转念想到可以暂时摆脱日常生活又很兴奋。她有三年没有离开过纽约了。三年前，她曾经跟盖比去过丹佛，参加盖比老朋友的婚礼。从那以后，她就没离开过。她的生活需要改变。

罗伦是通过沙拉认识盖比的，尽管沙拉跟盖比也不熟悉。胡克在纽约市立博物馆的系列演讲中担任主要发言人，盖比是那里的馆长。一次演讲过后，沙拉碰巧在接待会上认识了他，于是就问他“有没有对象”——问一个朋友这样的问题总是比较容易的，听说他没有，就非要张罗他和罗伦见面。盖比同意了，因为他本来就是那种随和的人，很容易接受别人的安排。罗伦并没有抱多大的希望，她觉得，第一，沙拉并不知道自己喜欢哪种类型；第二，连面都没见过（后来她才知道，沙拉把手机上的照片给他看过），就答应去跟陌生人的闺蜜约会，这样的人要么就是脑子有问题，要么就是在某些方面有缺陷。不过盖比没有问题也没有缺陷。他为人非常好。后来盖比才告诉罗伦，他之所以答应去跟罗伦约会，就只是因为沙拉要他这么做。这确实就是罗伦所认识的盖比，他那样的人非常随和，通常人家要他做什么他都会答应。他习惯顺从别人。

罗伦有时候开玩笑说，她和盖比之间的关系之所以持续了四年，是因为大学加上之前的高中一共持续了四年。四年后，她心意已决，就像蛋糕烤上四十五分钟就熟了一样。四年后，不管什么事都会走上自己的轨道。她跟菲奥娜说的都是真心话：他们之间，没有仇恨，没有怨愤，也没有进展。难道他们不曾在罗伦起居室的地板上颠鸾倒凤，盖比不曾亲吻她的每一寸肌肤，从脖子亲到腋窝，让她欲火焚身？难道他们不曾和她的闺蜜或他的朋友共进早午餐？难道他们不曾临时起意跑到新泽西去看望罗伦的父母和弟弟？

盖比高大魁梧，虽然浑身书卷气，却有着运动员的身材。盖比的眼镜总是从鼻梁上滑下来，一副心不在焉的神情，还患有季节性过敏症。分手后那两年，他们只偶尔聊过两次。他们之所以分手，是因为盖比想和罗伦结婚，而罗伦不想嫁给他。这件事她没有告诉任何人，特别是沙拉，特别是她妈妈。妈妈非常喜欢盖比，觉得女儿就应该嫁给这样的男人，觉得盖比是女儿唯一的归宿，是她心目中的乘龙快婿。盖比想和她结婚，可是她不肯，事情就这么简单。

“我好像看到阿美娜了。”菲奥娜说着，无聊地拨弄着手表。人都到齐了。大家洗过澡，换了衣服，准备好消磨时光了。她们抵达酒店的时候感觉已经很晚了，可是现在又觉得太早了，因为没地方可去，也没事情可做了。大家一致同意今晚就不出酒店了——或许整个周末都不会出酒店！梅雷迪思今天也很猛，大家都才喝第一杯酒，她和菲奥娜已经要了第二杯。法国薯条不一会儿就吃完了。

在沙滩上玩了一个小时，夕阳已经开始西坠。罗伦想起自己的书，就好像罪犯想起自己的枪似的：只要一掏出来，所有的事情都会改变。晚风微凉，她们把修过指甲的脚趾埋进洁白的沙子里。

过了一会儿，罗伦开始觉得疲惫不堪，那道残阳、这次旅行和今晚的晚餐，都让她觉得十分疲倦。晚餐虽然是鱼，却涂满了黄油。她有点儿胃痛，或许是晚餐的原因，或许是把鸡尾酒和红酒混起来喝的原因。其实大家都累了，所以，就算她吃完晚餐就告罪离开，大家也不会有意见的。

“各位，我累死了，先回房间。”她对大家说，几个人点点头，深表理解。

只有梅雷迪思皱起了眉头。

“咱们先把明天早上的计划安排好吧！”阿美娜喜欢把计划

安排好。她已经为大家预定了修甲项目。

“还是放松点儿，好好休息吧。”沙拉说。这是她的派对，所以她的话很有分量。

“我同意。”菲奥娜说，“谁先起床，谁就到沙滩上来占个好地方。然后咱们大家就在沙滩上集合。”

“咱们可以在沙滩上吃午饭。”梅雷迪思郑重地说。在沙滩上吃午饭每个人要额外收费十美元，可是管它呢，才没有人在乎呢。“听上去很棒吧？”

罗伦觉得听上去全是沙子。

“确实很棒。”沙拉说。那就这么定了。

罗伦跟大家聊了几句，又互吻道别，才把大餐巾叠好丢在桌子上，起身离去。她把房卡塞进门把手上方的卡槽里，红灯闪了几下。她拔出来又塞进去，然后又试了一次。终于，绿灯亮起，房门开了，她走了进去。房门在她身后重重地关上了。房间里非常安静。她打开通往露台的门，隐隐传来海浪的声音。很难相信门外就是大海。

这就是人们所说的热带天堂了。她踢掉鞋子。酒店员工进来做过铺床服务。铺床服务对她来说没多大意义。那些客房服务员进来把房间收拾得像没有人住进来的，然后再跑回来留下有人住进来的物证：一小桶冰块和一瓶冰冷的水，塑料瓶上布满了水珠；还有一小块巧克力，罗伦马上就剥开丢进嘴里了，她看到巧克力就忍不住会吃，虽然这块并不怎么好吃。她穿着衣服倒在床上。在家里她从来不会这么做：不脱衣服你就会满身尘土，而她的床，她自己的床在她看来几乎是个神圣的地方。这是陌生人的床，在她之前曾有上千人睡过。再过几个小时，就会有人进来收拾床单，所以就算她把沙子弄到床上似乎也没关系。

20

好多年前，大约在他们开始交往的第二年，盖比曾经带着罗伦去酒店开房。也没什么特殊的事，不过对刚刚开始谈恋爱的人来说，什么事都很特殊。他们早上没刷牙就开始接吻了，不过还没到开着卫生间的门小便的程度。酒店不错，只不过房间出乎意料的狭小。

“哦！”盖比把轻便旅行包丢在床上。他们带了一只轻便旅行包。“不错。”但是那声“哦”说明跟他的预期不符。

浴室几乎贴着床。没有地方放旅行包。不过倒是有个迷你吧台，十一美元的伏特加装在布娃娃大小的瓶子里，只比室温低那么一点点，因为这些迷你吧台的冰箱都不制冷。吧台上放着一碟杏仁巧克力棒、满满一筒迷你巧克力曲奇和两袋花哨的薯片，商标颇具复古风。对他们来说，对他们的关系所处的阶段来说，酒店具有强烈的性暗示意义。两人“嘿咻”完，把所有的东西都吃得一干二净：不新鲜的巧克力棒、咸味薯片。他们没有冰块，就把伏特加混在苏打水里。房间很小，但是景观不错。那天晚上，罗伦才理解那些房产销售列表上所吹嘘的景观。城市的灯光、公园的夜幕、交通信号灯的效果、人行横道的标识，全都一览无余。而且，在那样的高度，没有一点儿声音。远处有一架直升机，就连它的嗡鸣声都听不到。房间里很热，弥漫着性爱的气味。对刚刚走进房间的人来说，性爱的气味就像一头小动物，有一股晦暗不明、叫人不快的气息。他们把陈年切达奶酪味的薯片碎屑撒到了柔软而雪白的床单上，罗伦用手把床单扫干净。她爬在床上，盖比从她的耳朵一路吻下去，亲吻她的脖子、脊背、腰部、屁股、大腿、膝盖弯和脚跟。他们又做了一次。浴室里有台电视。她把电视机打开，里面正在播放一部她好几年都没再看过的情景喜剧，讲的是四个老女人住在佛罗里达州一栋房子里的故事。她一边洗澡，一边透过淋浴间湿漉漉的玻璃门看着电视，大约冲了十一分钟、十二分钟，或者十五分钟。她在淋浴间洗澡的时候，盖比叫了客房服务。一个留着卷发的矮胖女服务员笑容可掬地推着餐车送来了晚餐，这时候，盖比已经进去洗澡了。一份恺撒沙拉、一小块面包、两个乳酪汉堡、一大堆洋葱圈、一瓶解百纳葡萄酒。他把湿毛巾扔在地毯的小水坑里，光溜溜地爬上床，用手抓着沙拉往嘴里塞。他们看了一部讨厌的电影，吃了晚餐，又叫了冰淇淋圣代，十一点才睡觉。窗帘没有拉。第二天一大早，房间里阳光灿烂，不过他们喝得醉醺醺地睡过了头，后来因为逾期退房多付了房费。他们洗澡的时候，他又做了她一次。后来，他们穿上衣服，走出酒店，发现对市区而言，那不过是一个普通的星期天下午。

第一年，他们牵着手走在人行道上。盖比的学业结束了。他成了劳伦斯博士。他胖了二十磅。他马拉松跑了一半。他开始尝试素食。他在休伊特设计博物馆就职，决定不住在公寓，因为上下班很麻烦。他问罗伦要不要找个地方一起住。罗伦建议他搬到她的公寓。他欣然照办。他研究过罗伦带回家的食谱，学着做炒蛋，火开得很小，炒得非常慢。他撒尿的时候从来不会开着卫生间的门，倒是罗伦有时候会。

盖比想结婚了。他想和罗伦结婚。罗伦想听听自己内心的声音，那个声音会告诉她该怎么做，可是却什么都没听到。遇到重大的人生选择，你应该这么做：倾听自己的直觉，聆听发自内心的声音。她内心没有发出任何声音，或者她的内心根本就不会发出声音。在罗伦的想象中，除了她，每个人都会听到自己内心的声音，就像卡通守护神趴在他们肩上说“是”，或者“不”，或者“试试看”，或者“快逃”。她像祷告似的，尝试冥想以后的生活：换成夫家姓、生个孩子、买辆客货两用车、搬到河谷。严格来说，她对这些都不抵触，但是也不向往。

罗伦不知道该怎么做，不过，到了最后，不知道怎么做也是一种选择。盖比终于失去了耐心。两年前，他搬出了罗伦的公寓。走的那天，他弟弟来帮忙把他的东西搬下两段楼梯。刚开始那几个月，他会不时给她打电话。他们见过一次，两个人一起去喝酒，约在上东区一家酒吧。酒吧很普通，里面灯光昏暗,但是离博物馆很近,对他来说很方便,因为他搬到皇后区了。两个人见面本来应该轻松愉快，可是他们却像陌生人，像表兄妹，像两家世交从小一块儿长大的孩子。好像她根本不可能认识他，好像他根本不可能搬到她的公寓去住，好像他根本不可能跟她父亲握过手，他们两人喝了两杯，他就站起身来，准备离开。他用力拥着她，眼角流下了泪水，然后，泪水竟然沿着他光秃秃的面颊淌了下来。他最近开始刮胡子了。他说："不知道怎么会走到这一步。"然后说了句"再见"，就匆匆离开了。他走得太匆忙，都忘记付账了。她付了账，也离开了。

21

外面有人敲门。罗伦本来已经闭上了眼睛。可是，如果她这会儿就睡着了，肯定会觉得非常尴尬，就像早上被人抓到睡懒觉一样。她站起身来。地板上到处都是沙子，肯定是她刚才带进来的。她拢了拢头发，稍作打扮，出于习惯，她会时刻注意自己的形象，让自己光彩照人。是那个女服务员，她来告诉罗伦，罗伦把手机落在桌子上了。

“嘿！”沙拉来了。两颊绯红，肯定喝了不少酒。如果他父母是那种特别反对孩子喝酒的人，她的少女时代肯定会非常难过。

“嘿！”她把门打开，沙拉走了进来。罗伦坐在床上看着她，“怎么了？”

“呃！”沙拉把鞋子踢掉，在罗伦身旁的床上倒下去，“呃！”

“喝多了？”

“我想喝水。”

她伸手越过闺蜜的身体，去拿床头柜上的瓶装水，感谢刚才铺床的那个不知名的女人给她准备了冰水。

沙拉喝了水。“真该死，我干吗要这么做？”

“你是说喝太多？好玩嘛。”罗伦耸了耸肩，“你在庆祝啊。”

“这才是第一天，我已经累得不行了。”

“睡一觉就好了。”罗伦拍了拍沙拉的膝盖。

“我酒量没以前好了。”沙拉翻了个身。她们的脑袋几乎碰到一块儿了，“我老了。”

“你得慢慢来。”罗伦说，“我们不老，但是我们也不是十七岁的少女了。天哪，我们有多少次像这样，喝着瓶装水，努力想搞定搞不定的事？”

罗伦记得：20世纪90年代，在帕克街汉娜·曹的公寓里——

就在地铁出站口下面，她和沙拉用小瓷茶杯喝光了曹家的一瓶红酒后，就像这样蜷缩在汉娜家空置卧室里的大床上。汉娜和泰勒·奥克斯在自己的卧室里，来参加派对的人几个小时前散了。沙拉和罗伦醉得厉害，站都站不稳了。

后来，刚进大学那年，她们去参加招待客人过夜的别墅派对。派对上人很多，她们就躲在门廊里，喝着自己买来的啤酒——派对上的酒要排队去取，还要给那些住在别墅的人看盖在手上的印章。喝了两瓶啤酒后，她们离开了派对，回去路上又喝了一瓶。十月的夜晚雾气弥漫，她们呼吸着清新的空气。两人当时住的是套间，罗伦的卧室在外面。她们就坐在罗伦的床上，几扇窗户敞开着，她们对着夜幕喷云吐雾。

还有一次在伦敦，那个自由自在的季节里，不同的国家、不同的城市、不同的生活，她们提前体验了成人世界。在一家酒吧里，一位绅士请她们喝放了冰块的威士忌——当时觉得那个人老得不行，其实他多半也就四十来岁。他被两个年轻的美国女孩吸引了，请她们喝酒。两人回去后倒在床上，歇斯底里地哈哈大笑，也不知道笑什么，笑自己活着，笑自己像成人似的喝酒，笑竟然有成人对她们想入非非，笑那个人指使酒馆老板拿酒的样子，笑他从厚厚的钱包里抽出色彩鲜艳的英镑时的样子，笑他回到家一边想着她们两个一边自慰的情景。罗伦在酒吧点威士忌的时候，偶尔还会想到那个人。

“我觉得好点儿了。”沙拉坐起身来，打了个哈欠，“我们来这里你开心吗？”

“开心啊。”罗伦说。她确实开心。

“我就知道你会开心的。”沙拉得意地说，“之前你有顾虑，不太愿意来。可你是还来了，结果这里很棒，说明我的决定是对的。”

“我从来没说过我不想来。”罗伦说，“不过这里确实很棒。”

“你心里想什么，我从你脸上就能看出来。”沙拉哈哈大笑起来。

“确实如此。”罗伦也坐起身来，“我之前就是担心钱不够用。还有工作。还有那些乱七八糟的事。我也说不清。我不是那种喜欢参加告别单身派对的人。不过这不是为了我。你要结婚了，这是你的派对！”

“你不来就算不上派对，所以我很高兴你来了。”

罗伦沉默了。别人一对她说好听话，她就不知道该说什么了。好像说什么都不合适。“梅雷迪思是怎么回事？”

“我知道。”沙拉摇摇头，“她倒不是故意的，她只是……本性如此。”

梅雷迪思一直掌控着话题，从坐在沙滩上到吃晚饭的时候，一直说个不停，最后又说起她和自己男朋友伊兰分手的故事。她越说脸色越阴沉，但是兴致却很高，不时激动地打着手势，说到某些细节还会不自觉地提高音量，言辞十分激烈，说明她其实舍不得他。

“他们分手了，大概是一年前的事吧？我是说，她在解释什么，我没怎么听，还有，就好像——等等，我们说的都是陈年旧事了吧。”

“我知道。”沙拉遗憾地摇摇头，又突然放声大笑起来，“太荒唐了，对不起，哦，天哪，我真是个坏人。”

“我是说，都好几个月的事了吧。”罗伦也放声大笑起来，“可她还是，就像——不停地谈论人家回复她那几封邮件有什么深意，哦，我的天！我简直，想对她说，拜托别说了。”

沙拉叫罗伦先别说话，可是她自己却笑得更大声了，差点儿噎住。“她喋喋不休地重复着每个细节，我对她说，好吧，我知道自己是个混蛋，我对她说：‘天哪，梅雷迪思，简直不敢相信他能对你做出这种事来。’可是她说：‘就是！’她沉浸在自己的世界里，连别人讥讽她都没听出来。”

“这倒没什么。”沙拉突然平静下来，脸色很严肃地说，“你知道，要不是梅雷迪思，我都不可能认识丹。还记得她哥哥吧？”

“记得啊。”罗伦点点头。

“大概两个月前吧，我们聊起了我的婚礼，说起我和丹，说到当初她和她哥哥是如何介绍我们认识的。结果她突然话锋一转，说她哥哥非常喜欢丹，一直都希望她和丹能走到一起。”

“不会吧！”

“现在好多了！她以前老想象着丹应该和她走到一起，就好比那天晚上，就是我们第一次见面的那个晚上，看到丹很有魅力，她马上就被他吸引了，当然，我也被他吸引了，她看到以后决定成全我们。”

“拜托，你们现在和解了吧。你怎么会跟这样的人做朋友？”罗伦吓了一跳。

沙拉摇摇头。“她也没什么恶意。我知道这很荒唐，可是她只不过——太沉迷于自己还是单身这件事了。现在她心里只有这件事。”

“正常的男人谁会跟她约会？或许我们应该趁着在这里度假，凑点钱给她找个男妓。我听说挺管用的。”

“天哪，我们这是在帮她呢。”

“靠，咱们这么说太疯狂了吧。她可是你的朋友，你的闺蜜。”她们怎么会对自己的朋友这么刻薄？

“我知道。”沙拉点点头。

“就像——显然，你和丹才是一对。你们对彼此都很着迷。我是说，就算在她离奇的幻想里，我也无法想象丹和她交往的情景。”

“你真的这么觉得？你是知道的。”她停顿了一下，“是啊，丹为人很好。”

“我是知道的。”罗伦直接了当地说。

“有时候我不是很确定。”沙拉停顿了一下，“我是说，我知道你并不是特别喜欢丹。”

“我什么时候这么说过？”罗伦从沙拉手里拿过瓶装水。

“得了，罗伦。”

“什么得了？”

“我又不傻。没关系的。”

罗伦什么都没说。

“我只是很高兴，我们终于要结婚了，而且我的闺蜜都会来参加婚礼，尽管她们暗暗希望自己披上那件荒唐可笑的白裙子嫁给他，接受大家的注目礼。”

“要不要我修理修理梅雷迪思？我可以废掉她，保证让她一个晚上都不会再对你啰唆一句废话。”

“她没什么恶意。”沙拉说，“她沉浸在自己的绝望里不能自拔，根本意识不到怎么回事。”

“到时候你也意识不到究竟怎么回事。人们难道不是这么说的？比如他们的婚礼感觉只是亲吻亲友，摆姿势拍照，吃难吃的蛋糕？我听人说婚礼就是这种感觉。”

“摆姿势拍照。”沙拉的脸色严肃起来，“我们得找个摄像师。我得把这事写到清单上去。”

“这会儿就别想什么清单了。”罗伦很了解沙拉，也知道她的清单，“他们称之为曼丁哥人。曼丁哥？”

“那是什么人？”沙拉有点儿糊涂了。

“从岛上来的那些和白人老太太上床的男人？让白人老太太找回感觉？”

“天哪，是真的吗？太可怕了。而且我听着这个词有种族主义的嫌疑。在男女混合的场合里我才不会用这个词呢。”

“男女混合是指性别，又不是种族。”罗伦说，“比如我们谈论肛门脱毛或者什么的，那叫作非男女混合场合的私密话。比如，你只能跟女士谈论这个话题。”

沙拉这会儿要是站着，肯定笑得腰都直不起来了。她笑得身子蜷缩起来，像个婴儿。她笑得很大声，她总是笑得这么大声，要是在喝酒会笑得更大声。“靠！”她终于喘过气来了，“咱们再喝一杯。”

罗伦打开迷你酒吧，看着里面的酒。“喝布朗还是清酒？”

“布朗吧？夜酒嘛。有冰块吗？”

“有。”罗伦取过两只平底玻璃杯，玻璃杯配着两个纸套管，好像告诉你杯子没人用过。罗伦往杯子里倒满布朗酒，把小巧的空酒瓶放在桌子上，把小盖子“砰”的一声丢进垃圾桶。

“谢谢。”沙拉站起身来接过玻璃杯，里面有半英寸高的琥珀色布朗酒，“余兴派对。”

她们碰了碰酒杯。罗伦指着外面的露台说：“要不要出去走走什么的？我是说，咱们这会儿可在热带天堂呢。”

“滚它的热带吧。”沙拉说，“太舒服了。”

罗伦耸了耸肩，回到床上坐下，盘起两条腿。这个姿势以前被叫作“印度式”，不过罗伦有个在中学教书的朋友，曾经告诉她这叫“双腿盘坐冥想式”。坐下来，这感觉很熟悉，是一种似曾相识的错觉。这种感觉很难描述，转瞬即逝。关于这个打坐要求如下：室温刚刚好的房间、刚铺好的床、一杯饮品、最好在海边，因为你靠近大海的时候那种感觉总是比较容易出现。

“累了没有？”沙拉问。

“不累。”罗伦摇摇头，“事实上，我清醒得出奇呢。”

“我也是。”沙拉抬起头看着她，“这种感觉非常熟悉。我记得我们俩什么都不做，大半夜的坐在那里不睡觉，夜色越来越深，可是我们两个没有一丝睡意。你知道我的意思吧？”

“睡觉是浪费青春。”这感觉很不可思议，有时候，沙拉似乎可以看到罗伦在想什么，然后说出口，期待地看着罗伦，等着她亲口承认自己——什么，能读懂她的心思？感觉不可能，但好像确实是这样。罗伦坚决不肯承认她们两个人一副心思。她更倾向于把她们两个看作完全独立的个体。

“那时候我们从来不知道累。”沙拉说，似乎有点感慨。

“你这话说得好像我们都七老八十了一样。”罗伦责备道。

“你敢说这些日子就没有觉得自己有点儿老了。就一点点。

哪怕一丁点儿呢。”沙拉像在自白。

“或许吧。”罗伦想了一会儿，“就比如，你都三十二岁了，连张真正的沙发都没买，你就会觉得自己有点儿悲哀。”

“你已经买了啊。”沙拉说。

“所以我不觉得自己悲哀呀。”罗伦说。

“那就好。”沙拉停顿了一下，“或许你觉得整件事都很愚蠢。”

“整件什么事？”

“这件事。”沙拉挥手指着房间。床左边墙壁上挂着一幅画技一般的图画：一只帆船。“周末和姑娘们一起到热带度假这件事啊。在英格兰，他们把‘准新娘聚会’说成‘母鸡聚会’。母鸡聚会。怕老婆叫‘怕母鸡’。管女人叫‘母鸡’，这不是性别歧视吗？”

“我倒觉得这可能是隐含的双关语。”罗伦说，“跟公鸡相对[①]。不过我倒不讨厌。热带！有什么好讨厌的？我觉得比感恩节好。我以前怎么从来没想过？感恩节旅行。真是天才啊。”

“不过我敢打赌你家人会想你的。”

“或许吧。”罗伦不喜欢跟沙拉讨论自己的家人。罗伦了解

---

① cock在英语中有“鸡鸡”的意思。——译注

也理解托马斯家的家庭生活。她知道他们在家说的那种私密语言。沙拉不了解布鲁克斯家的生活方式——就连罗伦都觉得自己不了解布鲁克斯家的生活方式了。她还是更喜欢这种方式。

沙拉盯着天花板。罗伦觉得能从她的轮廓里发现露露的影子。她抬头的样子好像在摆姿势拍照，可是又那么自然。不过，从下巴开始又像她的父亲，阳刚、果断，不再像露露。不管你怎么称呼那种不是美丽而只是趋于美丽的特质，她身上都不具备这种特质。

“我妈妈这周末本来想来的。”沙拉说。

“不会吧！”沙拉摇摇头。

“真的。”

罗伦哈哈大笑起来。“她当然想来了。”

“女孩周末聚会啊，她不停地说，说了一遍又一遍。最后，我终于忍不住说：‘妈妈，你不是我们几个女孩当中的。’”沙拉说，“我也挺难受的，可是你能想象她真的跟着来吗？”

事实上，罗伦能想象。

“唔，我很高兴你讨厌这些。我也有点儿讨厌。”沙拉说，“可是挺好玩的，就这样躺在这里，离梅雷迪思的痛苦远远的。”

“说不定咱们睡一觉就没事了？就算还不困，也去睡觉。明天又是新的一天，浮生若梦。我们会去修脚，会点虾仁沙拉，在沙滩上吃午餐，想干什么就干什么。”

“比如看书？我就想看书。我就想看着书，什么都不去想。”

“或者什么都不聊？”罗伦喝干了杯子里的酒，“这才是你想做的。坐在那儿，把脚丫子埋进沙子里，因为沙子凉冰冰的，太阳很热，你想聊一聊，不聊心事，只聊天气，想到什么聊什么，聊你在大街上看到的，聊你在 NPR 上听到的。”

“这才是我想要的。”沙拉点点头。“你怎么知道的？”

“每个人都是这么想的。”罗伦说。

22

十二岁就什么都懂了。所以，罗伦十二岁的时候发现有些事，奇怪、重大、陌生而反常的事，她并不真的了解或理解沙拉。她一直以为自己很了解沙拉，毕竟，她们都相处整整一年了。不管你多大年龄，一年时间都够长的了。沙拉不是很漂亮，但是很受欢迎。不知道是哪种神秘力量决定一个人受不受欢迎，总之她很受欢迎。十二岁，一个人受欢迎会有多大的威望你根本无法想象，沙拉当时就像个成人世界的权威，她说什么就是什么。

罗伦十二岁的时候一无所有。她胸脯平平，就像那些打篮球的时候脱掉上衣大秀胸脯的男孩子一样——那又怎么了，太热了嘛！她的头发毫无特色，又不允许化妆——见鬼，连耳洞都不让打。再加上她又认不全那些孩子，也听不懂他们聊的那些话题：

汉普顿、老大姐[1]、毒品贩子、母亲的整形手术、父亲的指控或晋升或出书合约。她有个同学，每天上学都有保镖护送；从来没人对此发表过什么议论，这让她简直要发疯。她周围都是些什么人？

沙拉像那个陌生世界的大使。罗伦不了解父亲正在竞选市长的男孩约拿，不了解继父壁炉上摆着三个奥斯卡小金人的女孩儿凯特，也不了解肖像出现在《华盛顿报》上的女孩碧儿，可是她以为自己了解沙拉。就像那些只会说越南语的小孩儿来到美国，《芝麻街》看上两个星期，就能教父母怎么缴煤气费。你可以学着去了解，罗伦也学着去研究沙拉，很认真地听她说话。她把两人之间这种具有强烈吸引力的关系错误地当作了解。

七年级的时候，她们每个星期五晚上都会一起写作业，后来，她们终于说服罗伦的父母让罗伦自己坐高铁回家，不用母亲每周跑来接她。否则，贝拉·布鲁克斯会安安静静地坐在厨房里等罗伦，手里抓着露露白色的骨瓷茶杯，茶杯上画着精致的小鸟。罗伦聚精会神地听她们说话，渐渐开始懂得：巴尼百货比布卢明代尔百货好，东汉普顿比水磨坊强；关于琼斯夫妇的双胞胎，丹尼尔是好人这头儿的，威廉是坏人那边的；骆驼特醇是一种很酷的烟，如果你是嬉皮士，女孩应该吸万宝路，男孩应该吸美国精神。

---

① 美国政府公布的 17 个最重要的非营利社会福利组织之一，主要工作是青少年义务辅导。——译注

一天夜晚，在沙拉家，同样的情景又上演了一番之后，事情又有了新进展，罗伦觉得这都是因为她在那里的缘故：沙拉拿着露露的信用卡，请她们到外面吃饭。露露一番谆谆叮嘱：要找附近的餐馆，必须在他们认同的范围内。那就只剩下街角处的印度餐馆和街对面的孟加拉餐馆了。两家餐馆唯一的不同之处就是后面那家菜单上有肉食。还有个中餐馆，以前叫“翠园酒家”，后来关门了，重新开业的时候除了名字什么都没变，餐馆更名后叫“紫禁城”，当时她们觉得这个名字非常滑稽，但是不记得为什么觉得它滑稽了。

十二岁的时候，罗伦渐渐觉得比较自如了。她知道如何在聊天的时候取悦大家，知道有些男孩觉得她很漂亮，这件事对她而言非常重要。一天晚上，她发现了克里斯托弗的照片。那是感恩节前后——所以她现在还记得很清楚，大约跟她来这里度假的时间差不多。露露有很多照片剪贴画，克里斯托弗的照片就混在其中，放在客房，后来，那个中国研究生威廉·李在那间客房借住过三个月，照片多半是被人遗忘了。

“这是谁？”罗伦好奇地问。不管是谁都很帅气。

“哦。”沙拉不动声色地用吸管喝着苏打水，“我的哥哥，克里斯托弗。”

后来一年多的时间里，沙拉一直都不曾提起过这个哥哥。罗伦甚至都不知道该怎么问她。

“他死了。”沙拉说，依旧不带任何感情。

故事很长。从那个时候开始，罗伦学会了不随便问问题，不追问细节，不刨根问底：你四处周旋，装模作样，假装什么都懂。这个战术在学校行得通，久而久之，跟沙拉在一起也行得通。罗伦渐渐听说了沙拉的幽灵哥哥克里斯托弗的一些事。他比沙拉大十一岁，他死的时候，沙拉才七岁，刚上二年级。

罗伦假装腼腆，最后沙拉终于给她看了克里斯托弗的其他照片：有一张穿着 POLO 衫，豁牙齿；后来还有一张鼻中隔穿了孔，头发很脏。她发现，克里斯托弗很关心政治，只不过他的方式很独特：他把装着猪血的瓶子丢在不肯“出柜”的同性恋市长脚下。他很年轻，但却是个专家。俗话说：苹果落在地上，离树总不远。可是他这颗苹果落在地上，却落到了很远的那边。真是讽刺。

罗伦后来觉着，露露当时是个年轻妈妈，估计胡克也经常不在家，这就解释得通了。克里斯托弗曾经存在过，有照片为证，但是他没有受到关注，来得不是时候，也不合时宜。他们归咎于嗑药，说是艾滋病，不过罗伦认真看过那些照片，从那双眼睛里看到了热情和生气，从那具身体里看到了柔弱。她对艾滋病的说法表示怀疑。

那年，沙拉被送到精神病医生那里，她很聪明，知道表面上是在玩耍，实际上是在测评她的精神状态。她以出色的表现通过了测试，就像她平时习惯做的那样。如果胡克和露露因为他们总统办公室的朋友无力挽救他们的儿子而悲痛，因为报纸提都不提他曾经来过这个世界而恼怒，因为孩子的葬礼而伤心欲绝，因为所有难以置信的事情而光火，至少他们还有沙拉，是沙拉拯救了他们。

她们认识了大半辈子，沙拉很少提到自己这位哥哥。如果罗伦向沙拉发牢骚，抱怨她的弟弟怎么不好，沙拉的神情就好像罗伦说的这些对她而言完全陌生似的。她那时候才七岁，罗伦七岁的时候什么都不记得，只记得屁股下面黏糊糊的绿色巴士塑胶座椅、自己豁开的牙缝、二年级老师浑身的粉笔味。就算沙拉能记得，肯定也只是一种模糊不清的感觉而已。她们从来不会谈论这件事，但是沙拉现在在为艾滋病人事业效力。她很慎重，也很安静。作为一个女孩，罗伦简直有点儿羡慕沙拉有个死去的哥哥，这难以承认，因为她当时都十三岁了，按说懂得更多了。沙拉死去的哥哥就像开司米围巾和蒂芙尼的钥匙圈，都是她没有而沙拉有的东西。

23

罗伦从椅子上坐起身来。户外躺椅其实没那么舒服，或者是因为她坐着不习惯。说到底，你最想要的还是一张床。有意思的是，她背部下方的肌肉有点儿痉挛，这说明她刚才迷迷糊糊睡着了，虽然菲奥娜和阿美娜在旁边叽叽咕咕地聊着天。她们每人翻着一本杂志，不时停下来，对着薄薄的彩页指指戳戳。她们的话题包括衣服、发型、颜色、拍照时机是否合适以及被摄影迷的远焦镜头拍到那些正在运动的名流们穿得是否得体。罗伦对这些聊天内容并不反感。她非常理解，坐在那里，双脚泡在浴盆里，一边惬意地让谦卑的韩国女人修着脚皮，一边想着以某人的名气是否有资格穿某件衣服，或者某件衣服穿在某个真人秀明星身上是否变得低俗了，有辱某个意大利名牌，那确实是一种享受。她只想睡觉。她的思绪像风筝似的飞上天空，在天上晃晃悠悠，随风飘荡。

或许她这么做对阿美娜和菲奥娜不公平，不够热情。很容易就会变成这样。菲奥娜穿着款式特别简单的泳衣，像德拉克洛瓦笔下的宫女，斜躺在带流苏的粉色浴巾上，浴巾是去肯尼亚旅行时带回来的纪念品。阿美娜婀娜多姿，皮肤很漂亮。她们一举手一投足都像设计好的舞蹈动作，十分优雅。罗伦永远都学不来。她非常肯定，她穿过房间时，每个人都在看她紧绷的脸色，有人行注目礼的时候，你肯定会觉察到。别人很容易就能做到。

最起码梅雷迪思头痛了。早餐后她吐了，然后就消失在昔日的种植园里，找中央空调去了。梅雷迪思很容易醉酒，问题是庆典上的酒会大量供应，而且那个可怜的姑娘又在借酒浇愁，尽管她喝醉了都不停地唠叨着陈年往事。今天是星期天，感觉像是离开的日子，不过她们会待到明天下午，所以今天有一种特别堕落的感觉。早餐吃的是龙虾，如果有可能，应该纵情堕落。太阳王自己可能会有节制地喝点儿香槟。可是不要紧：别人在买单，他们大家都在庆祝。这就是我们的庆祝方式，罗伦这个周末意识到：即便你刚开始不以为然，即便你无意如此，最后也会喝得酩酊大醉，感觉到庆典的氛围。还有酒后多愁善感的眼泪，不过眼泪可以留在后面。她们一致同意星期天晚上分头行动，可以叫客房服务，可以点播付费节目，不过她觉得菲奥娜和阿美娜可能会去市里共进晚餐。她们好像还有很多话要说，还可以聊聊她们心仪的睫毛膏。

她们坐在泳池边，海风并不大，因为酒店考虑很周全，在周围装了栅栏。罗伦站起身来，打了个哈欠，溜进水里。你随时都可以下水，因为泳池的水是温的。罗伦下水的时候心里想着：要尽量优雅，像埃丝特·威廉斯[①]（她应该是叫这个名字吧？）那样，不要像头肥海狮跌进海浪似的。她的泳衣看上去不太好，尽管颜色感觉像粉葡萄，在彩页上看着不错。她溜进水里，闭上眼睛，感觉头发在身后飘了起来，像飘扬的思绪，像飘散的香水味。她站起身来。脚下的瓷砖踩上去很安心。水面刚好在她胸部以下。她的胸即使没有菲奥娜那么匀称挺立，也非常优美，让她看上去

① 生于美国加利福尼亚州洛杉矶，电影演员，编剧。1944年与雷德·斯克尔顿一起主演了经典影片《出水芙蓉》。——译注

娇媚动人。反正盖比以前很喜欢。她记得自己站在镜子前，脱掉上衣，研究它们是怎么从身体里冒出来的。它们不仅冒出来，还越长越大。罗伦心想，难怪我们总是用水果去比喻它们，胸脯不仅会生长，还会在我们身上成熟。

她眨了眨眼。泳池里的氯含量经过精心校准。眼睛感觉很舒服。几个星期后，当地的新闻广播员就会极其亢奋地报道说，他们预计降雪量将暴增。街角的商店就会挤满了人，他们的公寓里从来不储备食物，所以冲来买牛奶。每次都冲着牛奶来。很难想象再过四十八小时，甚至还不到四十八小时，她就要回去了。刚开始她不想来，现在又舍不得走。她想搬到这座岛上来，开一家烹饪学校，开展特色旅游，经营一家家庭式旅馆，或者策划旅游婚礼，以此维持生活。每次度假都会走到这一步，不是吗？你会幻想另一种生活。卖掉房子，辞掉工作。明天上午，这样的时刻就会过去，她就会厌倦用这么小的杯子喝很快就会冷掉的劣等咖啡。明天上午，她就会怀念 WNYC 播音员那亲切的唠叨。明天上午，她就会厌倦这里松软的毛巾、淋浴头里喷出来的温柔到怪异的水流，厌倦这些甜甜的食物。

罗伦察觉到有人在看她。是那个服务生，他整个下午都在泳池边为客人提供服务，一个小时前，他曾经给她们送过饮料——那种一点儿酒精都不含的饮料。当时大家都想喝可口可乐。他很帅，当然了，这样的酒店不可能雇佣长得丑的服务生。他长得很有棱角，像雕刻出来的，这么说好像有点儿种族歧视的嫌疑：是因为他的皮肤太黑了，她才会产生这样的联想吗？她不这么认为，或者说，并不是故意要这么认为，不管怎么说，这都是一种善意：他真的很迷人。他有点儿年轻，估计也就二十五岁。他跟她们说话的时候挺放松的。她们可能跟他姐姐同岁。她们是来自不同世界的参观者，不是纽约，而是他们30岁的世界。

他挑起一条眉毛，只有一条，递给她一杯可乐。玻璃杯的边缘上夹着一片柠檬，还挺好看的。通常情况下，罗伦都只是把柠檬片当作一种艺术品，不会真的去吃。今天，她把柠檬汁挤到杯子里，要是不好喝那才该死呢。按照她幻想的另一种生活，她会在上午11:30喝着挤了柠檬汁的苏打水。

“谢谢。”她说，因为说谢谢的时候要直视对方的眼睛。这是以前那些星期五晚上在餐馆里吃饭时从露露那里学来的。

那条眉毛似乎自己会动。他是通过操纵哪块肌肉控制它的？这个表情有点儿轻浮，不像他递给其他女孩可乐的时候那种毕恭毕敬的“不客气”——沙拉和菲奥娜在节食。还有坚果，放在精美的贝壳状碟子上，有花生和腰果，还有一粒硕大的巴西坚果。她拣起那枚巴西坚果放进嘴里。

他又端来一碟坚果，给那对上了年纪的夫妇送去。估计他们是度假区唯一的蜜月旅行者。罗伦觉得这应该是他们第二段或者第三段婚姻。他们年纪挺大的了，估计孩子也不小了，多半在上大学。男的微胖，皮肤苍白，有一双快乐的眼睛；女的一头红发，感觉特别有活力，多半是一位瑜伽教练，或者业余陶瓷艺术家。服务生动作夸张地把托盘放在桌子上，不过，那个夸张的动作是不是为了吸引她的注意？他的衬衫特别白，白得不像服务生穿的衣服，他的笑容很放松，也很有说服力。或许他喝高了？罗伦看到他笑得有点儿踌躇，很快就变成了其他东西。她弯下膝盖，潜回水里去了。

一个小时后，罗伦第一个托词离开。玻璃杯和碗碟空荡荡的，剩下的鸡肉恺撒沙拉被沙拉和阿美娜吃光了。太阳还很大，遮阳伞还得撑着。罗伦想休息一下，假装要回去小睡片刻。大家互吻道别——她已经习惯了。女人之间要互吻道别，这叫入乡随俗。她把浴巾打个结系在身上。她们几乎全身赤裸躺在泳池边，不过，要去一百码外的过道，还是要稍微收敛一点儿。

她把太阳镜推到头顶，一只手抓着浴巾，另一只手抓着那只劣质棉袋，里面装着一本不怎么畅销的书。她的拖鞋放在小路那边的包里，她踩着草地走过去。这种感觉十分美妙。酒店里面的走道上开着空调，感觉像到了南极，她知道房间里开着空调的。她身上开始起鸡皮疙瘩。她应该把拖鞋放下穿上。可是她没有，而是匆忙穿过那些骏马图，朝自己房间走去。服务生就在走道上。他手里托着盘子，脸上带着那种笑容，冲她点点头，然后把下巴抬起来，扬着脸好给罗伦看个清楚。他点头的时候并不是对客人那种毕恭毕敬的顺从，而是在打招呼，像在大街上遇到美女的男人。她知道这样点头是什么意思。然后，他从她身边走过去，敲了敲大厅那边的房门，用欢快的声音告诉客人自己来了。一点儿口音都没有。

罗伦匆匆忙忙回到房间，把袋子丢在床上。床铺十分松软，包落在上面一点儿声音都没有。她把浴巾丢在地上，踢到一旁，突然很想冲个热水澡。热水哗哗地冲在她发热的身体上。她口渴得厉害，准备再来一瓶八美元的瓶装水。她有点儿发抖，可能是太冷了，也可能是太热了，或者冷热交加。这时，朝向大厅的那扇门外响起了敲门声。咚咚咚，一共三下。门外没人说话。

她没有去拿浴巾遮住身体，而是把浴巾踢开，好把门打开。

"小姐。"他非常温柔地，"你有什么需要吗？"

他的衬衫那么白，扣子还系得严严实实的。他把她从地板上抱起来，放在床上。他们一句话都没说，做得非常专心，十四分钟后，一切都结束了。他咧嘴笑着把衣服穿好——穿上平角裤，这个年纪的男人怎么会穿平角裤？她没有费那个劲去穿衣服，而是裸着身子在房间里走来走去，心不在焉地整理着枕头，从迷你酒吧里拿出一瓶水，然后接过他递过来的避孕套——刚从他身上剥下来，耷拉着，黏糊糊的。她用一大把纸巾把那东西包起来，丢进浴室的垃圾桶，可还是发出一声令人不悦的响声。她的放肆、她的赤身裸体感觉非常好。他说了几句无关紧要、枯燥无聊、毫不相干的话。

他开门离开的时候，她从地板上捡起那条湿浴巾，把自己裹起来。所有的事都是有好有坏：大厅那边的门刚好在那个时候打开，脸色还有点儿苍白的梅雷迪思扫了一眼罗伦。服务生点点头溜出去的时候，梅雷迪思似乎想说句什么。罗伦关上门，在门背后站了片刻，门后的指示图上标出了距离最近的安全门，以防发生紧急事件。从某种程度上来说，这确实是个紧急事件。她让浴巾从身上滑落下去，抓住一个角擦了擦大腿内侧，然后走进浴室。至少梅雷迪思有新话题可聊了。

法国吐司吃着味道变了，没那么好吃了。就连小番木瓜片都没那么诱人了，它们似乎不怀好意地对她咧着嘴笑。罗伦吃了几口就把碟子推到一旁去了。昨天她把这些东西吃得一干二净，还思量着再点一些别的：一盘炸得酥脆的土豆，一盘粉嫩多汁的烤肉。

还要再过几个小时她们才会离开。罗伦已经把行李收拾好了，把准备在飞机上穿的衣服放在床头，等着最后再洗个澡之后换上，因为那些沙子，那些无处不在的沙子，突然让她难以忍受。她突然觉得自己蓬松卷曲的头发油腻腻的又脏又碍事。她知道，几个星期后，甚至前脚一离开，自己后脚就会怀念这里：在肯尼迪机场排队的出租车里，她呼出的白气在寒冷的傍晚清晰可见。夜幕降临时，英国人都在喝茶的时候，她就会怀念这里。

梅雷迪思在罗伦对面坐下,她的穿着打扮一看就是要去海滩:上身一件特别宽大的白色 T 恤衫在腰上打了个结，下身穿一条用长围巾改成的裙子。她的头发像个小姑娘似的梳成高高的马尾辫。她打了个哈欠，然后微微一笑。还很早。“早啊！”

罗伦从来不记得跟人道早安。这似乎是理所应当的事。她啜了口咖啡，咖啡也没她想要的那么浓。“早。”

“纽约现在只有2℃。2℃啊！”梅雷迪思笑嘻嘻地看着她说。

“嗯。”似乎也没什么好回答的。

“说实话，我真想待在这里，再过一个星期，两星期，三个星期，随便啦。”梅雷迪思翻开菜单。菜单大得离谱，其实很多地方都是空白。她肯定记得菜单上都有什么，她们每天早上都在这里吃早餐。“你呢，罗伦？”

“回到现实生活确实很难。”罗伦说，其实她倒不这么想，她怀念自己的现实生活，特别是独自一人的早晨：闹钟还差几秒钟没响，她已经睁开眼睛，一边穿上衣服，一边看当地频道的新闻，新闻播音员会拣当地报纸上有趣的故事说来听。

“我们都变坏了。”梅雷迪思说，“所有这些便利设施。”她停顿了一下，“有时候我觉得我应该溜之大吉，你知道吗？开始新的生活。说真的。”

“每个人偶尔都会这么想，或者总是这么想。我不知道。”罗伦留神看了看餐厅，尽管她知道他现在不当班。

梅雷迪思冲服务员招招手，点了一杯卡布奇诺和一份草莓松饼。“老实说，我真不知道我回去干吗。”梅雷迪思说着，叹了口气。

梅雷迪思深深沉浸在自己的痛苦里，甚至都顾不上拿看到的事取笑、挖苦，或者要挟罗伦。

罗伦用叉子戳了一下番木瓜，觉得很恶心。“每年这个时候都一样。”她不屈不挠地说。

梅雷迪思仿佛有点儿糊涂。“每年的什么时候？”

“哦，节日啊。”罗伦无奈地做个手势，“每年的这个时候都一样。都很糟糕。家人团聚、办公室聚会、礼物、钱、圣诞节音乐、游客、爱和快乐，所有这些都像狗屎。”

“哦，你是说，节日独自一人很难过。”梅雷迪思点点头，“嗯，我猜确实是这样。”

事实上，罗伦不是这个意思。她所说的话才是她的意思，通常都是这样。外面的暖风让她觉得自己和时节断了联系，可是那种意识在她心里萦绕：每年的这个时候都是千篇一律的爱、快乐和安详，很烦人。即便身为女孩，或者不应该说女孩，应该说身为没满十三岁的郁郁寡欢的少女，她很讨厌圣诞节。撕烂的包装纸丢在豪华地毯上，到处都是，让她觉得很沮丧。所有这些毫无意义的赠予，所有这些心不在焉的接受，都无关紧要。她的母亲跟别的母亲一样，都喜欢过圣诞节。罗伦这会儿不想思考这个问题。

梅雷迪思还有话要说。罗伦从她紧绷的脸、眼里闪烁的光芒就能看得出来。她两眼放光，盯着罗伦，似乎像一块磁铁似的，想吸住罗伦。梅雷迪思很孤单，罗伦也孤单过，当然，每个人都孤单过。可是她不确定自己的孤单是否跟梅雷迪思的孤单一样，会搞得人人皆知，那么歇斯底里。梅雷迪思的孤单有一种气味，飘散在风里，你可以觉察得到。这种孤单并不能传染罗伦，罗伦为此感到欣慰。既然这么多女人都遭受着它的折磨，似乎感觉孤单是挺正常的事。

沙拉和菲奥娜走进餐馆，在她们身旁坐下，招呼服务员点餐，又互道了早安。

看她们的穿着打扮也是要去海滩——她们要尽情享受假期的最后一刻。

“我把自己的真实生活都抛到九霄云外了。”菲奥娜仍沉浸在自己的欢乐中，说，“我觉得这说明这次度假很成功。”

“是啊。”沙拉瞄了一眼罗伦的脸色，然后扭头看着大海，“能把真实生活抛到脑后真不错。逃离生活，饮酒作乐，放纵自己。”她停顿了一下，看着罗伦说：“你觉得呢？”

看来梅雷迪思已经告诉沙拉了。这没什么好意外的。梅雷迪思看上去也不像那种会保守秘密的人。“我猜是的。”罗伦说，“至少不会宿醉。”她轻轻揉了揉太阳穴，“我补了水。”

“你真是聪明，罗伦。我很震惊。”沙拉笑了，不是真正的笑，也不是指责，而是其他的感觉。不安，尴尬。

罗伦知道沙拉对性的感觉。她的尴尬和震惊并不能掩饰她的好奇，而这些感觉都是冷漠的表现。跟沙拉上过床的每个男人罗伦都认识：亚历克斯·合德和丹·伯顿，中间还有两个。一共就这四个，一只手都数得过来。她不是在取笑罗伦，而是在奚落罗伦。沙拉不情愿直截了当地谈论性的问题，所以就会变成这种情形：沙拉话里话外暗藏机锋，如果梅雷迪思和菲奥娜在留心听她们说话，就会觉得怪怪的。

“对了，”罗伦从桌子旁边站起来说，“我要回房间去收拾行李再去海滩，免得待会儿迟到。我们待会儿海滩上见？”

她错了：沙拉可不打算止步于暗藏机锋的唇枪舌剑，才过了十分钟，她就敲响了罗伦的房门。罗伦都不用去开门就知道是她。

“干吗？”罗伦行李早就收拾好了，这会儿正躺在床上，心不在焉地翻着几个月之前的《纽约客》。她挺久没看这份杂志了。

“嗨，我可以坐下吗？”

“当然，坐吧。”罗伦没有坐下，她站在门口，居高临下地看着沙拉，“你准备好回家了吗？”

“听我说，我——”沙拉说不下去了，“梅雷迪思都跟我说了。我只是，有点儿吃惊，或者什么的。我不知道。”

“好吧，我不知道梅雷迪思跟你说什么了，可是……”罗伦一点儿都不想辩解。

“梅雷迪思说她什么都看到了。她是很烦人，但是又不蠢。你跟那个服务员上床了，罗伦？你当真？”

“这是在度假好吧。”她很意外她们竟然真的在谈论这事，不过沙拉的语调倒一点不让她意外：反感憎恶。她甚至都不想掩饰，“又不是什么大事。”

“至少让人尴尬，对吧？”

“让谁尴尬，沙拉？梅雷迪思是你的闺蜜，不是我的闺蜜，她看到一些事，就大惊小怪地跟你嚼舌头，我有什么好尴尬的？我不知道。她怎么做是她的选择。可是你知道。事情就是这样。我跟人上床了。如果这是在阿富汗，你们可以朝我扔石头。”

“可就是让人尴尬，就是……”沙拉停顿了一下，看了看房间，似乎不知道该怎么说了。“就是很低俗。那个临时工呢？我以为你喜欢他。”

罗伦哈哈大笑起来。“临时工？”她几乎都想不起他的脸长什么样了，“他跟这件事有什么关系？”

“你说你喜欢他的鞋子。”沙拉说，听上去很荒唐。

“你要我怎么说？我很低俗。很抱歉。我很抱歉这件私事这么低俗，不过这跟你没有任何关系，跟梅雷迪思没有任何关系。我很抱歉让你觉得这么尴尬。”

“天哪，你这根本不是在道歉！”沙拉站起身来。她大为光火。她自言自语地嘀咕着，只不过声音很大，“这种……‘我很抱歉让你觉得怎么怎么样’……这种道歉让我恶心。道歉可不是这么道歉的。你不应该因为让我觉得怎么样而感到抱歉。你应该为自己干了这种该死的蠢事而感到抱歉。所以别这么着，行吗？你明明没这么糟糕。”

“我明白了。我没那么糟，也没那么好，因为我还是个低俗的荡妇……跟仆人上床的荡妇。这么说你满意了吗？”

“听着，随你怎么说。无所谓。这明明不是仆人不仆人的问题，你心里清楚。这明明不是荡妇不荡妇的问题，你心里清楚！”

“那是什么问题？是我，是我自己，不是你的问题。就是这样，沙拉。我是我，你是你，十年了吧，还是这个老问题？现在又来了。你生我的气是因为我是我。我生你的气是因为你是你。只不过你根本不是真的生气，只是在道德上居高临下，而且沾沾自喜。我不知道怎么说，而且我很生气。然后我们两个就谁也不理谁了，真他妈的！”

“你到底在胡说些什么？”沙拉在狭小的房间里踱来踱去。

“我不知道。”她不知道。可是她知道。罗伦所说的话就是她的意思，她不敢相信自己竟然会这么说。从某种程度上来说，沙拉似乎对她所做的一切都很不满。这么多年过去了，她还在罗伦面前提盖比，“这到底是友谊还是习惯？”

“我不知道这是什么意思。”沙拉还在自言自语。

罗伦看着她。她的厌倦比愤怒更深。

沙拉摇摇头。“我不知道你在说什么。”

罗伦叹了口气。“我不应该……”她不知道怎么说下去。她不知道自己应该为什么事道歉。

“我要去海滩了。”沙拉说，“海滩上见。”她从通往露台的小门走了。罗伦在床上躺了二十分钟，呆呆地望着天花板，然后才来到她们预留到中午的海滩浴室。下午1:30，车子会送她们去机场。

她会冲个澡，最后在那间豪华浴室里冲个热水澡，尽管她的头发还是感觉咸咸的，她的双脚还是沾满了沙子。她会穿上牛仔裤、衬衫和开襟毛衣。这会儿穿开襟毛衣虽然很热，可是飞机上会很冷。带来的那三本《纽约客》都看完了，只剩一篇写棒球的文章没看，她打算扔在酒店不带了。她会在床头柜上放二十美元，是给客房服务员的小费。她会快步穿过接待厅，钻进车里，不过她不会再见到那个服务员了，所以没什么关系。沙拉签支票的时候她不会去看，沙拉早就反复告诉她们大家由她买单，所以没有人会跟她抢。去机场的路上，她会安安静静地坐在车里，一言不发，所有人都会安安静静地看手机，想工作的事，想男朋友或者丈夫，或者想着找男朋友或丈夫，想冬天的大衣，想天冷的时候城市户外的气味。随着飞机一路向北，天色越来越暗，城市会亮起五颜六色的灯光。飞机从云端降落，飞行员会在广播里叫大家坐好，不要在机舱里行走，等等。她知道飞行员说“乘务员请做好降落准备”的时候才真正快到了，因为靠近城市有很远一段路程，那些灯光会误导你；你以为自己已经到了，其实离得还远。然后，越来越近，越来越近，近得你感觉就要一头栽进海里了，近得你感觉飞机的轮子就要碰到高速路上汽车的车顶了，不过这些都是你的错觉，一切都会很顺利。

24

大街上的人都垂头丧气的：裤脚沾满了积雪、垂头丧气的商人，徒劳地举着把伞、步履蹒跚的中国老奶奶，满脸沮丧、穿着天蓝色制服的快递员。城市里似乎弥漫着一种悲哀的氛围，这种氛围比风雪更固执。我们以为一月已经是仲冬，殊不知这才是开始。还要熬过很多日子。

沙拉不想沉湎于这种悲哀的氛围。她觉得无拘无束。圣诞节耗费了她不少时间。胡克有个过时的玩笑说得很形象：他们的宗教信仰就是赠送礼物。圣诞节的时候，不要低劣、愚蠢的东西，不要平常的、廉价的东西，那些东西你反正会收到，比如：装满卡片游戏和糖果的袜子、给芭比娃娃的小塑料物件；后来是耳环、手镯和紧身裤；再后来是礼品卡、稍微成人化点儿的珠宝，那种猫咪的形状一点儿都不好看。到了十岁：一匹漂亮的小马驹，名字叫贝拉克里特斯。她把马驹放在布朗克斯寄养，妈妈每周开车送她去骑两次。那年她迷上了骑马，穿的是骑马服，读的是女孩骑着骏马拯救农场的英雄叙事诗。她把自己的零用钱存起来，想买一套梦寐以求的新马鞍。那套马鞍很贵，她要攒好几年的钱才够买，不过后来一直都没买。

当然，她很快便失去了兴趣。孩子们很容易失去兴趣。三年后，他们把贝拉克里特斯卖了。再后来，到了十五岁，她突然意识到女孩和马之间存在着多么荒谬的性象征意义，觉得十分怪异。十五岁那年的礼物：卡地亚手表。也是她梦寐以求的，现在还戴在手上呢。有一次上游泳课，她把手表忘在了更衣室，到处都找不到，伤心地大哭了一场。管理员在长凳上捡到后送到了总务处保管，因此她只伤心了短短一个小时。后来到了十七岁：她收到一辆自己想要的紧凑型宝马车，不过车子是蓝色的，不是红色的，胡克认为蓝色比红色耐看；而且也不是敞篷车，因为露露认定敞篷车遇到事故会让你身首异处。

今年，沙拉说服菲奥娜陪她去伯尼百货逛街，她们买了一条不对称项链，样子介于项圈和鸟巢之间，镶嵌着大量的粉色宝石。露露很喜欢。要取悦胡克，说难也很容易：送本书就够了，越稀奇古怪越好。不过，今年沙拉想表达自己没有说出口的感激：感谢他们承担自己婚礼的费用，感谢他们不辞辛苦为自己安排。所以她好几个月之前就开始留意了，经常上网去逛，看有什么好东西拍卖，差点儿花大价钱去买名作的初版（厄普代克[①]的签名作，萧伯纳的手稿），不过她后来在达拉斯一家小拍卖行买到了更好的东西——温斯顿·丘吉尔写给他弟弟的书信手稿。

丹的妈妈露丝在一家私人诊所当了多年的精神科医生，退休后热衷绘画。沙拉以她和丹的名义送给她一套约翰·辛格·萨金特的图册。露丝学画水彩，画得很不错。她作画时目光锐利，手也很稳。他们送给丹的父亲安德鲁一双皮手套：很漂亮，贵得离谱。沙拉和丹商量了很久才决定买什么礼物，丹好像也不知道自己父亲喜欢什么。做父亲的人都叫人捉摸不透。反正密歇根越来越冷了，送手套总不会错。

新组建的大家庭在胡克和露露家过节。露露觉得请临时工来帮忙对不住大家，便亲自下厨。她花了好几个小时做哈拉卡斯[②]，一个个用香蕉叶包的很漂亮。他们坐在餐厅最好的椅子上，胡克高谈阔论起来。露丝是艾米丽名单[③]尽职尽责的捐赠者，她听得咬牙切齿。不过，沙拉没有恳求胡克说话不要太偏激，因为胡克这人你越劝他越来劲。露丝饭后喝了两杯非常健康的威士

---

① 约翰·厄普代克（1932年3月18日－2009年1月27日），美国长篇小说、短篇小说作家、诗人。——译注

② 委内瑞拉圣诞节必吃的美食，形似粽子，由塞满了刺山柑、葡萄、辣椒，以及各种肉类的混合物的玉米面团裹上香蕉叶制成。——译注

③ 是目前美国最有影响力的女性政治团体之一，拥有300万名成员。——译注

忌，又吃过甜点，就借口头痛匆匆告退了。总体来说，这次聚餐还算成功。

25

维拉的办公室在这座城市某个陌生的角落里，没有什么明显的特征，下面是一家小旅馆、一个厨具展销厅和一家有百叶窗的土耳其餐馆，门口挂着深紫褐色的帘子。办公室在二楼，几扇宽大的窗子俯瞰安静的大街，房间里摆着很多兰花，这些盆栽兰花在这个干燥的冬季竟然奇迹般的生机勃勃。

“进度怎么样了？”维拉抱着一种困惑不解、“我早就告诉过你”的态度。婚礼策划是她的职业。她的工作就是让事情看上去似乎不可能完成。

沙拉并没有把维拉看作某种专业人士，比如机械工或水管工，替她解决她解决不了的问题，而是把她当作临时帮手，就像露露请来的包办宴席人员：帮她做她有能力但是没时间干的活儿。“进度不错。”沙拉告诉维拉。她没有说谎。她觉得一切都挺好。

“我们这边一切都很顺利。”维拉说。她们坐在一张小圆桌跟前，桌子上放着一把茶壶和几个小茶杯，就像小姑娘过家家开茶话会似的。这地方到处都是这种俗气的摆设品：矮椅、咖啡桌上摆设用的画册、兰花陶土盆下面的小圆垫以及其他用来吸引普通新娘的东西，吸引来到维拉办公室的新娘。

“很好。”沙拉说。桌子上放着一沓便签纸和一笔筒削好的铅笔，以备她做笔记用。她不觉得有什么需要做笔记的。

“要不我们先从品尝蛋糕开始？”

“很好。”沙拉又说。她原以为桌子已经摆好了蛋糕。她很不耐烦。她不喜欢跟维拉在一起：她总觉得对方那种貌似感同身受的样子后面隐藏着什么东西：高高在上、怨恨讽刺，说不清楚是什么。不过，她效率很高，很快就消失在后屋去拿蛋糕样品了。

有香草蛋糕，中间夹着薄薄一层覆盆子；有巧克力蛋糕，上面铺着一层咸味碎坚果；有椰子蛋糕，散发着香蕉的香味；还有一种巧克力薄荷蛋糕，吃起来像女童子军饼干。这些蛋糕都不错。沙拉喜欢甜点，但是，过圣诞节的时候还要时刻想着自己的饮食控制计划十分辛苦——“节食”这个词叫人听着就厌恶。这会儿大下午的，坐在二十五号街这栋奇怪的房子里，一口气吃掉七块蛋糕似乎很疯狂，不过你只能听之任之。圣诞节那天，她吃了露露做的番木瓜甜食，虽然味道不怎么好；此外，她还跟罗伦去吃了一顿容易发胖的大餐，以庆祝她们自己的节日。

圣诞节大餐已经是她们的惯例了：只有她们两个人，交换礼物，喝得醉醺醺的，聊聊八卦，然后回归家庭和工作。海岛旅行回来过了两个星期后，她给罗伦发了短信，互相开着玩笑；其实她还是很——用“生气”这个词好像不太合适，应该用其他词来描述这种感受。但是，传统就是传统。罗伦肯定也这么认为，因为她们订好了计划，并如约在翠贝卡一家酒吧见面了：白色横条瓷砖、留着络腮胡子的调酒师、一美元一碟的牡蛎特价菜。

“我都不知道牡蛎有什么好吃的。”罗伦无聊地抚着凳子说。她蓬松的大衣挂在椅背上，占了不少地方。

“牡蛎给人感觉有点儿色情，对吧？”沙拉做了个鬼脸，“我觉得人们就是装装样子罢了，因为它看上去很高深似的。”

“婚礼准备得怎么样了？”

沙拉耸耸肩。“反正总会来的。”

“我有个好主意。事实上，我早就等不及告诉你了。我要面对面跟你说。你准备好了吗？”

沙拉点点头。

“是这样：预演晚餐[1]我想我们可以搞点儿与众不同的安排，大体上是相对于婚礼的。比如说，不要精美的饭菜，不要座位牌，不要桌布，就只要开心，只要灯光，只要喜庆，只要好吃，只要墨西哥风情！”说到这里，她得意地停顿了一下。

“我已经给本塔哈打电话了。”罗伦接着说，“他们有包间，能轻轻松松容纳四十个人，我们把菜单也定好了。有墨西哥煎玉米粉卷、墨西哥鳄梨酱之类的东西。我想着，婚礼前夜不能太疯

① 又叫排练晚餐。美国人在举办婚礼之前都会进行排练，而排练结束之后，新人、家人和亲友来宾共进晚餐。这一项通常由男方家庭负责安排。——译注

狂，所以就定了墨西哥油条做甜点。”她把手伸到挂在椅子背后的大衣口袋里，掏出一张纸递给沙拉。“这是我们订的菜单。你可以取消自己不喜欢的菜。要是你不喜欢这个安排，可以全部取消。我交了押金，不过押金可以退。所以你要是不喜欢这样安排尽管直说。”

沙拉十分意外，她接过纸条，却没有去看，而是抬头看着罗伦。罗伦旅游回来晒黑了。“你知道，严格意义上来说，预演晚餐是由新郎家安排的。露丝也有计划，我记不得她具体怎么说的了。不过，你的计划显然比她的计划强一百万倍。”

“管它什么严格意义不严格意义呢。”罗伦耸耸肩。“别担心你未来的婆婆。我去跟丹说。我会把什么都安排妥当的。只要你喜欢就行。”

沙拉之前本来很生气。那股怒气吃饭之前还没有消失，不过现在再对她生气似乎有点儿不合情理。“谢谢！”沙拉是发自真心的，“谢谢。”

这就是罗伦：先是让你失望透顶，然后远远超出你的预期，给你意外的惊喜。直到现在，沙拉都无法理解：明明是她们五个人的旅行，她为什么要跟别人上床，还不只是别人，还是个陌生人（而且还是个服务员！这点沙拉只肯在心里说，永远都不会说出口）？她为什么要做这种愚不可及的事，找这种为人不齿的乐子？

“最喜欢哪个口味？”维拉期待地俯视着她。

沙拉记不得每种蛋糕吃起来什么味道了。她选了香草蛋糕。她喜欢里面那层红色的覆盆子酱。

26

后来她到商场去轮了好几个班。有个长期雇员走了，商场没有再招聘人。沙拉不介意上班，事实上，她挺喜欢有事可干，因为她把很多任务都推给了维拉：找帐篷、订蛋糕、核对邀请名单、检查反馈卡、制订户外灯光方案。

这段时间是零售业的停滞期，却是他们商场的高峰时期：为了给圣诞节战利品腾地方，人们把曾经视为宝贝的东西拿到商场出售。特别是装满书的纸袋子，此外还有：花瓶、不要的枕头、灯、相框、即兴画作或古怪的雕刻品。粉红销售是她的主意，过去两年里显示很成功：商场变成了一片粉色和红色的海洋，向情人节致意。她把粉红色锡纸包裹的巧克力之吻倒进布伦科玻璃碗标价四百美元，把玻璃碗放在收银台上。展销第一天，一名室内设计师走进来，一口气预订了价值两千美元的东西。她告诉沙拉，这是替一对住在艾普索普的夫妇预订的，他们装修别墅套房，要给自己十几岁的女儿布置卧室。

沙拉还要给丹买一套无尾晚礼服，要跟未来的婆婆商量星期日下午的婚后下午茶怎么安排，她想安排在公园大道南那家小餐馆的花园房里，房间很雅致，而且有天窗。为了减掉手臂上的“蝴蝶肉”，她还买了一个十磅重的小哑铃，每天早上两条胳膊各举六十次，然后再去冲澡。还有蜜月调查：她试图找出一年当中最适合去博茨瓦纳的时间。现在在看罗曼·拉什的著作。

商场人手不足，她知道他们需要她，但是今天她碰到了更重要的事。她给商场打电话，告诉雅各布她下午不去了。雅各布有点儿慌张，不过她很不耐烦，第一次觉得“拜托，那只是个商场而已”。平时如果她感觉到他们需要她，就会产生满足感，现在她有点儿手足无措，无暇去体会这种感受。

然后，她给丹打了电话。她一边打电话，一边神经质地沿着三十九号街走来走去，在免费报刊亭和消防栓之间踱来踱去。一个锡克教徒似的店主狐疑地盯着她，她冷冰冰地回视过去。丹正在准备下周去海牙的重要讲话。他工作的时候他们从来都无法畅谈：要么就是嗯嗯啊啊，要么就是默默点头。于是她挂上电话，给罗伦打了过去。

几年前，嗯，十多年前了吧，一月份的一个夜晚，她们喝多了酒。纽约上城区到了肃杀的冬天除了喝酒还能干什么。当时她们在别人家参加派对，派对结束后，她和罗伦步行穿过灯火通明的校园。安全专用电话那蓝色的光芒让人安心，大片的灯光让坏人不敢轻举妄动。她们十分自信地走在校园里：积雪融化，水面结了冰，到处都很滑，可是她们喝得太多了，根本没在意。罗伦突然脚下一滑，一屁股坐在地上，跌了个屁股蹲儿。

“啊哦！”她叫了一声，然后哈哈大笑起来，笑得涕泪横流。倒不是因为摔疼了或者觉得丢脸，而是因为冻的。当时的情况特别好笑。

“答应我，”罗伦后来说，“你要是我闺蜜，咱俩要是闺蜜，那就说好了：从现在开始，不管谁在冰上滑倒，另一个也得滑倒。”

“为什么？”沙拉问。

罗伦当时回答说：“因为咱俩要同甘共苦。”似乎有点儿道理。

电话拨过去，才响了一声，罗伦就接了起来自报家门：“你好，我是罗伦·布鲁克斯。”那么简单生硬，那么专业。

“伦伦！”沙拉说，“伦伦，我在冰上滑倒了。”

27

沙拉最先想到的地方就是布莱恩公园附近这家奇怪的旅馆。它位于市中心，看上去鬼鬼祟祟的，偷情的人如果想喝两杯马提尼，多半会约在这种地方。她忘记那个老旅店已经改头换面，修缮一新了。现在已经看不出以前的影子，一排排柱子富丽堂皇，光滑的木板散发着光泽，天鹅绒的布艺装饰，东拼西凑的风格矫揉造作，但是很豪华。这会儿还没到下班时间，但是午餐时间早就过了，饭店里空无一人。店老板长得很俊俏，橄榄色的皮肤，头发微卷，多半涂了某种东西保持发型。沙拉很想伸手摸一摸他的发卷。他把沙拉带到座位上，端来一杯冰水，拿来一份菜单。沙拉把冰水一饮而尽。

没过几分钟，罗伦就来了。她说话算话，接到电话就出发了。她赶来了，因为沙拉要她马上过来。

“嘿！”她故作诙谐地打着招呼，掩饰着心里的担忧。还有困惑。

“嘿！”沙拉说。

罗伦在对面的长沙发上坐下，很不淑女地一把把大衣、围巾和包包全部拽掉，推到沙发的一旁。“怎么了？”她顿了一下，接着说：“什么叫你在冰上滑倒了。”

“我们的求救暗号。”沙拉对着菜单点头。“喝一杯？”

“当然，喝一杯。”罗伦笑了，“我愣了一会儿才想起来，冰上滑倒。不过我很快就记起来了。”

“你当然会记起来的，伦伦。”

“那你是不是要告诉我发生什么事了？我们为什么要喝一杯？”

“是你要喝一杯。”沙拉迟疑了一会儿。然后心满意足地说：“我怀孕了。”

“哦，哦！”罗伦瞪大眼睛看着她。“那就恭喜你？”她垂下眼帘看着面前的菜单，“老天，孩子的父亲是谁？”

“你知道，我刚才就在想你会怎么打趣我呢。”沙拉止不住地笑起来，她简直想放声大笑。“我的书单上就有《孩子的父亲是谁》，还有《又来了》。”

“很不错。”罗伦哈哈大笑起来，“这么说，不考虑穿婚纱了？”

“这也在我的单子上。”她们叫了酒。

“我只喝两小口。”服务员去给她们拿酒了。沙拉不由为自己辩解。

罗伦举起双手表示抗议。“我可什么都没说。”

“我怀孕了。”她直勾勾地看着罗伦说道。她想跟罗伦交流自己的感受，可是自己也说不清究竟是什么感受。她希望罗伦告诉她该做出什么反应。

“太棒了！”这次罗伦没有开玩笑。她笑眯眯地望着沙拉。

“生命的奇迹。”沙拉皱起了眉头，“我都不知道该怎么说。”

“这么说是意外？”

她才停药几个月，是按照医嘱停药的。医生说，如果他们想要孩子，现在就可以开始尝试了。他们以为过段时间才会怀上。“是意外。”沙拉说，“总的来说，算是个惊喜，只不过来得有点儿不是时候……”

“那你之前知道吗？”罗伦在沙发上坐直，身子往前倾，“等等，那你才刚刚知道吗？”

“我去看医生，做常规检查，不过好像——我觉得很累，我还以为是筹备婚礼折腾的。”她耸耸肩。

“妈的。”罗伦还在笑。这才是正常的反应，沙拉知道：震惊，但是开心。“有多长时间了？”

“四个星期，她认为可能有六个星期。现在还不能确定。”

“也就是说，到现在有两个月了。到时候你就怀孕三四个月了。”

“真是的，肯定显肚子了。”沙拉觉得肩膀生硬，她的二头肌发酸，它们已经酸痛好几个星期了。都怪她每天风雨无阻地练习举重。

“不会的。”罗伦抓住她的手，“三个月不显。”

“我都饿了好几个月的肚子了，做那些该死的瘦手臂运动。”沙拉觉得自己快哭了：脸红得发烫，眼睛里涌起了雾气。

“你在做瘦手臂运动？”罗伦揶揄道。

“还雇了个该死的教练呢，叫詹克。收费很贵的。”沙拉笑了起来。

服务员把酒送来了。沙拉从自己的冰水里挑出三块冰块，丢进酒杯，为了冷却，也为了稀释。她尝了一口，口感很棒。正是那种放松的感觉。

“我锻炼得很努力。真是太蠢了。我很高兴自己要当妈妈了。

拜托，我觉得这比以苗条的形象出席自己的婚礼重要多了。可是那会儿我一心想瘦身，美美地在婚礼上，为了喝杯香槟，等大家都离开之后跟包办宴席的人喝杯纯龙舌兰。”

“纯龙舌兰？”罗伦啜了一口杜松子酒。

“我很抱歉让你翘班了。”她没有哭，也没有笑，只是坐在那里。

“拜托，上班很没意思的。到这儿来有意思多了。”她们沉默了一会儿。

“你会不会去做性别鉴定？”罗伦问。

“不知道。”她还没考虑过：肚子里的不只是胎儿，还是她的儿子或女儿，“还是跟丹商量一下再说吧。”

“等等，丹怎么说？他高兴吗？”

丹在工作的时候不太喜欢聊天，不过，他非常了解沙拉。沙拉简短的“嗨！”后面肯定有话要说。于是借故从办公室告退。沙拉能听到他走进过道的声音，过道里有人，他又走进楼梯间。他的声音在空旷无人的地方回响。“确定吗？”丹想知道，“我爱你，这太棒了。我很开心。我希望你也开心。这真是太好了。”诸如此类的甜言蜜语。可是沙拉想听更贴心的话，所以才打电话给罗伦。“唔，他当然很兴奋。我是说，他也知道这孩子来得不是时候，不过，他还是很高兴。”

“真的很棒，沙拉，太神奇了。”罗伦用手指沾了沾她酒杯留在桌子上的水痕。“你这会儿太震惊了，还没接受。过两天就觉得不一样了。”

“婚礼快把我搞疯了,真的是……如果不能正确地做某件事，为什么还要去做？我过去一直都努力正确地去做。”

“你现在也一样。”

“知道这个消息我本来应该高兴得跳起来，可是两件事明明应该分开。我的两块里程碑撞到一块儿去了。”她又喝了一小口，接着又喝了一口。她想喝第四口，但是脑子还清醒，于是把杯子推给罗伦。“替我喝了吧，省得我再喝。”

“很乐意效劳。我要喝个双杯。这事值得庆祝。让婚礼见鬼吧。你会看上去很漂亮的。管它呢。”

“我会看上去很漂亮的。”沙拉停顿了一下。她不是那种喜欢喋喋不休地谈论自己看上去怎么样的人。像梅雷迪思那样，喋喋不休地抱怨自己单身。很烦人。

“我要当罗伦阿姨了。”罗伦说，接着又问了一句，“你不打算告诉胡克和露露吧？”

“我不打算告诉胡克和露露。不过，这事儿没那么简单的。我得保密……十个星期？简直就像英国滑稽喜剧。身份误会，躲躲闪闪。”

“就说你筹备婚礼太累了。你很擅长哄人的。”

“胡克买了一箱红酒，准备在预演晚餐上喝。你的预演晚餐。

他说预演晚餐比婚礼有意思多了。是第一流的。请的都是自己真正喜欢的亲朋好友。着装不用那么正式，大家尽情畅饮，开怀畅谈。”

“这就是为什么你了不起的女傧相想要负责安排的原因。他说得对，预演晚餐肯定会比婚礼更有意思。如果胡克想扛一箱红酒去，他最好给我打个电话，我们可以商量怎么安排。”

“是伴娘，不是女傧相，你这个白痴。可是，如果我不喝他特地准备的红酒，肯定会感觉……很可疑。”

“嗨，行了啊你。”罗伦啜了一口沙拉的红酒，又喝了一口自己的杜松子酒，“说谎骗人咱俩曾经可驾轻就熟呢。你忘了。”

“咱俩那会儿确实厉害。”沙拉还记得：她们曾经违背熄灯令，伪造请假条，还从露露的钱包里偷过二十美元。

“所有的小姑娘都说谎，哪个小姑娘不骗人？所以你就哄哄他们。别丢小姑娘沙拉的脸。再说了，胡克那么喜欢他准备的红酒，肯定会喝得酩酊大醉。人家才不会注意你喝不喝酒呢，除非他们是酒鬼。如果哪个酒鬼盯着你看，就会以为你也是酒鬼，才不会为难你。”

“我怎么觉得你说的还挺有道理的。”

“你觉得有道理就行。从现在开始，几个月后，这将会成为遥远的往事，你会生孩子，当妈妈，神圣得不行。我突然想再喝一杯。”罗伦停顿了一下，接着，不满地问，“等等，要请的人定了吗？”

客人名单很短。沙拉已经筛选过了。“其实我对这场盛大的婚礼并不怎么兴奋。最近才开始着手，有点儿……喜欢去考虑这事了。想到我喜欢的人全部会在四月份的某一天聚集在同一个地方，吃着好吃的食物，我觉得还蛮开心的。本来感觉挺不错的。现在，我觉得自己挺混蛋，有了宝宝竟然不觉得兴奋，还光顾着什么该死的婚礼。我是说，让婚礼见鬼吧，耶，我有宝宝了。可是，怎么会这样的？”

罗伦泰然自若地说：“精子遇到卵子就会这样啦。”

“我是说，我们都老了，罗伦。我们老了。就是这样。我们的人生开始了。我给吉尔打电话了，你知道吗？你告诉我说你碰到她了？”

“你给她打电话了？”

“是啊。我也不知道为什么要给她打电话，就是好奇吧。她翻来覆去说的都是孩子：孩子这样，孩子那样。她还说，生孩子会让你永远都不会再孤单，你的余生都不会再孤单。”

“不能那么说。她的孩子还是婴儿呢。他们迟早会长大，到了十几岁的时候，就跟咱们一样。咱们那时候跟自己妈妈一点儿都不亲近。其实我现在跟我妈也不亲近。”

沙拉耸耸肩。“想象我肚子里的宝宝长成咱们那时候的样子可不怎么让人宽心。我是说，突然就开始了。我们的人生突然就开始了。”

“我们的人生早就开始了。”罗伦喝完自己的鸡尾酒，把那杯红酒推过来给沙拉。“再喝一口吧，孩子不会长成三条腿的。”

沙拉又喝了一小口。“好了，真的不能再喝了。你想吃晚饭吗？”

“才五点钟。”

“早起的鸟儿有虫吃？”

“好吧，那就吃晚饭。”罗伦对服务员打了个手势，“我来这个，庆祝你的大日子。”

“你真的觉得我们的人生开始了？”

“真的。”罗伦说。

28

最近，沙拉总觉得自己特别愚蠢。她告诉自己，都是怀孕闹腾的，接着，想到自己怀孕了，她又开始生气。这些日子，她就在这两种精神状态中来回摇摆：愚蠢和愤怒。想到怀孕，让自己开心；她告诉自己，婚礼还不知道在哪呢？

这会儿好像没有什么能让她专注的事情。她挑选的那本厚厚的平装书摊开放在咖啡桌上。书挺好看，可是这会儿电视更好看，正在播放智力问答节目《危险边缘》，她跟着抢答，而且说出声来，也并不觉得尴尬。丹压根不在乎。他坐在窗前的小桌子旁轻敲着键盘，丝毫不受影响。

“瓦内萨·贝尔是谁？《维多利亚名人传》是什么东西？”丹插嘴提醒她答案：阿比西尼亚骗局。

沙拉不喜欢夸张，她只会说自己很累，而不会说自己累死了。她不习惯在商场工作那么长时间：要经常站着干活，兴高采烈地跟人聊天。她很擅长玩《危险边缘》，不过她并不聪明。这是两码事。小时候她以为自己很聪明，因为她的成长环境让她觉得自己很棒。到了大学，她受到的冲击非常大：激进分子、女同性恋、凯西·艾克，都是她见所未见的。她逐渐发现了自己的平庸。以前，她总是擅长让自己看上去很聪明：提出适当的问题，在适当的时机提出问题，保持得体、友善、坦率的姿态。她以为这些都是智慧的要素。老师们青睐她，学生们喜欢她。她十分活跃。她把这当作智慧的表现。可是，大学教授们并不为她的活跃，不为这种智慧的表现所动。他们跟她没有渊源，也不认识她。她不过几百学生当中的一个而已。

小时候，人人喜欢她，纵容她，一句话，她知道自己被宠坏了。她尽力记住了这点，很快就明白了：哭哭啼啼、自鸣得意、撒娇强求都不是办法。关键是要巧妙地运用自己的力量。不管是想要洋娃娃还是后来想要马鞍，再后来要车里的 CD 换片机、信用卡、去佛罗里达的机票，她都没使过性子，因为她知道那些东西迟早都会到手，只要是她想要的东西，都会到手。所以，在学校也一样，她被认为是全地区学习最好的学生之一，几乎门门课程都是A，就因为她想拿到A。就算她忘了看书，也能延期交作业。

大一那年的十月份，戴安娜·贝克博士让她大为震惊。她一篇论文无法按时交稿，于是去恳求戴安娜·贝克博士容许她延期，可是博士斩钉截铁地拒绝了她。博士早就准备好了说辞，就算沙拉抬出胡克也无济于事。

“我们都是成人了。你不想完成作业或者完不成作业，那是你的事。我不会跟在学生后面监督。”

沙拉肯定唾沫四溅地说了很多，又愧疚又尴尬，脸蛋涨得通红。

可是博士说：“我帮不了你。没有人能帮得了你，只能靠你自己。谢谢你来拜访。”

好看的节目结束后就轮到愚蠢的了，沙拉也挺喜欢。抑扬顿挫的音乐，转动轮子，提及某个字母，努力尝试，然后拿到奖金。今天，即将获胜的选手是个发福的家伙，他走到了最后一轮。他身穿紫色的尖领衬衫，声音沙哑，欣喜若狂。在他介绍来为他助阵的两个朋友时，镜头转到了观众席上。两个朋友一男一女，女的眼神戒备，穿得十分隆重，不像到电视台录节目，倒像去参加鸡尾酒会；男的留着山羊胡，头发灰白，身材矮胖，多半是同事。可怜的家伙，站在聚光灯下的时候，既没有配偶也没有家人来给他加油喝彩。答案的线索是个短句：宁愿曾经拥有，好过从未爱过。他答对了，获得四千美元的大奖。沙拉想，还不错。

沙拉过去总是把接近优秀和优秀混为一谈。她期待自己出类拔萃，但现实情况是她并不出类拔萃，但是她把这种自我期待和现实情况混为一谈。最后，她还是按时交了作业，但是只得了个C。直到那门课上完，她再也没有跟戴安娜·贝克博士说过一句话。贝克博士可能以为这件事会成为沙拉的转折点，让她大受挫折，可是她错了。沙拉反思自己，却什么都没发现。当然，她上大学的时候表现不错，按时拿到了学位。后来，她碰到了丹，证实了自己的想法——她怀疑自己并不聪明是正确的。丹很聪明。或许她能跟聪明人在一起就够了。这就跟她第一次碰到罗伦时的感觉一样。罗伦很漂亮，她觉得能跟漂亮女孩在一起就够了。她热爱罗伦的美丽，喜欢待在她的美丽散发的光晕里，这种热爱一直都没有消退。现在，她把自己的愚蠢归咎于怀孕——其实这倒不是愚蠢，而是心不在焉。一切事情都需要延期。还有八个月，她会做好的。一切都会好的。

她不由叹了口气，这是无可奈何的表现。她原本不想叹出声的，可是，不由自主的叹气声不都这样吗？

“怎么了？”丹不再盯着电脑，而是把目光转向她，即使他完全可以一心二用。事实上，他一心二用的时候反而感觉更专注。有时候他一边开车，或一边打字，或一边煮饭，一边跟沙拉聊天，效果反而非常好。

“有事情忘记做了。”她说。

“婚礼的事还是生活上的事？”

“工作上的事。”她说，“我得给卡罗发一封 e-mail，告诉她政府拨款的情况，还有，我觉得自己没有准备好回答任何问题。”

“因为你不能，因为你觉得没有把自己怀孕的事告诉她就无法开诚布公地跟她讨论。”

“答对了！”她不耐烦地捡起一本厚厚的婚礼杂志。杂志原本放在咖啡桌下的书架上，下面还堆着四本，“这地方一团糟。”

“我们应该让艾格来打扫。”丹说，“来一次大扫除。”

“她上个星期刚来过。”沙拉说。

“或许应该让她每个星期来打扫一次，而不是每两个星期才来一次。”丹说。

“太频繁了吧。我们一个星期能搞得多乱？”

“我觉得艾格会很高兴的。我是说，我们付她的薪水很高，对她又很和善。我觉得我们是模范雇主呢。再说了，她每周都来，家里就不会那么脏乱，她做起来也比较轻松，而且还可以多挣钱。”

“好吧，我们就让她每周来一次。”沙拉很不高兴，因为他不费吹灰之力就解决了这个问题。

“你别生气。我觉得你可以用这些时间去做更重要的事。比如工作、婚礼、怀孕。我没有多少时间打扫卫生，说实话，叫我打扫卫生，我宁可带你出去吃饭。这不是什么道德伦理问题。甚至都算不上经济问题。”

“好吧，我都不知道我们为什么要谈论这个问题。”她耸耸肩。

“我们谈论这个问题是因为你说‘好吧’的时候有别的含义，任何人说‘好吧’的时候都有别的含义；我们谈论这个问题是因为你刚才抱怨家里脏乱，而我想努力解决这个问题。”

“好！”她没来由地觉得生气。妈妈以前曾建议她生气的时候数到三再开口，于是，她默默数到三，果然，那股怒气消失了，就像药片化在水里一样。她又叹了口气，而且又叹出了声。

“你有点儿紧张。”丹从桌旁站起来，在她身旁的沙发上坐下。

“是有点儿。”她说着，抬头环顾四周。玉树需要浇水了。

“单子上还有什么事要做？”

“没什么事要做。”她说，其实事实上还真有事要做：她得提醒妈妈让清洁女工婚礼头一天带队去打扫。他们要帮忙重新摆放家具。这些事她总不能让丹去做，情理上也说不过去。何况这事对她来说也算不上什么负担。

“兴许你应该好好出去放松一天。”他说，“去看场电影、逛逛街、到公园走走，现在到外面走走很不错。还可以去博物馆。对了，去剧院。人们离开纽约的原因之一不就是想住得离剧院近点儿吗？咱们还从来没去过剧院呢。”

沙拉笑了。“我不需要去剧院。我还没七老八十呢。”

“还记得大卫吗，我同事？他跟我说，宝宝出生之前，咱们什么时候想出去看电影或吃饭就赶紧去。等有了宝宝，你心血来潮想‘咱们出去吃印度餐’，基本上都不可能了。”

“我觉得等这场婚礼结束后我就会好的。协调，没问题，我就爱干这个。”

“是啊。你很擅长协调，擅长筹备活动。”

“可那都是有意义的活动。”她说，“不是为了庆祝我们的爱情，跟我的爸爸妈妈举办一场派对。”

他哈哈大笑起来。“我们应该私奔的。去巴黎。去拉斯维加斯。现在还有人私奔吗？”

“我会没事的。”她说着，把那堆婚礼杂志收起来，走进厨房，把它们丢进洗碗槽下放可回收垃圾的垃圾桶里，发出“砰”的一声响，叫人听着就过瘾。她不再需要那些东西了。

“走，咱们出去。”丹站起身来。

“出去干什么？我们本来是准备叫泰国菜，在家里看电视的。”

“去它的电视吧！”丹说，“去它的发言稿，去它的全世界。

咱们穿上大衣，到外面逛逛。叫辆出租车，去音乐厅。”

“当真？”

“当然。”他一边说，一边穿鞋，“你要是想喝一口我的马提尼，我也会装着看不见。”

“嗯。”她说。丹说得对。她原本是想在家吃泰国菜看电视的，可是现在一点儿都不想。她想在这个寒冷的冬夜走出这间公寓。她想让人把饭菜端到她跟前，等她吃完把脏盘子收走。她想坐在拥挤的餐馆里环顾四周，猜测周围的人们过着什么样的生活。她想坐在出租车里，坐在丹身旁，坐在自己深爱的人旁边，想着自己爱他，并对此感到神奇；想着他们制造了一个人类，这真是个奇迹。她不在乎胳膊上的蝴蝶肉，不在乎自己穿什么，不在乎会不会碰到熟人了；她这会儿只想在洗碗池洗洗手。然后，她穿上大衣，他们出门了。她甚至都没朝门口的镜子里扫一眼。

29

终于到二月了，罗伦松了口气。一月份简直就是健身馆会员打折季，是最佳求婚季。二月份是对一月份的补偿。罗伦是美国教育体系的产物，对她来说，新的一年是从九月份开始的。她一点儿都振奋不起来，因为本能上就觉得颓废，假日大餐，暴饮暴食。办公室的女孩得意扬扬地挥舞着各种颜色的果汁瓶，就好像手里拿的是大牌包包似的。厨房的冰箱里放得满满的都是这些果汁瓶。某个天气阴沉的星期四，沙拉去厨房往茶里加牛奶的时候，突然很想把其中一个瓶子拿出来，把里面的东西倒进下水道，看看会发什么么事。

罗伦不喜欢冬天，不过她接受冬天的存在，这样日子没那么难熬。她试图在紫色的天空，在城市傍晚的灯光里找出什么美丽的迹象。外面很糟糕，是的，这样的天气，这样的灯光，让人觉得还是待在房间里舒服。六点下班，她有时候会待到六点半，不过今天她走得更晚：那本不含面筋的食谱出了点问题。她是最后一个离开的，这她倒不介意。本来就是她的职责。现在情况不一样了：米兰达的大办公室大多数时间都空荡荡的，因为她躲到行政楼层去了。大家都很懈怠，罗伦的任务就是鼓舞士气。感觉良好，把良好的感觉和工作结合在一起，让人感觉新奇，甚至震惊。快八点了，满脸倦容的清洁女工拖着脚步走进来，一边倒垃圾桶，一边低声打电话。头顶上的灯关掉后，办公室看上去截然不同。更衣室里一尘不染，清洁工尽职尽责。罗伦刷了牙，整理了一下仪容。再过几个小时，她又会回到这里，想到这儿她就觉得心满意足。

她要去见罗伯。罗伯把约会地点定在西村的某个地方。罗伦不擅长找餐馆。它们在她眼里大同小异：十一美元一个芝士汉堡，或者二十一美元一个芝士汉堡。罗伯已经离开公司了，学满出师。

城市杂志所剩无几，他在其中一家杂志社给一份特刊审稿，编辑全区最佳医生指南。这份工作是为了挣一份工资。他很看好更有文艺范儿的报纸，想去报社给体育运动专栏作家当编辑。他喜欢看《纽约客》上关于棒球的文章。

他们是从感恩节过后开始约会的。热带的短暂放纵之后，和朋友反目成仇之后，那个服务员之后，他们开始走到一起。说实话，她都快把那个服务员给忘了。那天早上，罗伯手里端着纸杯，从办公室厨房里走出来，站在她书桌前。

“嗨，罗伦，”他说，“我过来跟你说一声，我们之前的资料整理完了，我昨天全部打包发给你了。”

“哦，是吗？”她在椅子上转过身来，抬头看着他。然后，加了一句：“嗨。”

“嗯。我发现你没在。不过昨天我没什么事，就全部弄完了。”

“很好。多谢了。”她正在练习用上级的口吻说话，表现出鼓励、感激和了然。

“漫长的周末？”

“漫长的周末。”她说。

“你好像去晒了太阳。”他对着她的小臂点点头，“真是羡慕。”

“哦，是啊。今年感恩节外出了。我朋友就要结婚了，最好的朋友。我们到特克斯和凯科斯群岛去了。”

“真好。是旅行结婚吗？”

“不是，那什么，是单身女郎周末聚会之类的吧，我也不知道怎么说，就是只有女孩子。”

“闺蜜周末。”他赞许地点点头，“听着挺有意思的。”

“唔，也不完全是闺蜜周末。我是说，不完全是单身女郎聚会。我们没有去看猛男幻想秀之类的东西。”

罗伯挑起一只眉毛，尽管脸上没有笑容也像在笑。“要我说，那是你们的损失。”

“我不是那种喜欢单身女郎聚会的人，仅此而已。”

“喜欢单身女郎聚会的人？那是一种什么样的人？”

“算了。”她摇了摇头。她有点儿胡言乱语了。事实上，她以前曾幻想过像这样闲聊几句，罗伯穿着讨人喜欢的鞋子，微笑着跟她调情，火花四射，心照不宣。她早就感觉到了。她上飞机回家的时候就想着，她要回家，要回到他的身旁了。

罗伯。罗伯·布莱恩。她知道他姓什么了，这感觉他们关系又进了一步。她曾经幻想的事情真的发生了，这让她有点儿狼狈。

他轻声笑了。“很棒。我觉得挺棒的。比在马里兰和我的妈妈和妹妹一起过感恩节棒多了。”

“哦，不知道。感恩节还算不错吧？至少不用给别人买礼物。”好吧，最后一句话她也在调情了。

“我妹妹在做什么不含面筋的东西，真是够累的。”

“巧了！”她说，“我正在等那部介绍不含面筋食物的制作方法的稿子呢。到时候我给你一本。那本书会成为我们的秋季畅销书。”

“到秋天她肯定早就迷上别的了。不过，还是谢谢你。”他停顿了一下，“面筋究竟是什么东西？”

她摇摇头。“是世界奇迹之一。行了，谢谢你把资料整理好。如果还有其他事需要你帮忙，我会找你的，可以吗？”

“随时恭候。”他说，“嘿，今天一起吃午饭吧。”他们一起吃了午饭。罗伦本来想叫上凯伦，就不会感觉那么违背职业道德了，可是凯伦患了流感不在，于是就只有他们两个人，在街对面一家小餐馆吃了点。这样的小餐馆估计来纽约观光的游客很少会涉足，也多半开不了多久，不知道哪一天就会被药店、安静而高效的门厅替代，门厅里放着漂亮的、会眨眼睛的自动柜员机。

罗伯之所以捞到这份临时工的工作是因为他以前的老板跟克里斯汀是朋友，向克里斯汀推荐说他很能干，可以在她请假期间替班。他不是毫无目的混日子的人，只不过目前处于这种漂泊不定的状态，这是当代经济环境下书呆子的某种生存状态。他来纽约是来哥伦比亚大学上艺术硕士研究生的，没欠多少债就完成了学业，毕业后在一家专门介绍游艇和豪车的杂志社工作，离开那家杂志社后，他到一家大型出版社的文学部就职，结果在一轮大裁员当中失去了工作，然后给一本先驱画商畅销传记作品的学术写作当调研助理，那本书的调研工作结束后，他就到了他们办公室当临时工。听他一五一十地把这些讲给自己听，罗伦知道这意味着什么。这跟她之前想象的一样。我们只有在希望对方亲近自己、理解自己的时候，才会把这些事讲给对方听。而且，我们也只会把这些来龙去脉巨细无遗地讲给对自己有意义的人听。他希望罗伦了解他，理解她，希望能跟她接吻，跟她上床，跟她——随便用什么动词吧。他想要她，她早就知道他会想要她的。她长于此道，擅长吸引别人。

那个星期五，他邀请她去喝一杯。喝一杯就跟工作日共进午餐的意义截然不同了。他们一起离开办公室，走进市中心的一家小酒吧，罗伦点了一杯曼哈顿，无比魅惑地举着杯子。离开酒吧的时候，罗伯吻了她。当时他们在路边等出租车，罗伯向她走来，抱住她，拿起她的下巴，把脸凑向她，两人吻在了一起，他轻轻吸吮着她的舌头。然后，他牵起她的手，很有绅士风度地为她打开出租车门，目送她离去。星期一早上，他们在办公室见面后装作什么都没有发生。他们一直维持着这种状态。他们的地下情除了凯伦没人知道，是罗伦自己告诉她的。有一天，她们到那家小餐馆吃饭，罗伦告诉了凯伦。

“我早就知道。”凯伦拿起小瓷碟里人造甜味剂的粉红色塑料纸向罗伦丢去，“你这个荡妇。”

“闭嘴。”罗伦咯咯地笑了。这是游戏的一部分：她想被人揶揄。

到十二月底，罗伯就离开了罗伦的公司，他们也不用再遮遮掩掩，好像两个人根本不熟悉似的。圣诞节前的星期六，他跟罗伦回到她的公寓，他们打算叫份中餐，看场电影。可是，他们一进门就倒在她的床上，仿佛两个人都对这个地方十分熟悉。她想着吃饭之前亲热，吃饱饭做爱总是感觉不爽。做完后，她冲了个澡，走进起居室，这时，她看到罗伯打开门，从一个专门送湖南菜的中年男人手上接过一个纸袋，纸袋里装着油腻的中餐。他们坐在地板上，没有看电影，而是讨论着饺子的味道。把油腻的塑料盒盖好之后丢进冰箱，罗伯就离开了。做爱是一回事，留他过夜是另外一回事，那会儿还为时过早。

到现在为止，他在她这里过了两次夜。第一次是在另一个星期五的晚上，当时他刚刚开始另一份临时工作。他冰凉的肩膀贴在她背上并不像她想得那么奇怪。早上，他们穿上衣服，去了室内跳蚤市场，吃了新鲜的甜甜圈，看着人们购买各种“垃圾”。天气很冷，他们在大西洋大道一家糟糕的法国餐馆吃了午饭，最后又回到她的公寓。罗伯还穿着头一天上班穿的衣服。他跟罗伦说了一声，后来干脆把衣服脱掉，在起居室的地板上做了罗伦。他们一起冲了澡，她做了冷冻比萨，两个人穿着内衣内裤坐在那里吃了比萨，他第二天早上才离开，临走在门口吻了她。现在，看到罗伯双手插在口袋，站在一家昏暗而温暖的餐馆门口等她，她觉得十分亲切。这种场景让她记忆犹新，两个人约在以前从未去过的地方，她一眼就在人群中看到了他：宽阔的肩膀、修长的手臂、发际线、轻松的笑容。罗伯仿佛总是随遇而安。

罗伯跟女招待开着玩笑："给我们找个最好的位子。"女招待把他们带到后排的卡座里，别人看不见他们，他们可以看到整个房间的情景，里面点着蜡烛，尽管餐馆里人很多，但是并没有多少噪音，多半是什么声学原理。"工作顺利吗？"罗伯问。

"还在做那本不含面筋的食谱。"罗伦说。女招待给他们端来鸡尾酒，他们碰了杯，然后啜了一口。罗伦不知道两人碰杯是不是有点儿讽刺意味。"你呢？"

他神采飞扬。他喜欢自己的工作。"很棒。我们的概要通过了。太令人激动了。春训马上就要开始了。我觉得应该会很不错的。"

"很棒。"她说。这话听着有点儿介于讽刺和真诚之间。她为他感到兴奋，他的兴奋很有感染力。她希望他什么都顺心如意，这似乎有点儿出乎意料。这肯定意味着她对他的好感超过了自己的预期。她不是那种费尽心思琢磨每件事意味着什么的女人，那样的女人心里有宏伟的计划，每发生一件事，就会去对照自己的计划，看看发展到什么地步了。她想起可怜的梅雷迪思，梅雷迪思总是迫不及待地使用这些词语去界定关系：男朋友、未婚夫、丈夫。梅雷迪思多半也会爱上罗伯，罗伯很帅，但只是帅气，而不是俊俏。俊俏的男人很可怕。男人看上去就应该有男人样，英俊帅气，身材匀称，不“娘娘腔”，有缺点，只不过现在罗伦尚未发现罗伯的缺点，可能还为时过早了。她从来都没听过他打嗝。

“这样可以吗？你想来点什么？”

他们已经到了在餐馆点餐时会咨询对方意见的阶段，还会把叉子伸到对方盘子里品尝饭菜。她点了鱼，他点了羔羊肉，尽管两个人都认为羔羊肉听上去很残忍，应该用不偏不倚的委婉语来称呼这种食物，就好像用“杂碎甜点”来称呼小牛、小羊的胰脏。

他们还叫了热甜点——用苹果和焦糖做馅的咸水角，上面覆盖着一层更咸的冰淇淋，这种咸味甜点挺吸引人。饭后，她埋了单。关于谁埋单这个问题，他们还没有完全协调好，不过，总不能因为他是男的就让他埋单吧，这也太傻了。毕竟她的工作比他好。她拿出公司信用卡刷卡——他们在考察运营这家餐馆的韩国名厨，所以她可以用公司信用卡埋单。他什么都没说，只是在她签单的时候谢过了她。这种感觉十分熟稔，仿佛他们以前很多很多次都是这么做的，而且是最好的办法。

他们步行往地铁站走去，虽然没有牵手，但是两人距离很近，肩膀不时擦到对方。走到拐角的报摊，他们停下脚步，罗伯买了一本他喜欢的文学杂志，问罗伦有没有什么想要的，给她买了一本 *Elle*，然后像 20 世纪 50 年代的高中生那样，抓着两本书贴在胸口。他们上地铁站的台阶时，他伸出手来扶她——小水坑下面结了冰。她握住了他的手。他们走过旋转栅门，坐在长凳上，膝盖挨着膝盖，尽管小木凳上有隔断，算是为通勤者提供一点儿私人空间。上车后，她找了位子坐下来，他站在她旁边，两只手抓着头顶上的扶杆。她把两本杂志放在膝盖上，抬头望着他。从下面仰视，他的脸庞看上去有点儿不一样。她喜欢从下面仰望他，他的身体贴得很近，她可以闻到他的气味：除臭剂的气味已经消失了，有口香糖气味，还有淡淡的松木气息，多半是洗发水的气味。明天上午，他们会在门口吻别，她会去洗衣房，还会去杂货店购物。她早上发现酸奶喝完了。

30

情人节这样的东西会破坏刚刚开始不久的感情。事实上，忘记买郁金香都有可能导致一段婚姻的告吹。女人在这些事情上很奇怪，其实男人也很奇怪。罗伯第二次来的时候买了一盒心形巧克力，不过只是个玩笑罢了，罗伦懂。巧克力不太好吃，但是他们还是全部吃掉了。

她没有用任何词语去界定自己和罗伯的关系——她确实没有，或者尚未，她很谨慎。即使如此，她也得带罗伯去参加沙拉的婚礼，这就感觉有点儿郑重了，至少对沙拉来说如此。那天下午，沙拉宣布自己怀孕的消息之后，她们走出市中心那家酒馆，步行走过摩根图书馆，走过帝国大厦，穿过玩具中心附近那个怪异的交叉口，穿过联合广场。广场上没有滑板仔，只有一堆烂泥。她们继续往前走，迎面走来新学院大学的大学生，还有纽约大学的大学生，个个吸着烟；还有卖仿造名牌包的小贩、做祷告的穆斯林出租车司机。她们拐了个弯，朝大桥走去，迅速穿过几条街，街两旁不是海鲜市场就是卖水果的小贩；接着又从那家奇怪的殖民艺术馆跟前走过。沙拉在书上看到这附近有一家有机餐厅。

“你还没有把反馈卡寄给我呢。”沙拉说。

“我还没想好要不要参加呢。”

“我是认真的，你会跟维拉发生冲突，我可不建议你跟她闹翻。”沙拉笑着说，“你会带那个临时工来吧？”

“现在我们可以叫他罗伯了。”罗伦说。她已经收到了沙拉的邀请函：厚厚一叠，她还从来没见过那么高的邮票面值，信封上和邀请卡上的书法完美无瑕，邀请她本人罗伦·布鲁克斯和“客人”出席。

“我还需要更详细的信息。比如他姓什么。你也知道，露露需要知道每个人的姓。”

罗伦确实知道。露露特别喜欢询问别人的姓和名，传统而老旧的礼节。“嗯，他叫罗伯·布莱恩。”

“我很高兴你会带他来。”沙拉说。

“唔，他很乐意参加。”这可不是实话。她不太肯定罗伯愿不愿意去。他们的关系还没到一起过情人节的亲密程度。邀请他去参加闺蜜的婚礼，她有点儿问不出口。不过她会为了沙拉去邀请他。她知道沙拉看到她带陌生人出席婚礼会很高兴，因为沙拉想让她有约会对象。这就像预演晚餐：都是送给沙拉的礼物。

“伦伦？”沙拉望着她，用手抚着小腹，“我怀孕了。”

“我没忘。”罗伦说。两人哈哈大笑起来。

你嘴里说的，就是你心里想的。当然，罗伦想到爸爸、妈妈和宝宝就觉得暖融融的，想到为人父母的欢喜，想到婴儿甜丝丝的气味，想到娇嫩的皮肤、柔软的小脸蛋就觉得暖洋洋的。传宗接代是人生要事。但是，她无法忍受某些父母那种得意扬扬的样子，穿着瑜伽服的妈妈推着巨大的婴儿车，主要是北欧人，而且效率极高；还有一边叹气一边偷看路人的妈妈，脸上洋溢着安详的笑容，容光焕发。罗伦所在的小区到处都是这种女人，而且还有男的，事实上换成男的更难让人忍受，他们迫切地渴望你注意到他们把强壮的宝宝放在胸口，好像觉得这就让他们看上去与众不同了，比别的男人更棒了。她很想告诉那些父母，就算有孩子，也不用装得那么神圣。人体从构造上来说本来就是生儿育女的，十几岁的孩子都会。女孩高潮后孕育婴儿，男孩射精后获得快感。

罗伦不太确定沙拉会不会变成那种自鸣得意的女人，不过她知道，沙拉要是被当妈妈的朋友的“熊孩子”欺负了，肯定会给她打电话。而且，她很快会有当妈妈的朋友：菲奥娜总有一天会生个叫昆廷的孩子出来，阿美娜也会生个叫尼克尔的孩子，孩子们会因为母亲的亲密关系建立友谊。没有比十一岁的时候跟同桌建立的终生友谊更偶然的关系了。当麦克斯比小伙伴西奥更早或更轻松地学会到处爬、吃固体食物、长牙、牙牙学语、坐在便盆上拉屎、玩滑板车、说普通话、失去童贞……考进耶鲁大学的时候，他们之间就会产生潜在的敌意和不可避免的竞争。罗伦知道那些女人什么德行。她就是这种女人。沙拉会克服这些问题的。她非常了解沙拉。她以前一直都很想变成沙拉——振振有词，受人重视，聪明大方，能轻松地和大人交流，能独立解决问题。她从来没听说过沙拉遇到什么麻烦，一次都没有，从来没有。

“你就是这样的。”罗伦以前说。

“嘿，我们应该一块儿坐坐，你觉得呢？我是说我们四个人。既然他要来参加我的婚礼，我觉得我是不是应该先认识认识他，见识一下他漂亮的鞋子，你说呢？”

罗伦曾经很期待这种约会。沙拉喜欢四人约会。她和盖比、沙拉和丹，他们去看看古根海姆有什么乱七八糟的东西，再去豪宅区吃意面，去电影论坛看马修·巴尼的作品，然后在苏豪区的酒吧里喝酒聊天，讨论那些困惑自己的问题。虽然她后来再也没有想过，但那时候感觉确实不错。沙拉是罗伦的，她不想跟盖比和丹分享。他们一搅和，情况全变了。

“天哪，我们刚过完情人节。”罗伦说，“我很快就要带他去参加一场婚礼。咱们别再吓到人家，嗯？”

沙拉耸耸肩。“跟朋友出去玩一玩而已，又不是见父母，罗伦。”

“慢慢来，沙拉。他们可不是丹。有的家伙胆子很小的。”

“哦，男人！”沙拉翻了个白眼，“天哪，我肚子里该不会是个男孩吧？”

两人哈哈大笑起来。

31

罗伦喜欢新衣服但是讨厌逛街。为什么要把自己搞得那么累？她讨厌跟售货员寒暄，讨厌视觉刺激，讨厌商场或精品店的香味，讨厌摇曳的无花果蜡烛，讨厌老板娘藏在柜台某个地方的外卖。连坐的地方都没有，除非你要试穿鞋子。很烦人。

当然，她忍着什么都没说，陪沙拉去伯格朵夫百货赴约。接着去闹市区一家小沙龙陪她量尺寸，然后再去伯格朵夫。到时候还要再陪着她来试一次衣服。沙拉只能老实告诉女裁缝自己怀孕了。女裁缝什么都看得到。那是她的专业领域。裙子很合适：很长但是没有拖尾、性感却不淫荡、端庄却不乏味、时髦却不花哨、浪漫却不夸张。沙拉站在铺着平绒的台子上，转过身，三面镜照出了她无数的身影。沙拉看上去像个新娘子，沙拉看上去就应该是这样的，沙拉看上去很漂亮。

阳春三月，春光明媚，你仿佛第一次感觉春天真的到了。今天，罗伦逛了很久的街。他们原本应该沿着曼哈顿西区那条俯瞰河流的小路散步，那条小路通向她最喜欢的、人流较少的曼哈顿电影院。他们本应该买份报纸，只看《每周评论》栏目，再翻翻杂志。他们本应该在小餐馆点一份薯条。这才是罗伦和罗伯的关系目前的状态。他们还没有到逛街买衣服那一步。可是他们还是去了。

罗伯说西装他反正穿得着。他只有一套西装，而且上衣的扣子没那么好扣了。一下子要几千美元，罗伦担心他刷信用卡的时候会觉得自己烦人。这都是为了沙拉的婚礼。

“就这套吧？”他听上去不太确定。售货员把他左腿的裤边用别针别起来，让他们看裤子的效果。这套西装是黑色的，看上去跟他试穿的其他西装没什么区别。它们全都一样，都是西装；西装穿上本来就是这样，不是吗？

“很棒。”她说，“我觉得衬衫和领带衬托一下会很漂亮。”

“还有鞋子。”罗伯加了一句。之前商店的那个售货员曾不经意地提到了罗伯表现已经斑驳的冬靴。他们买好西装，送到那个严肃的俄罗斯女人手上，她非常能干，把裤脚和卷边缝好。后来，他们来到罗伯的住处，罗伦脱下鞋子，舒服地蜷在他床上，看着他在房间里走来走去安置他新买的衣服。他动作优雅，仿佛在无意识地走动，你很少看到男人身上有这种优雅的气质。可是，这是他的房间，他的家。看着罗伯把衬衫和领带上的塑料小标签撕掉，把领撑从小盒子里拿出来，感觉就像在看大厨在厨房里忙碌，看画家在画室里作画。

她见过比罗伯的公寓更乱的男生公寓。虽然罗伯的沙发确实是日本沙发床，但是还好没那么难看，而且叠成了沙发，并没有铺开当床，因为罗伯有一张真正的床，而且是张大双人床，褥垫放在弹簧床垫上，床垫放在地板上。他告诉罗伦，卧室太小了，放不下床。她觉得把床垫直接放在地板上有种放浪形骸的氛围。罗伯的穿着十分整洁，而且在某些方面很注意，比如他把四个一组的卫生纸放在橱柜里，而不是全都堆在洗手间的地板上。她曾经认识一个叫作杰西的家伙——跟他上过两次床，他浴室的地板上又湿又黏，她猜多半是他和他室友把尿液弄得到处都是，任由尿液滴在油地毡上腐朽。书柜下面有一层灰尘，但是书摆放得整齐有序。罗伯的公寓给人一种温馨舒适的感觉：起居室的墙壁上挂着某个年份的史密斯唱片海报，沙发上放着条纹靠枕，还有一台尺寸适中的电视机。没有电子游戏。她第一次来的时候就注意到了。她认识的很多男人都还在打电玩。

“你不介意吧？买了西装、鞋子，该死，你不需要买那双鞋子的。”

“不介意，罗伦。你都问了好几遍了。”

“花了很多钱。”确实是一笔不小的数目，不过她早就习惯心血来潮大购物了。现在，这种心血来潮似乎更容易辩解了。升职后工资没涨多少，支付二十六份账单后所剩就不多了，不过，玛丽·贝斯好像说过有奖金。可是罗伦试着从他的角度去看待这件事。

现在，他正在收拾。他把弄皱了的毛衣拿出来，放在床上叠好。“没事。工作也要穿的。为自己喜欢的工作打扮。”罗伯咧着嘴笑了，不像在对罗伦笑，倒像在对自己笑，“再说了，我想在婚礼上看着很帅气。”

“嗯，那套西装很好看。”她说。

“等你看到我跳舞的时候就不觉得了。”

“那么糟啊。”

“好看的西装也只能稍稍掩饰一下。”他说。

她耸耸肩。“我不想让你觉得，怎么说呢，不想让你觉得迫不得已。其实你穿什么都行。”

“胡说什么呢，真的没关系。说真的，别再胡思乱想了。我妹妹迟早要结婚。我迟早会参加葬礼。男人总会穿得着黑色西装的。”

“参加未来的葬礼，来说给我听听。” 她拿起他刚才从衬衫上撕下来的标签朝他丢去，那是个沉甸甸的长方形卡片，“说不定我可以给你推荐一个不错的精神科医生。”

“天哪，你真是漂亮！你知道吗？”他把毛衣扔进衣橱最上层，“你可真漂亮。”

高三那年，有一天上完课，好像是欧洲历史，她记不太清了，只记得当时的大致感觉和情景。她记得走出教室，听到有人在说她，只有只言片语，不是直接说给她听的，但是好像也没有特意避讳她。帕特里克·阿德勒刚跟一个叫西恩或者肖恩的家伙说完什么事，然后提到了她和沙拉。她记不清具体是怎么回事了，只记得他好像在说什么派对、音乐会还是周末的活动。“富家女归你，美少女归我。”她还记得他是这么说的。她一直都知道自己是哪一个，但是一直都不确定到底哪个更好。

“谢谢。”她说。她还能怎么说？

“不用谢我。你真的很漂亮。”他猛地跳上床躺下去，像男孩倒在一堆落叶里似的。床垫被他压得摇晃起来。

她以为他要吻她，以为他要做她。他为了取悦她，花了上千美元去买东西，而且脸上始终带着微笑。但是他没有，他伸手把她拽倒，拉到自己跟前，让她也躺在床上。两个人望着天花板，冬末的阳光从窗户里照进来，在天花板上留下一小块光斑。房间里非常安静，弥漫着他的气息：洗衣粉、雄性荷尔蒙，还有一些说不清的东西。他什么都没说，她也什么都没说。过了一会儿，她发现他竟然睡着了。她躺在他身旁一动不动，生怕吵醒了他。

他们就这样躺在床上，他像个孩子似的，发出了微微的鼾声。随后她也睡着了。等她醒来的时候，发现他已经不在床上了。他在厨房里，因为他们之前说好了，他要为她做顿饭。他答应用她出版的一位意大利名厨的食谱给她做吃的，那位名厨对柠檬十分狂热，什么食物都要加柠檬。

“瞧，牛犊肉！”他得意扬扬地说。看到她从卧室那边走过来，他得意地在灶台那边挥着一只手臂。他从传统屠夫那里买来了上好的材料，裹在白纸里，用麻绳捆着。这个小区曾经到处都是这种传统屠夫，还有水管工、咖啡烘烤工和葬礼主持。你可以在虔诚的人家门口看到雕塑（圣母，上帝的羔羊），不过绝大多数传统意大利人已经搬到长岛去了，他们把自己的褐色砂岩宅邸卖给了满腔热忱却没有特定信仰的百万富翁。有一家教堂变成了住宅单元。

“棒得不得了！”她说着，打了个哈欠，爬到厨房的凳子上。

“味道棒得不得了！”他说着，用锋利的刀子割开麻绳，解开包装纸，像圣诞节拆礼物的孩子。

灶台从名义上将厨房和起居室一分为二。事实上，厨房就是起居室的墙壁。罗伯喜欢烹饪，或者说，正在学着喜欢烹饪。食谱平摊在廉价的石头台面上。公共广播电台正在无声地播放一档智力竞赛节目，多半是怕吵醒她。他租的这套公寓很不错。

“我有个秘密要告诉你。”她说。

“说来听听。”他没有带围裙，而是在肩膀上随意搭着一条条纹抹布。

“你还是先坐下。”她说，“沙拉怀孕了。”

“沙拉。闺蜜沙拉。要结婚的沙拉。未婚先孕？”

“我也很吃惊。”她说。

“恭喜沙拉，恭喜我从来没见过但却要去参加她婚礼的闺蜜沙拉。我们应该喝一杯。你给倒点儿酒？”他用沾满肉汁的手对她做了个手势。

她倒了两杯醒好的葡萄酒，她不知道葡萄酒醒不醒有什么区别。酒杯很高，她拿起自己那杯碰了碰他那杯，他那杯还放在灶台上。“为沙拉和宝宝干杯。”她说。

“说真的，是个意外吧？肯定是意外怀孕。”

“确实是意外。”她说，“一点儿也不像她的风格。通常一切都在她的掌控之中。我猜她以为这事也在她的掌控之中，可是，你也知道，精子嘛，总是不听话。”

“这是上帝恩赐。”他说着，洗了手，喝了口酒，“她开心吗？”

“我觉得她开心。”她说，“事情本来就应该这样。她才刚怀孕。我告诉她别担心。我觉得没人能看得出来。她的体型很适合生儿育女。可以遮得住。”

“体型适合生儿育女。”他说，“哎哟。”他喝了口酒，

“干杯。”

“唔，我只是这么一说。”

“我永远都见不到她。”他说，“我会在那场盛大的婚礼之前见到她吗？”

“有可能吧。”她说。其实她也不确定。

“父亲是个大人物，他们家举办的派对最高法院的法官都会出席，我对她就了解这么多。”

她耸耸肩。“我都认识她一百万年了。”她说，“她是我最好的闺蜜。”

“所以你不想让她见到我。”他说，“我对你来说算什么，性伙伴？”

“还有私人厨师，别忘了，还是我的私人大厨呢。”

“说真的，我们是不是应该出去坐坐，你不觉得吗？我想请他们过来。我会煮给他们吃。”他看着她。

她努力想象沙拉和丹坐在这间厨房里的情景，可是却想象不出来。四张木折叠椅放在破旧的桌子旁边，罗伯有时候还把那张桌子当书桌。曾经用来放番茄酱的瓶子拿来当花瓶，虽然里面的花儿还不错。“主要是丹。”她说。

“那个未婚夫？”

“他挺难伺候的。”她说，“我不知道，或许我们大家可以一起出去喝一杯。”

“他挺难伺候，但是你的闺蜜却要嫁给他了。”他说。他正在切蘑菇，把快喝干的酒杯放了回去。

“他人还不错吧。不是我喜欢的类型，不过他们很般配。就好像，你感觉他们百分之百会结婚。”

“因为他是个窝囊废？”

“他不是窝囊废。”她停顿了一下，“我不知道。”

“两个星期前你跟我说到他的时候，好像就是这么说的。‘窝囊废’是我听你说的。”

“我没想到你还做了笔记呢。他人很好。他是那种……我不知道该用什么词描述。书呆子？”她知道这个词不贴切。

“我是个书呆子。”

“你喜欢棒球。”罗伦说，“丹喜欢医疗伦理学。”

“我喜欢医疗伦理学。”

“你不喜欢。”

“我可以喜欢。”罗伯走到冰箱跟前，拿出黄油。

“你不可能喜欢，相信我，医疗伦理学非常枯燥的。”葡萄酒不错。

“说真的，我只是想问问，你不想让他们见到我，对吗？你不会因为跟人微言轻的穷编辑在一起觉得丢脸，跟临时工上床觉得害臊？”

“你都不是临时工，已经不是了。”她说。

“我是认真的，罗伦。”

“别胡思乱想。”她说，“我不是怕他们见到你，我是想保护你。”

“唔，有人误解了。”他说，“我又不是要求你带我回家见父母。”

“见父母。”她说，“咱们还是聊聊别的吧，嗯？”

“你确定沙拉是你的闺蜜吗？你对她好像根本就没什么热情。”

“我没有热情？对，确实。显然。瞧，我们都认识好多年了，或许我们现在跟以前有点儿不一样了，我们长大了，可是，我们之间的感情已经很长时间了。就像大家说的，我们是老交情了。”

“可是你每次谈到她都有点儿不耐烦。你知道我说的什么意思吧？”他在切大蒜。

她不知道该怎么说。她很烦。她认识罗伯才四个月，认识沙拉已经二十一年了。

“我只是想说，有时候感觉你根本不把她当闺蜜，你好像有点儿……烦她。”罗伯说。

“每个人的朋友迟早都会让他们觉得烦人，对吧？”她啜了一口酒，“她是我最好的朋友。我无法解释。”

“我没想惹你生气。”他说，“我觉得我们只是就事论事。”

“我们确实在就事论事。”她发现自己在对他发火，却控制不住，“对不起。我不知道。只是——”她没想好该怎么说。这件事很复杂。这是她的处事风格。这个问题很私密。所有这些事情都很复杂，尽管最后一点很刻薄——她不觉得罗伯有权跟她谈论沙拉。四个月，还好吧，不过他们并不了解彼此。这么短的时间，他还理解不了她。

“嘿！”他把钳子放在灶台上，抬起眼严肃地看着她，“我说，如果我说错了什么，我向你道歉。我只是对沙拉很好奇。我想见见她。她是你人生的一部分。我应该认识认识她。”

她垂头看着酒杯。他说得对。“你说得对。没关系。咱们先把手头的事做完。需要我帮忙吗？”

“不知道，罗伦。我的厨房很不错的。”

她从凳子上爬下来，走进厨房，站在他身旁。厨房里的东西摆放得井井有条：切菜板、碗、辣椒粉。她突然有一种非常强烈的冲动，想要抓住他的双手，让他抱住自己，感觉他的身体贴在自己身上的时候带来的重量和温暖，感受他这个人，就在这里，一个真正的人类，属于她，哪怕只是静静地站一会儿。但是她没有这么做，不知道自己为什么会有这种冲动。她举手从他肩膀上拽下毛巾——他比她高，搭在自己肩头上，就像伊莎朵拉·邓肯把致命的披巾披在身上。

“我教你怎么做。”她说。

32

早上很冷。沙拉跑到书房，等着当地电视频道重播天气预报，也为了回避维拉。但是没有用。

维拉冲进来，抓住沙拉的手。“别担心，亲爱的，会是晴天的。”维拉得意地挥着手机。“我下载了一个 App，每小时更新天气预报。上面说中午会下雨。你不用担心。”

沙拉根本不担心。已经是四月份了，他们想什么呢？她不再担心天气好不好，可是维拉似乎故意要让她不开心。如果沙拉任性赌气，就更能凸显她的价值。不用说，沙拉当然也不希望下雨，但是她希望能证明维拉是错的。过了明天，她就再也不用见到这个女人了。她把电视关掉，连天气预报都不看了，然后上楼去等着。

维拉一会儿管她的卧室叫“新婚套房”，一会儿叫“集结区”：前者太高大上，后者太愚蠢。两者都不能体现出沙拉童年时代的卧室的本质意义。在这个房间里，她什么都不是，就是个小女孩，里面全都是幼稚的东西：年鉴、各种加了相框的获奖证明、雅致的骏马瓷偶、小猪储钱罐（里面塞满了雕着肯尼迪头像的五十美分）。步入式衣橱门背后是唯一允许沙拉发挥自己装饰本能的地方，透露出她少女时代的心思。从杂志上撕下来的骏马图被一排线条柔和、裸着上身的小伙子图片代替，大大小小的明星，从乔纳森和泰勒斯到亚伦斯和艾力克斯都有；后来又换成了从精品店偷来的名画明信片和从胡克的《纽约客》上撕下来的艾伦·金斯堡的艾威登画像，还有不知道从哪里弄来的西尔维娅·普拉斯的照片。就算这里这些乱七八糟的图片也不能展示真正的沙拉。其实她在张贴的时候就知道这不过是一种掩饰自己的策略。

发型师丹妮儿一边等着她，一边端着巨大的纸杯喝咖啡。罗伦坐在床边，翻着一本老版的《名利场》。丹妮儿半个小时前就拖着黑色的行李箱到了，是空乘用的那种大箱子。她已经打开了箱子，把工具整整齐齐地摆在书桌上，还有几块一尘不染的白毛巾，肯定是她带来的。

丹妮儿是维拉推荐的。沙拉只扫了一眼她的文件夹，里面的新娘水灵灵的，个个梳着令人惊艳的高髻，留着略显凌乱的鬓发。可是一见面，沙拉就认定了她。丹妮儿这样的人，你想不记住都很难：身为发型师，她把自己的头发剃成了板寸，黑人女人特别喜欢留板寸。丹妮儿穿着黑色坎肩和黑色牛仔裤，沙拉有点儿嫉妒她结实的二头肌。她举了那么久的粉红色杠铃，也没看到什么成效。她们见面的时候丹妮儿听得很认真，似乎同意沙拉的想法：头发不扎起来，只往后梳。丹妮儿端着沙拉的脸，认真研究她的脸型，这种感觉特别亲密，特别慈爱，特别温暖，而且很坚定。有一种人，你会允许她对你做任何事，丹妮儿就是这样的人。

“你今天早上看着很漂亮。”丹妮儿说，“觉得怎么样？紧张吗？”

“有点儿。”沙拉说。为什么要撒谎呢？有些话她不会对维拉承认，但是会对丹妮儿承认。

“要紧的事先做。”丹妮儿说，“你吃过东西没有？”

沙拉摇摇头。她不想吃。还好她只是对自己碗里的酸奶和谷类食物没兴趣，不是晨吐，谢天谢地。

丹妮儿皱起了眉头。“这是你的工作。”她责备地对罗伦说。

“她不想吃东西。”罗伦说，“我叫她吃了。”

“你没告诉她必须得吃吧？”丹妮儿摇摇头，“你必须吃。”

“或许我应该吃点儿。”沙拉一点儿都不饿，可是既然丹妮儿说她必须吃，那就吃吧。

“你应该吃。吃有蛋白质的东西，吃个煮蛋，再吃点水果。”丹妮儿喝了口咖啡。

“那我去……”罗伦声音越来越小，“我下楼去煮个蛋？”

“去吧。”丹妮儿说，“这么做就对了。”

罗伦把杂志放到一旁，站起身来。“好的，一个煮鸡蛋，马上来。”

“煮两个吧。”丹妮儿说，“一个不够。再找点儿水果。”

沙拉发现连罗伦都乖乖听丹妮儿使唤，不由觉得挺欣慰的。罗伦站起身，好像耸了耸肩，然后离开了卧室。丹妮儿的语气也并不严厉，但她显然是那种挺让人信服的人。

“我都准备好了。”丹妮儿说，“你要坐在这边，这边光线好。”丹妮儿把一张凳子从床尾拖到窗户跟前的阳光下。

“听上去不错。”沙拉说，“你现在可以给我做头发了吗？”

“不行，不行！”丹妮儿说，“等你吃过东西我们再动手。”

沙拉想知道丹在做什么，洗过澡了没有。客人们四点到。仪式半小时后开始。现在还早，但是她知道时间过得有多快。尤其像今天这样的日子，时间过得特别快。丹会发出最后一封工作e-mail，洗个澡，换好衣服，乘出租车去酒店见他父母，然后接上他们，乘另一辆出租车往闹市区到她父母家，然后走进来，跟人寒暄，仔细查看婚礼布置，系好领带，然后客人会陆陆续续到来。几个钟头就像几分钟似的，一下子就过去了。看到他盛装出现，她会非常激动。她喜欢丹穿西装的样子。

昨天晚上玩得很开心，比她预计的还开心，大家由衷地高兴，这也是她最关心的。本来她还担心大家会挤在房间里，像在办公室过生日似的，在会议室切大蛋糕吃。可是昨晚是个令人难忘的夜晚，大家想到她和丹，就会想到那个晚上。“还记得你们结婚前那个晚上吗？我们去闹市区那家墨西哥餐厅吃玉米粉卷，真是特别棒。”

沙拉没吃多少，有些婚礼杂志上也说过，快当新娘的人会这样的。她啃了几口玉米，吃了几口冷干酪，不过做得尽职尽责：四处转悠，拥抱并亲吻从市郊赶来的亲朋好友。她一个表姨妈从迈阿密赶来，一个鳏夫姑父和堂叔分别从洛杉矶和纽黑文赶来。维拉不断地给沙拉端来吃的，但是她基本没怎么吃。

沙拉担心祝酒词，不过最后发现大家说得都很好，很动人，甚至暖人心房，她尽可能优雅而端庄地听着大家发言。她觉得自己像奥斯卡金像奖颁奖仪式上的女演员：你越想表现得镇定自若越难。不过，很多时候有意识的微笑都变成了发自内心的快乐。她现在已经记不清大家都说了些什么，不过这都不要紧，要紧的是每个人都很开心。

预演晚餐派对是伦伦送给她的礼物，是最棒的礼物，比吹制的矮脚杯和康兰餐碟还好，比 Porthault 的餐巾还好，这些东西都是她不怎么认识的人送来的。她自己根本不会安排这样的活动。谁会想到去吃墨西哥玉米粉卷？她们没顾上说几句话——胡克和露露催着她到处跟人打招呼、吻面、寒暄。她看到罗伦穿着红色的衣服穿过房间，露露好像在对她说什么，她频频点头。后来，胡克发言，阐述他对爱的理论，他的发言很动人，很有说服力，因为他本来就是干这行的。沙拉看到罗伦听得很认真，还把手伸进罗伯的臂弯，罗伯的手臂交叉在胸前。离开的时候，罗伦俯过身来，在她耳边说了两句（房间里太吵了）：“玩得很开心。”

“谢谢你。”沙拉说。不知道罗伦有没有听到。

罗伦笑了。她站在罗伯身边小鸟依人，呼出的气息有点儿柑橘味，服务员给他们的酒里加了青柠。她的眼睛因为喝了酒十分明亮，有点儿狂野，比平时更大。“明天早上见。”罗伦说。她俯过身来抱了抱沙拉，然后轻轻地把手放在她肚子上。

其实沙拉不怎么想吃水煮蛋。“丹妮儿，你想知道我的秘密吗？”

“说。”她说。她的语气十分让人信服。人们喜欢向自己的发型师吐露心事。

“我怀孕了。”沙拉停顿了一下。现在大声说出来好像感觉没那么奇怪了。这是个秘密，不过也是事实，“你可不能告诉我妈妈，以一百万部《圣经》起誓。”

丹妮儿双手合拢。“你怀孕了！恭喜。你真幸运。怀孕的女人发质最好。你的头发永远都不会有这么好。是荷尔蒙的作用。”

她觉得恰好相反，但是什么都没说，只是点点头，微笑着说：“我故意要在这个时候怀孕，好让自己头发看上去很迷人。”

“不过这真是个好消息。”丹妮儿说，“今年你是双喜临门啊。结婚生子。真的很棒。你肯定刚怀孕，一点儿都看不出来呢。所以你的秘密很安全。”

“怀上还不算很久。其实是意外怀孕。在婚礼这一天还看不大出来。”沙拉笑着说，“我认为我抓住了最后时机，感觉明天早上醒来就会重五百磅。我觉得她很礼貌，克制地等着我办婚礼。她不想破坏我的婚礼。”

“是个女孩儿？”丹妮儿转过身，认真检查放在桌子上的器具，但是却从镜子里看着沙拉的眼睛。

“直觉是。”

“你未婚夫知道了吗？”

“他知道。只有你、我、他和罗伦四个人知道。最高机密。你要发誓不能告诉别人。”

“我发誓。”丹妮儿说。她的语气就叫人不由得相信她。

其实不止四个人知道：医生知道，伯格朵夫百货的女裁缝知道，她还知道罗伦肯定告诉了罗伯。显然，他们的关系已经到了互相分享秘密的阶段。对此她并不介意。

几个星期前，她终于见到了罗伯。一天下午，罗伦用办公室的座机打电话给她说：“你应该见见罗伯。”只要从办公室打电话，罗伦的声音都很低很淡漠，“毕竟他要去参加你的婚礼。”

这正是沙拉一直在盼着的，她提出过要求，但是不会坚持要罗伦去做。放下电话，她很激动。星期四晚上下班后，他们四个在西城区一家餐厅喝了一杯。那个地方对他们几个都不方便，但是丹很喜欢那里。她不确定应该对罗伯抱着什么样的期望——她得见到他本人才知道他是不是有什么令人反感的地方，以至于罗伦不想让他们见到他。可是什么都没有。

罗伯高大英俊，头发稍显凌乱，戴着一副现在人人都戴的那种很精致的眼镜，笑的时候眼睛周围会有皱纹，声音有点儿尖，像十几岁的孩子。他并不掩饰自己对罗伦的浓情蜜意，总是想碰碰她，不时拍拍她的腿，把胳膊放在她椅背上，右手玩着她的一缕头发。他的举止很传统，想必他母亲是个很谨慎的人。沙拉到餐厅的时候，他站起来跟她打招呼，丹加班，来得最迟，他也站起来跟他打招呼，而且握手的时候很有力度，说话的时候会直视对方的眼睛。还不等他们杯子里的酒全部喝完，就招呼服务员加酒，尽管大家都说只是出来喝一杯，他还是坚持点了开胃菜。当然，沙拉不能喝酒，服务员上什么她就很开心地吃什么，罗伯就不停地加菜。结束后，他主动去埋单，而且断然拒绝讨论付账的问题。他脖子上没有文身，穿得也不像无业游民，也不会痴心妄想去参加什么乐队。

而且他也不平庸；他很风趣。他们聊各种书，聊媒体，聊他的工作，聊棒球，他还问了丹几个医学伦理学问题，而且他的问题很有见地，也是真的感兴趣。罗伯比盖比更棒，过去她很喜欢盖比，还记得罗伦跟盖比在一起的时候多开心。沙拉看到，跟罗伯在一起的时候，罗伦会靠在他身上，他们就算还不到心连心的地步，身体也贴得很近。

罗伯在身边，罗伦说话更大声。那天晚上，他们三个在说话的时候，她静静地听着，嘴角总是挂着一丝微笑。罗伯很好，罗伯很棒，更重要的是，罗伦跟罗伯在一起很好，很棒，很开心。这才是她最喜欢的罗伦。

33

罗伦在某个地方看到过,煮鸡蛋的时候要把鸡蛋放在冷水里,然后把锅放在火上，等着它烧开，然后盖上盖子，煮十分钟，再捞出来。她就是这么做的，不过她把第二个鸡蛋放进去的时候丢得太重了，磕破了蛋壳，一股蛋白从壳里冒出来，在烧开的水上打着旋，冒着泡。十分钟过后，她把那颗蛋从锅里捞出来，放在自来水下面冷却，直到能把它剥开。蛋白煮成了一大块，像朵花儿，也像个肿瘤。

她本来就不饿，看到那颗蛋就更没胃口了。看着有点儿恶心。她把棕色的蛋壳丢进垃圾桶。窗台的搪瓷碗里放着几根香蕉，她扯了两根，又烤了两片面包，她动作很慢，因为太累了。

她昨晚喝多了，睡得很沉，不过倒也心满意足：预演晚餐派对很成功。包间很舒适，服务员也很殷勤。大碗的墨西哥鳄梨酱，堆成山的薯条。薯条还热乎乎的，因为都是刚出锅的。玻璃罐里装着各种果汁，你还以为是酒，其实不是。她坚持要餐厅放果汁，因为沙拉不能喝胡克专门带来的葡萄酒。玉米里面放了很多蛋黄酱和奶酪，还有四种墨西哥煎玉米粉卷——鱼肉、鸡肉、脆皮猪肉和不脆皮猪肉，全都卷在松脆的玉米饼里，再塞上芫荽和小萝卜，用大浅盘一盘一盘送进来，想吃多少尽管吃。人们端着香槟和龙舌兰祝酒，然后上了墨西哥小油条，有加糖的，有加可可的。

丹的父亲祝酒，胡克祝酒，梅雷迪思的哥哥本祝酒。罗伦原以为自己也得祝酒，吓了一跳——她跟沙拉交情最久，会不会也必须发言？那天晚上她们在一起的时候，就是沙拉告诉她自己怀孕了的那天晚上，她特地问了沙拉。

“老天，不要！”沙拉说，“老天，不要！”

所以她没有发言祝酒。她以为梅雷迪思会忍不住用叉子敲着香槟杯要求发言（梅雷迪思是那种走到哪里都要喝香槟的女孩，奇怪的是，我们怎么会认为喝那种会让你打嗝的东西很淑女），喋喋不休地讲述她和丹才应该是一对的故事，把大家都弄得狼狈不堪。可是她没有：她的心思似乎在别的地方。原来沙拉出于某种责任感——也只有沙拉才会有那种责任感，给她安排了一个伴儿，那天晚上陪她参加派对，后来又陪她去参加婚礼，那个小伙子叫杰米，是丹的同事，于是她一门心思都扑在那个人身上。罗伦认真看了几眼杰米，他的脸庞看着很年轻，显然比她们几个年轻，但是却有秃顶，于是把头发梳过去遮掩，效果不太明显，但是梅雷迪思似乎很喜欢。

那天大家都很尽兴。罗伦还担心派对不成功呢，看来是杞人忧天了。离开的时候，她伸出手抱了抱沙拉，把自己的想法告诉了她。

“我错了。”她说，“大家很尽兴。”

沙拉知道她的意思。罗伯也很尽兴，比罗伦还尽兴，主要是因为他跟丹的同性恋妹妹聊得热火朝天。罗伦不知道他们在聊什么——罗伯坐在出租车上跟她一块儿回家的时候已经语无伦次了，今天早上，她把西装袋扛在肩上，又拎上大手提包，把需要的东西全都装在里面。她出门的时候，他还在酣睡，鼾声如雷，不过她倒不觉得烦，因为她已经醒了。他把整张床都占了，颀长、白皙的躯体以某个角度尽量摊开，霸占着最大的地盘。他的屁股比身上其他地方更白，还把她的枕头压在两条毛茸茸的腿中间。昨天他们一进门，他就把衣服丢在了地板上，放在最上面的是那条滑稽的蓝红条纹内裤。要是他现在醒来，多半会吐得一塌糊涂。罗伦很庆幸自己不用看到这一幕。她从门口的架子上取下一个柠檬绿的陶瓷盘，把两个蛋和面包片放在盘子上。她要先把东西端上楼，再出去喝杯咖啡透透气。时间还早。

罗伦小心翼翼地端着盘子爬上楼梯。房子里弥漫着嘈杂的嗡嗡声。她在楼梯上碰到了清洁女工和她的帮手——她们匆匆检查了一遍化妆室，摆正相框，抻直几个小时前才刚刚用吸尘器吸过的地毯。露露在楼梯拐角处的平台上放了一个藤编的架子，最上面是两本破旧的咖啡桌摆设用画册（贝尔特·莫里索和肯尼斯·诺兰的作品），画册上面一层是从印度买的黏土碗，碗里放着一条从海地带回来的串珠项链，串珠是用旧报纸做的，用十分复杂的工艺缠绕起来，出自非营利艺术合作组织的妇女之手，露露和胡克一直在支持那个非营利组织。这个小小的地方充满了生活的气息，这还不算墙上挂的照片，大多都是沙拉的，不过你可以看到胡克和里根手挽手的合影，还有露露和米米·法里纳[①]和鲍勃·迪伦[②]的合影。这是他们井然有序的生活的剪影。

小时候，罗伦觉得这些东西很迷人，其实她现在也这么觉得。她的父母也有装饰品，但是没这么多，也没这么有趣：大多都是从 T.J. 麦克斯淘回来的，一大堆一大堆厚厚的军事小说，堆得到处都是，还有家庭合影，摆的造型叫人尴尬——顶着刚剪的发型，穿着最好的毛衣，角落还印着照相馆的标识。

她很好奇，如果换成她在自己母亲的房子里举行婚礼，母亲会不会为她支付清洁女工的费用——她想起精明的贝拉·布鲁克斯雇用清洁工帮忙洗过起居室浅紫色的短绒毛地毯后，叫他们全都待在外面，干了才准进去。现在想着真是不近人情。贝拉要不是这种人，早就跟露露建立起友谊了（比如阿美娜的妈妈，好几年前就跟露露玩到了一起）。那她今天就会受到邀请来参加婚礼了，虽然她多半不知道自己该穿什么，还有，天知道她会带什么礼物来。

罗伦突然觉得很难受。她最近经常这样：延迟发作的宿醉让她胃里紧绷，翻江倒海。竟然去吃墨西哥餐，她是怎么想的？她一路用肩膀把门顶开，走进房间，把盘子放在书桌上。那张书桌

① 美国著名慈善基金组织负责人。——译注
② 美国流行乐界的著名艺术家。——译注

本来是给沙拉写作业用的，可是几乎从来没用过。

“哪个宝宝饿了？”

“呸！”沙拉啐了她一口。

“不用谢。”她说。

“听我的没错，赶紧吃吧。”丹妮儿说，“待会儿你就会庆幸自己吃了东西。”

沙拉拿起水煮蛋咬了一小口。罗伦坐回床上，还是不觉得饿。她突然很想抽烟，幸好做了准备。她从地板上拿起大手提包，“我带了这个，别骂我哦。”她把手伸进包里，掏出一盒烟。

“骆驼。”沙拉说。

“万宝路超醇。”罗伦说，“这些烟很健康的。抽一口死不了人。”

丹妮儿哈哈大笑起来。“我假装没看到。”

“吃完你的早餐。”罗伦说，“我们可以溜出去透透气，十分钟以后回来，然后你可以刷刷牙，好让丹妮儿施展她的魔法。”

她们上十年级的时候，露露正在为财产估值担心。胡克位列最后一轮候选人名单，那个组织在漂亮的华盛顿特区。露露列了清单：哥伦比亚州联邦大教堂中学对比马德拉中学，她发现布鲁克·阿斯特[1]本人在马德拉中学上过学；贝塞斯达对比乔治敦；

① 美国“慈善女王”，一生的慷慨捐赠达到了近2亿美元。——译注

卖掉房子对比租房。经纪人很沮丧地发现房屋主人并没有充分利用那栋房子的空间：房顶。露露在这些事上面很精明，她开始修建屋顶露台，露台竣工前不久，胡克退出了那个组织，不再争夺该组织的管理者职位。戈尔副总统一直都没去过那个组织，待在那里也没多大意思。在政治上，对胡克而言，成为敌人比成为朋友更好。后来他们大家都忘了那个屋顶露台。

至少胡克和露露忘了。十年级的时候，沙拉赢得了新特权：胡克和露露星期五早晨去康科德露营，允许沙拉星期六早上再坐火车去，或者干脆不去。罗伦还记得露露当时戴着墨镜站在康科德别墅的游泳池跟前，几乎斜睨着房子里那个尊贵的客人，因为那人的目光一直黏在罗伦的胸部，挪不开眼睛。当时罗伦的胸部刚刚发育，鲜嫩得令人惊艳，老教授的目光落在上面，让她的乳头更挺了。到郊区是为了放松，没有沙拉和露露陪着，他们才会更放松。

罗伦好几年都没上过那个露台了。她们最后一次上露台是在一次派对上，庆祝她们大学毕业，或者说，庆祝沙拉大学毕业。罗伦只是礼节性地出席。那时候，她们的关系十分冷淡，进入某种冷却期。反正她们还会在这座城市里继续做室友，还会住在一起。这改变了罗伦跟东区三十六号街这栋房子的关系。尽管它很漂亮，尽管罗伦很喜欢它，但它只是她星期天过来吃晚餐的地方，是她小时候偶尔过来过夜的地方。当时她和莱恩·哈蒙在楼上的卧室里，沙拉、艾米、泰勒、詹克、莎夏和蕾切尔坐在屋顶露台上抽着骆驼牌香烟，把烟蒂丢进空瓶子里，看着它们在里面很快熄灭。那就是她们的童年，已经都过去了。

“我有几百年没上来过了。”罗伦俯瞰着下面的景色，这是登临高处的好处之一。当然，这栋房子在纽约算不上高，但是站在屋顶上，你会感觉自己像个巨人，像高高在上的神祇。“今天天气真好。”

沙拉叹了口气。“求上帝保佑吧。我应该等到五月份的。”

罗伦冲着沙拉的肚子点点头。“你那里可揣着一颗子弹呢。”她说。

圆桌周围放着四张木椅，她们在木椅上坐下。

“我觉得我们像在做SPA什么的。”罗伦翻了半天，掏出一个烟盒和一个蓝色的小塑料打火机。“知道吗？这些精心装饰，就像我们穿着运动服什么的。”

“我还以为你戒了呢。”沙拉说。

罗伦点上一支烟，抽了一口。“我又没烟瘾。”她说。

“视觉错觉。”

“我只是觉得，跟过去相比，我算没有烟瘾。”罗伦耸耸肩。

“咱们得肺气肿也是从这个屋顶开始的。”沙拉说。

“喝酒，抽烟，星期五晚上那些胡混。”罗伦说。

“莱恩。”沙拉说，“莱恩之类的。”

“提姆·阿尔哈德福。”罗伦说。那个漂亮的阿拉伯和瑞士混血儿是足球队的，沙拉整整一年都在迷恋他。他有一头卷发，眼睫毛又密又长，就算外面再冷都穿着短裤短袖。

“提姆·阿尔哈德福。”沙拉神往地说，“老天，他可真是漂亮。”

“那两条长腿。”罗伦说。

“给我抽一口。”沙拉说。

罗伦把自己点着的那支烟递给她。“那会儿你们两个到底发展到哪一步了？”她知道，当时大家喝酒聊天的时候，他们会躲在某个墙角接吻什么的，不过她记不清细节了。沙拉对这些事总是很忸怩。她可以在理论上谈论性，但是说到自己，就会含糊其辞。

“靠！”沙拉说着，抽了一口烟，“抽着不错。快拿走。我要成为弑子凶手了。”

“我们的老祖母怀孕的时候都抽烟。”罗伦说。

“我们接过一次吻，我和提姆。”她说，“是朋友间那种，然后再吻，然后就没了。就是碰了碰舌头而已。”

“他挺漂亮的，不是吗？他那时候怎么回事？”

沙拉耸耸肩。“不知道。”

罗伦的目光越过沙拉，越过她的肩膀，越过院子，落在后面那片街区的房顶上，落在那边的天际，落在蔚蓝色的天空。她跟提姆·阿尔哈德福亲热过一次，当时是在他父母家举行派对。他父母家在布鲁克林的郊外，这会儿想起来，应该离她现在的住处不远。她记不清沙拉那天晚上去了哪里，不过知道沙拉当时肯定不在，因为她是一个人坐地铁回家的，然后在她的朋友米歇尔家住了一个晚上，只不过告诉父母她在沙拉家。当时，提姆一把脱掉运动衫，运动衫上的气味很浓，汗味夹杂着古龙水的味。他把罗伦拉到跟前，离他越来越近。他很强壮，毛发发达，而且不屈不挠。她吻了他，过了一会儿，又觉得很愧疚，找借口一把把他推开了。

罗伦摁灭烟头，在桌子上留下一条黑色的痕迹。沙拉用手指摸了摸。“该死，我的头发上不会有烟味吧？”

“咱们在这儿坐会儿，吹吹风。”罗伦说，“没有人会知道的。”

34

化妆师伊内丝没有丹妮儿给人的印象那么深刻。她非常安静，身上有东欧人的气质，让沙拉想到间谍或者空姐。她的两只手十分柔软，触摸的动作也很轻，仿佛在试探，但是她的工作需要她亲密地贴近沙拉的脸蛋，沙拉只能忍着。她感觉自己像块鸡肉，被摆弄过来摆弄过去，打扮好之后等着上桌。伊内丝呼出的气息带着绿薄荷口香糖的气味，但是有点儿含混，因为她们脑袋下面四英寸的地方就是咖啡。

“往上看。”伊内丝的声音几乎低不可闻。

她的意思是让沙拉眼睛往上看，脑袋和脖子不要动，好露出眼睛下面的皮肤，她要在上面涂涂抹抹。她的化妆方法很复杂，像在做点彩画。沙拉日常用的就是基础化妆品。沙拉几十年前就知道哪种颜色最适合自己了。这种东西你很年轻的时候就会懂，要么通过杂志上的小测验学到的，要么来自几个闺蜜之间尝试的经验，要么来自姐姐的高见，要么是因为偶尔去沙克斯百货底层，那些很有说服力的女人向你推销化妆品的时候学到的。

沙拉知道日常化妆很重要，在今天这样的日子更重要，今天会拍很多照片，很多你将会珍藏几十年的照片。她很想以最漂亮的形象出现在这样的日子，可是她无法忘记，就算是最漂亮的形象也不过如此。她最漂亮的形象也是常人，这个问题很复杂，因为她妈妈最漂亮的形象是个电影明星。

有时候，当人们说“她看上去跟她父亲一模一样！”的时候，在胡克和露露听上去可能没什么感觉，至少不像在恭维他们。露露从来没有对沙拉暗示过她不漂亮，不过，她父母最强调的是大脑，是取得的成就，对此沙拉心存感激。这不是比漂亮更重要吗？沙拉偶尔也会嫉妒漂亮的女孩，但是那种感觉也不过是一闪而过。比如罗伦的头发，谁不喜欢那样的头发，那么长，也不用费心打理，那么丰盈，那么漂亮，根本不用操心。沙拉太了解罗伦了：便宜的洗发水，偶尔随便梳两下。沙拉自己的头发几乎可以当天气预报的工具，预报空气湿度。丹妮儿干得很漂亮，现在她的头发看上去很棒。等伊内丝完成她的工作，丹妮儿会把头发往上梳一点儿，让它看上去更自然。沙拉觉得很抱歉，她对自己头发和天气湿度之间这种亲密关系实在无能为力。

她坐在镜子前看着罗伦，镜子周边的边框里塞着明信片。沙拉并不虚荣，还好她不虚荣，否则她就会认真研究镜子里伊内丝肩膀上方自己那张脸蛋。罗伦很漂亮，一直都很漂亮。真是很神奇，五官的组合方式竟然会起着那么大作用。这简直不可思议。她的两个弟弟长得都不好看。他们长得普普通通。可是罗伦却长得很好看。

长得好看的人，人们第一眼就会注意到。当时沙拉就注意到了罗伦，并且被她的容貌吸引，马上就意识到自己想和她成为闺蜜，她们确实成了闺蜜。她记得很清楚。这种友谊就像那些不是有意安排但却很受欢迎的事情一样。她需要她。她理解罗伦。她很高兴自己了解她。就算她们少女时有过这样的时刻，她偶尔嫉妒她——不过根本没有，其实沙拉也并不是嫉妒罗伦，她只是曾经想成为罗伦，不过现在已经没有这种想法了。罗伦的容颜没有随着时间褪色，反而越来越美丽，奇怪的是，沙拉也为此感到骄傲。她的选择很明智。

“请看着我。”伊内丝低声说，她的声音像从遥远的地方传来的。

“抱歉。”沙拉说着，把目光收了回来。

“你感觉怎么样？”罗伦问。

“还好。”沙拉说。她没有向任何人发脾气，也没有对任何事使性子，可是每个人都在用那种温柔、鼓励的语气跟她说话。她极力不让自己厌烦。她们搞得好像她多需要安抚似的，这让她有点儿发狂。

“快好了。”伊内丝说。

“你看上去美丽绝伦！”罗伦站起身来，从凯伦身边走开，站在伊内丝旁边。

沙拉睁开眼睛。伊内丝和罗伦两个人居高临下地看着她，脸上喜不自禁，仿佛在看一个让她们自豪的孩子。“真的吗？”她也想知道。话一出口她很快就意识到了自己的心思。

“真的。”罗伦说。她整张脸都洋溢着笑容。她嘴唇在笑，眼睛在笑，声音在笑，整个人都在笑。

丹妮儿走过来看沙拉。

“光彩夺目。”她说。

“你们都是魔法师。”沙拉说。

“嘘！”罗伦说，“你一直都很美。你本来就是这副模样。这是你最美丽的形象。那些杂志难道没有说你就应该是这个样子吗？”

沙拉走进洗手间，在左边那个洗手盆里刷了牙——她一直都喜欢左边那个。伊内丝带来一支亮橙色的牙刷，牙刷的塑料包装都没拆开，还带来一支迷你牙膏。沙拉没想到这些女人想得这么周到，不过她很感激。她很抱歉自己不得不刷牙，又把妆容弄乱了，不过，管它呢，反正伊内丝会为她补妆。

她刷完牙，试着轻轻擦拭嘴唇，不把口红弄花，结果还是弄花了，连毛巾上都沾上了口红，不过她不介意。她用手掌捂着鼻子和嘴巴，哈了几口气，想闻闻自己有没有什么味，当然没闻到。每个人都试着这么闻自己的口气，没有人闻得到。她头发里有烟味，一扭头就可以闻到，虽然味道很淡，但她非常肯定。这有关系吗？楼下暖烘烘的，穿着无尾晚礼服的人跳着舞，服务员手里端着放着白葡萄酒的托盘穿过人群，她会感觉像在夏季，浓烈、深红色的葡萄酒和各种饮料，有清冽的，有冒泡的，冒泡的里面加了柠檬。房间里全是汗味和体味，还有鲜花、食物——盛在小玻璃杯里的奶油番茄汤、撒着香葱的蘑菇、糖萝卜和咸味山羊奶酪混合的甜点、山核桃蜜饯。没有人会注意沙拉身上那股淡淡的烟味，她的父母就更不会在意了。那些年她和罗伦浑身散发着烟味和酒味回到家，他们似乎从来没有注意过。她每次抽烟、喝酒都是和罗伦在一起。

当然，还有丹。丹什么都会注意到。没关系，他很体贴，不会在意。就算有事情烦扰他，他也从来不会不耐烦。对这些事情，他会给出合理的建议去解决。就拿每次都要重新装冰格这件事来说吧，他直接建议买一台新的冰箱，比如那种带制冰机的冰箱。这就是丹。电视或电影里即将结婚的人都会说想跟某人共度余生。现实当中好像很少有人这么说。沙拉觉得人们很少会去想自己的余生如何度过。如果我们纠结于未来的人生，那就什么事都做不成了。

她嫁给丹倒不是因为他就是那个她想与之共度余生的人，虽然她会跟他共度余生，而且跟他共度余生很棒，很不错，但这只是附赠的好处。她之所以嫁给丹，是因为他在她没有重新装满冰格的时候提议重新买一台冰箱。这似乎就什么都解释得通了。她爱他吗？当然爱了，这个问题太愚蠢了。既然两个人相爱，除了结婚，除了继续爱下去还能怎么做？

有时候沙拉会想：如果只有他们两个人发现了这个道理，只有他们两个人知道这个道理，那该怎么办？她很高兴他们结婚了。她无法想象自己的生活里没有丹会怎么样，因为他们已经开始的生活如此美好，而且她相信会越来越好。她和丹从来没有讨论过这一点，没有用这样的词讨论过人生，讨论过他们的爱情、他们结婚的理由和他们对余生的期待。她觉得，他们就像天造地设的爱人，讨论这些都是多余的。她知道他们有同样的期待，相信同样的事情。她之所以知道，是因为本来就一直是这样。

35

罗伦对这栋房子了若指掌。她对这栋房子可能比对自家的房子还熟稔，因为她在家的时候总是心不在焉，而在这里，她总是有学不完的东西。别看罗伦现在可以对露露谈笑风生，以前她对露露可是非常崇拜。她早就长大了，不再把露露当偶像。少女时代，她觉得露露是个令人费解的母亲，但是现在已经不这么觉得了，觉得她只不过是个普通人，也会犯普通的错误。

露露把这栋房子里塞得满满的都是东西,如果事先不指出来，你永远都不会注意到那些东西上的细节。罗伦记得二楼的化妆室贴着蓝白相间的中国风格壁纸，挂着宝塔和飞鸟的全景照片。不过她记不清马桶上方的装饰架上摆放了一尊胖嘟嘟的皂石弥勒佛，那佛陀两只乳房下垂，斜着眼睛。还有一个旋涡形的孔雀石小圆盒，碧绿得耀眼。她打开盒子，里面放着一只珍珠耳环，吊扣已经脱落了。还有一个从市中心某个餐馆拿回来的火柴盒，已经用了一半。另外还有两个意大利里拉。

她举起马桶盖，脱下裤子，坐在马桶上，前面就是一张小熟铁桌子。你通常会把这种小桌子涂成橙色，放在花园里，堆上高高一摞《纽约书评》。她的父母永远都不会想到有些客人拉屎的时候会想看看书。她父母的洗手间跟生活的其他方面没有任何关系，只有一堆贝壳状的肥皂，挨挨挤挤地放在一个小瓷碟里，还有带丝绸花朵的小毛巾，擦手的时候那些花儿一点儿都不吸水。还有一支散发着桂皮香味的苹果形状的蜡烛整夜摇曳。

罗伦从最上面拿了一本书。是1997年出版的。那年，她们十五岁。她还记得自己的十五岁，十五岁有一种特别的感觉，就像对色彩敏感的人从不计其数的颜色中感觉到一种颜色，在不计其数的气味中分辨出一种气味。她和沙拉一直在怀旧。十五岁的时候，她们在怀念十一岁；上大学的时候，又在怀念率真的十五岁；到了东城区那间糟糕的公寓里，又热切地怀念上大学的时光，那个时候，她们是容易受到行为艺术蛊惑的大学生。现在她们看到彼此的时候感觉像什么？老去的自己、过期的杂志、不再流通的货币。这栋房子堪称博物馆。

她撒了尿，冲了马桶。她的身体感觉又瘦又空又结实，想到待会儿肯定能吃到油炸的咸的东西，她的精神振奋起来。她刚才对沙拉妆容的赞美是由衷的。就她看到的而言，确实很不错。罗伦不怎么害怕让伊内丝碰自己的脸。维拉在沙拉的房间里熨婚纱。沙拉要等着客人们到齐，等着他们寒暄，吻面，喝汽酒，坐下来，八卦，等待婚礼开始。罗伦越想越觉得这个假惺惺的盛典不合情理：为什么要暗示沙拉在天空，但是在某个指定时间变成了人，然后降临到花园里，举行婚礼？她记起了一件已经彻底忘记的事：高三那年的春节舞会。他们的舞会又开明又严肃，乘坐豪华轿车，戴着胸花，穿着租来的晚礼服，在幕布前拍照，那块幕布是为了制造巴黎舞会的效果。派对策划好了，可是她们当时一点儿都不酷，不想盛装打扮到一家酒店的舞厅去跳舞。她们两个都没有带舞伴，露露对此感到很失望：露露站在楼梯下，手里抓着相机，估计是看到情景喜剧里的妈妈是这么做的，她对她们做着手势。她们穿着从康涅狄格州的旧货店淘来的晚礼服，沙拉穿着款式简单的浅粉色长裙，不过并不像公主裙；她穿着新潮的黑色短裙。她们去布卢明代尔百货买了新鞋子。尽管觉得尴尬，或者对自己的美丽不在意，她们看上去还是美极了。她们翩翩走下楼梯，动作夸张地让露露拍照，摇摇摆摆走到街上，像小马驹一样难为情，却又很享受高跟鞋敲在地上的感觉，享受春风吹在裸露的肌肤上的感觉，享受路人赞赏的笑容。那一刻，她们非常美丽，有照片为证。照片就塞在沙拉门外的大相框的角落里。那天晚上，她提醒沙拉，她们两个很美。她们乘坐地铁去市中心的酒店，因为盛装打扮坐在地铁上感觉令人捧腹。地铁到站了，她们谈论着那些女孩看上去多漂亮，那些男孩看上去多帅气，然后开始跳舞，最初带着会心的微笑，后来陷入了真正的狂欢，有的是因为喝了酒。有的男孩把手伸进西装的口袋，扮作詹姆斯·邦德。他们脸颊通红，男孩解开了领带，她觉得当时沙拉好像跟帕特里克·奥尔登亲热，但是现在不太确定。她曾偷听到那个男孩说他不考虑沙拉，或许他只是在分析她。后来，他们有的乘出租车，有的叫了车离开，男孩们有的把衬衫扣子解开，有的披上外套，整理好口袋。然后他们在东城区一家小酒馆又喝上了。男孩们吃了炒鸡蛋和洋葱土豆煎饼，女孩们抽着烟哈哈大笑。罗伦记得很清楚，她默默地想了一会儿。她觉得那个安静的黑眼睛女孩穿着旧式的裙子一点儿都不新潮，她的胸部太大了，应该选择二战后那种大裙子，而不应该选择“咆哮的二十年代”的那种紧身裙。

你应该记得自己以前的样子，应该想象要给以前的你提出什么建议。如果罗伦能回到那个时间，回到那个夜晚，她会对那个女孩说什么？她会叫她把烟熄灭，吃点儿东西。这会儿她简直想死那些又脆又香又咸的洋葱土豆煎饼了。现在那家敖德萨小酒馆早就消失了，已经变成了美甲沙龙。

罗伦走下台阶，脚尖脚跟，脚尖脚跟，高跟鞋敲打木地板的声音像锤子在敲打钉子，或者像不耐烦的法官敲着小槌，每走一步，仿佛都在对大家说：“看着我，看着我！”台阶上很滑，她扶着栏杆。

房子焕然一新。这会儿，一些桌椅和小家具都搬到地下室的前屋去了。很久以前，保姆住在那间屋子里。当时罗伦住在这里的时候不允许到那个地方去，后来过了几年，她就把那间屋子给忘了。房子里到处都是鲜花，一簇簇插在玻璃瓶里，有拳头大的白牡丹，有浅绿色的玫瑰。玻璃许愿瓶、茶灯摆得到处都是：壁炉架上、咖啡桌上、每个台阶上、楼梯扶手尽头的小架子上，看上去很不安全。待会儿会有人迅速在房子里穿梭，把所有的茶灯都点上。两块小地毯抽走了，餐桌被当作吧台，一个红发美女正在摆设玻璃杯和果汁瓶。还有其他的东西：活力、远处的说话声、附近的低语声、脚步声。客人们很快就到了。沙拉派她下楼打探情况。

“你自己下去看看不就得了。”她对沙拉说。

沙拉摇摇头。“我不能下楼。”

“你要一直坐在这里干等着，就像……就像皮纳塔[①]的奖品吗？”

为了满足自己的好奇心，再加上有点儿想从沙拉身边溜开，罗伦乖乖地答应下楼。沙拉现在什么都不说，因为没有什么可说的了。罗伦答应一会儿把自己的所见所闻一五一十地告诉沙拉。目前为止，一切都顺利。维拉和露露干得很出色，她们重新布置了房子，把房子最棒的一面展示了出来，充分体现出房子的魅力，不过花销也很可观。房子在你周围缓缓展开：穿过客厅还有起居室，餐厅那边还有化妆间，很多地方可以供客人坐下来聊天叙旧，高谈阔论。这栋房子很适合开派对，是举行婚礼的不二选择，虽然她知道沙拉最开始并不打算把婚礼安排在这里。她还知道为什么——沙拉不喜欢那种必然而然的感觉。沙拉讨厌别人期待她怎

① 是一种纸糊的容器，其内装满玩具与糖果，于节庆或生日宴会上悬挂起来，让人用棍棒打击，打破时玩具与糖果会掉落下来。——译注

么做，即便到最后大多时候她都会按照别人的期待去做。

罗伦转了一圈：穿过客厅，走进书房，又回到过道，往客厅里张望，然后下楼。楼下也做了大量的休整工作；厨房的桌椅都不见了，房间敞开着，十分明亮，再过去就是花园，搭上了棚子，虽然没有下雨的迹象，但是有备无患。外面没有地方摆放太多椅子，只摆了几把给上年纪的人坐，不过站着观礼可以看得更清楚。头顶的纸灯笼把场地照得雪亮。很漂亮。丹来了，穿着无尾礼服，陪着他父母。

"罗伦！"丹对她挥手。她穿过厨房走过去，丹穿过后院朝她走来，两人刚好在门口相会。他亲切地抓住罗伦的胳膊，"你看上去真漂亮。"

"等你看到自己的新娘就知道什么叫惊艳了。"她说。

"你还记得我父母吧。"丹指着他十分出众的父母问。他的母亲露丝一头银发，穿着一条朴素端庄、不失优雅的大裙子；他父亲安德鲁穿着和他同款的无尾晚礼服。丹跟父亲长得很像，都是粗脖子、胖乎乎的手、炯炯有神的眼睛。

"嗨，又见面了。"罗伦说，"昨晚玩得还尽兴吗？"

"很尽兴。"露丝说，"我吃了好多东西。沙拉说整个活动都是你安排的，不得不说，你组织的这场派对真的很出色。"

"您过奖了，谢谢。"罗伦说。她是真心的，可是每次跟别人的父母聊天时，她的语气总是让人觉得假惺惺的。

“我们很尽兴。”他父亲也附和说，“这边准备得怎么样了？”

“我觉得基本上准备好了。”罗伦说，“我是受命来侦察的。”

胡克慢悠悠地朝他们走过来，两只手臂分别搭在这对父子肩膀上。“小圈子聚会。”他说，“在说什么呢？”

“我刚刚说，我是溜下来打探情况的。”罗伦说，“我们大家都准备好了，不过我也想到活动现场看看。”

“要我说，最重要的活动在楼上呢，嗯？”胡克笑了。

“当然。”她说。胡克说了算。

“叫沙拉下楼就是了。”丹不耐烦地说。

露丝似乎吓了一跳。“丹尼尔！吉时未到。”

“妈妈！”丹翻了个白眼。在父母跟前我们永远是长不大的孩子。

“我试过了，相信我。”罗伦说，“沙拉很守规矩。”

“又不是 1951 年。”丹说。

“尊重点儿传统，丹。”安德鲁说，“也只有一个小时了。”

“除非所有人都能按时到，我觉得我们大家都知道这不太可能。”胡克大笑起来，“我可怜的女儿。要不我上楼去瞧瞧，帮她打发时间？”

“再传授点儿父亲的至理名言？”露丝多半在打趣胡克，不过她说得很委婉，没人注意。

“我看可以。”胡克说。

“她肯定会很高兴有人去陪陪她。”罗伦说，“她这会儿就坐在那里等着开始自己的人生呢。”

“好，好。”胡克搭了腔，但是没再说什么，似乎开始考虑什么问题。

“沙拉吃东西了吗？”沙拉未来的婆婆挺关心沙拉。

“吃了。”罗伦说，“我让她吃了两个白水煮蛋，补充点儿蛋白质。”

“你真是个尽责的好朋友。”露丝·伯顿医生轻轻抓着罗伦的小臂说，“我记得我们结婚那天我饿坏了。没有人告诉我必须得吃点儿东西。那会儿把我饿得晕头转向，根本没办法集中注意力。现在看到我们婚礼那天拍的照片，我还觉得自己看上去饥肠辘辘的，因为当时真是饿坏了。”

“嗨，反正很快就能结束。”丹说。

“这说的什么傻话？”丹的母亲不以为然地摇摇头，“要不你去吃点儿东西吧，丹尼尔。”

“我只是说，我希望沙拉下来参加派对，不要像个保守派妇女似的把自己关在楼上。”

“我去瞧瞧。”胡克说，“我会带杯香槟上去，我们父女俩消磨一下时光。”

胡克这人太有现场感了，所以看上去仿佛并不是他在走开，而是周围的场景在往后掠去，就像动画片里那样。他走进厨房，他们听到他大声招呼那个穿着POLO衫的侍者给他倒杯冰香槟。

“你准备好了吗？”罗伦觉得自己突然有股冲动，想捶一下丹的肩膀。她一直都不知道该怎么跟他相处，所以有时候觉得自己像他身边那些同性朋友一样。

“老实告诉你，我早就准备好了。”丹说着，看了一眼手表，“我等不及了赶紧开始吧。”

“该开始的时候自然会开始。”丹的父亲说。当父亲的专门会说这种毫无意义的话。

“有人等不及度蜜月了。”话一出口她就后悔了。这些话从她嘴里说出去听着很明显地有性暗示的含义，这种暗示让人讨厌。失策，她通常会跟家长们相处得很好，就是说着说着，话题就跑偏了。

“我听说你和沙拉很早以前就是朋友了。”丹的妈妈说。

她在给罗伦台阶下。罗伦非常感激：“我们认识有……”她算了一下。“天哪！我们十一岁就认识了。这辈子有三分之二的时间都在一起呢。很不可思议吧？”

“很棒。”她再次抓住罗伦的胳膊，“有个老朋友很棒。”

“我确实是她的老朋友了。”罗伦说，“算是旧的东西，现在要努力给她搞来新的、借来的和蓝色的[①]。”

---

① 按照西方的传统风俗，新娘在婚礼当天要佩戴新的、旧的、借来的和蓝色的饰物。——译注

“老爸老妈，我们去那边说几句话好吗？”他小心翼翼地把手放在罗伦背上，几乎没有碰到她。她的表现应该无可指摘。她让他推着自己的背走进房子，然后就主动往前走去。反正她不知道自己要怎么做。

“想喝一杯吗？”他的语气很随便，不过仍旧算不上亲切。丹总是很尊重他们之间的距离。

“或许真的想喝一杯。”她说。

丹对站在岛式厨房的女孩点点头，那个女孩正在整理一摞一摞的鸡尾酒餐巾。“哪儿有威士忌？”

女孩笑着说，她曾经帮过很多紧张的新郎。“这里有冰块。”她说着，停下手里的活儿，往平底玻璃杯里装满了冰块。“威士忌在楼上或者，”——她越说越小声，仿佛在密谋似的——“吧台上有很多好东西。你们想来点儿好东西不？”

“想啊。”罗伦说。

她指着门道。“在那边房间里。需要我去拿吗？”

“我们自己去拿。”罗伦说，“你忙你的。”她从女孩手上接过平底杯，“谢谢。”

罗伦从来没进过那个房间，在她的想象中，那地方很了不起。那是她少女时代的白日梦：十六岁的沙拉，本来也可以住到那个房间去，跑上跑下，随她怎么高兴，事实上，书房就足够她玩的了，哪里顾得上这么多地方。罗伦现在才发现，这个地方原来这么没意思：密封的房间里堆满了以前的老物件，就像地下仓库似的，人们以为有一天会跟家人在里面消磨时光，还有后启示录。日常堆在厨房灶台上的瓶瓶罐罐也挪到了这里的桌子上。罗伦拿了瓶奥本[①]，“哗啦”一声倒进一只杯子，然后又“哗啦”一声倒了一杯。反正她又没怀孕。

“干杯。”她举起杯子说。

“谢谢。”丹用自己的杯子碰了碰她的，试探性地吸了一口，“我确实需要喝点儿威士忌。”

床上堆满了花架、咖啡桌摆设用的画册、杂志、花瓶和其他从楼上房间暂时挪到这里的各种装饰品。罗伦在床角上坐下去，床垫吱呀了一声，但是没有陷下去。她记不清自己以前有没有单独跟丹在一起待过。

“说真格的，她在楼上怎么样？”

“很好。”罗伦说，“她看上去叫人惊艳。我们都准备好了。”

“她一直都很美。没有什么事让她烦心的吧？”丹笑着说，“你知道，她不喜欢别人过分关心自己。”

“我觉得她挺镇定的。”罗伦说。她觉得十分满意，因为他听到别人说沙拉很美的时候，第一反应是“那当然了”，“不过，你也知道，她多半希望这一切赶快结束。”

---

① 一种纯麦芽苏格兰威士忌。——译注

“我们有孩子了，她肯定告诉你了。”

“双喜临门。恭喜你。”她说。

“谢谢，我很激动。”

“那当然了。”

“人生的另一篇章吧。”丹停顿了一下，“我很高兴沙拉有你这个闺蜜，可以跟你说说宝宝的事。你是第一个知道的。”

“我本来就应该第一个知道。”罗伦说。

“能认识你，有你这个闺蜜，她很幸运。”丹似乎有点儿尴尬。他吸了一口威士忌，“我有点儿紧张。是不是很傻？”

“干了吧。”她说，“你需要喝点儿酒。还没到叫人发狂的时刻呢。”

“这正是我担心的。”他说，“这场婚礼有点儿失控。近两百位客人？还有荒唐的菜单。”

“挺有趣！你父母看上去很激动。每个人看到你们两个都会很兴奋的。放松点儿。”罗伦喝干了酒，坐在那里看着他。

“可是你也知道。”丹对她说，不过更像在喋喋不休地自言自语，“这场大型婚礼，不像你的风格，也不像我们的风格。还有第一支舞。还有这些冷盘小吃。”

“首先，这些冷盘小吃看上去很棒。”罗伦停顿了一下，“再说了，谁在乎这些？婚礼就是这样的嘛。”

“是啊。”他说，“排场和环境。隆重的盛典。你想，等大家听到我们生宝宝的消息，会有多少人掐着指头算日子，感觉震惊？”

“一个都没有。”她说，“这又不是1951年，你十分钟之前才刚刚说过。”

“我觉得你是这场婚礼上唯一神志正常的人。罗伯在哪儿？”

“哦，他一会儿就来了。”她说，“昨晚太疯狂，今天睡过头了。”

“我补充一下，除了我和沙拉，你和罗伯是这场婚礼上仅有的两个神志正常的人。老实跟你说，我好想我们几个摆脱所有的人跑去吃冰淇淋什么的。”

“就像在独立电影里那样。”

“对，就像那样。”丹附和道。

罗伦自己也需要吃点儿东西。一杯酒下肚，她有点儿头晕了。“我们聊得差不多了，新郎官。”她站起身来，“维拉会到处找你的。他们要安排你跟你父母拍照，还要按部就班安排后面的事儿。”

“维拉！”丹哼了一声。

“我们都得听她的。”罗伦拿起他的空杯子，“我来收拾。你去找你的家人，挂上灿烂的笑容，然后去跟客人打招呼。我们稍后再聊。”

“稍后再聊。”他说着，轻轻扶了扶她的腰，因为她两只手都拿着杯子，“估计那会儿我已经成了已婚男人。”

“估计是的。”她说。

36

“该换衣服了。”维拉不容置疑地说，她的声音虽然平静，但是似乎说每句话都用强调的语气，就好像每说一句话拍一下手似的。维拉这样的人策划婚礼真是大材小用，她应该去给总统当助理。

为了这次盛典，维拉从露露的更衣室搬来一面巨大的全身镜。沙拉看着镜子里的自己。她上身穿着一件灰色的背心，是那种在健身馆穿的背心；下身穿着绿色的运动裤，这样的裤子她绝对不会穿出屋子，顶多在丹面前穿一穿。镜子那么大，天花板那么高，镜子里的她看着十分娇小，像个孩子似的。穿衣服打扮曾经是过家家的游戏。她看到那些游戏真的变成了现实。孩子们需要通过游戏来理解这个世界。所以他们用盘子装上沙子，假装从烤箱里拿出烤好的蛋糕。或者拿起想象中的公文包，朝办公室走去，模仿爸爸无意识的叹气声。这就是本能：预演我们平凡的人生。她自己曾经玩过很多次：把露露的围巾围在腰上当裙子，宣称自己要去“和基辛格共进午餐”，这成了家里最喜欢复述的家庭故事。

她能听到楼下的嘈杂声：安置桌椅，摆放碗碟，布置鲜花。

但是她仿佛被人们晾在了一边。有一瞬间，她很想跺着脚让大家都注意她。他们要玩的这场游戏是她的游戏。不过那种感觉只是一闪而过。婚纱是抹胸式的，但不失端庄，现在就挂在衣架上，衣架挂在壁橱门顶上。

“你看上去很漂亮。”露露大步走进房间。她的头发紧紧梳上去，衬托着她的脸蛋，露出精致的轮廓和光滑柔软的皮肤。她看上去又老又年轻。“她们干得很出色。”

沙拉刚要说话，丹妮儿走了进来，伊内丝也跟着走了进来，露露径直夸奖了她们一番。这么一来，沙拉又被晾在一边了。她们三个兴奋地讨论着，就连刚才十分安静的伊内丝在露露跟前似乎也活跃了起来，这种现象沙拉已经见怪不怪了。

罗伦走了进来，手里拿着一罐苏打水。“我从吧台偷来的。”她说。

易拉罐凉冰冰、湿漉漉的。沙拉接了过去。松了口气。她需要来点儿什么，可是自己也不知道需要点儿什么。

“我给你拿根吸管。”伊内丝说着，开始翻找自己的东西。

露露说：“啧，别喝那东西了，宝贝，该换衣服了。”

“你先换衣服。我喝点儿。”

露露脸上露出不以为然的神色，她总是认为苏打水是垃圾饮料，但是她什么都没说，转身走进浴室去了，她自己的晚礼服在浴室里。

苏打水喝着有点儿怪，因为她嘴里没有别的味道，所以那股凉冰冰的甜味直冲她的脑门，让她精神一振。“谢谢。”她说。

罗伦耸耸肩。“我就知道。”她会心地瞅了沙拉一眼，跟着露露走进浴室。过了几分钟，她们两个都换好衣服走了出来。真是神奇，一件衣服就可以让你整个人看上去都不一样。她走进浴室的时候还是罗伦，出来的时候已经成了——别的什么人。是的，她化了妆，这也是部分原因，但主要还是那件裙子。她身体的某些部位裸露出来，因此强调出了之前隐藏在衣服下的某些曲线；罗伦似乎知道这点，她的步态也不同了，十分优雅，近乎机械。她驾轻就熟的样子仿佛经常穿这样的裙子似的。她看上去——不是漂亮，是美丽绝伦。这才是以前的罗伦：沙拉倾慕的人，偶尔会想变成的人。

露露从浴室里走出来。她穿着一件蓝色紧身裙，身体柔软的曲线纤毫毕现。她抚弄着一只耳环，看上去像电影明星——这就是她。她对沙拉微笑，对大家微笑，那笑容就像在向公众致意似的。

“轮到你了，亲爱的。”她说。

沙拉看着婚纱洁白的大裙摆，感觉像一朵白云，简直有点儿神圣。“轮到我了。”她自言自语地说。

她倾听着外面庆典的声音：拼花地板上的脚步声、玻璃杯的碰杯声、寒暄和吻面声，偶尔还夹杂着兴奋的叫声。丹妮儿抚了抚她的头发，伊内丝看了看她的妆容。因为裙子的缘故，沙拉不能再坐下了。

父亲上楼了，洒下一路笑声，但是注意力还在新到的客人身上。母亲上楼了，大家的恭维让她光彩照人。罗伦上楼了，端来一杯冰水。维拉上楼了，告诉她时间快到了。摄像师上楼了，对着沙拉和露露、罗伦和露露还有沙拉拍了很多照片。她们三个站在楼梯顶上，等着弦乐五重奏的信号招呼她们入场。

感觉像参加惊喜派对似的。仪式的愚蠢规定让沙拉忍不住笑起来，罗伦也笑了。露露赶紧制止她们。她们闭上嘴巴，音乐开始了。维拉对她们做了个手势，因为在楼上几乎听不到音乐声。

丹看上去很帅气。丹笑容可掬。沙拉觉得很滑稽。每个人都站起身来。她走得很慢，维拉不让她走快。慢慢地，慢慢地，在心里数着数。胡克恋恋不舍地放开她的手臂，回到自己的位子上。她转过身看着人群，看到了叔叔阿姨、堂表兄弟姊妹们、朋友们、父母的朋友们、朋友的父母们。每个人都看着她。

她看着丹，仰望着他，因为他比她高。他脸庞很宽，有点儿双下巴，早上刮了胡须，神采奕奕。他的脸颊看着十分柔软，闻上去有股肥皂味。他的发型也不一样了，仿佛涂了一层什么发胶固定。她记不清第一次见他的情景了，只记得他们交往几年后，也就是前几年，去参加梅雷迪思哥哥本的婚礼，丹穿着黑西服，靠在普林斯顿俱乐部的窗户旁边，烛光摇曳，他看上去那么自信，那么帅气，当时她觉得这辈子一定会嫁给他。现在，他们终于要结婚了。

37

罗伯跟罗伦打招呼，先吻了她的面颊，然后吻她的嘴唇，又趁人不备，用舌头蹭了蹭她的舌头。

“你喝酒了。”他没有责备的意思。

随后，罗伦就回到楼上，站在自己的位子上，跟着新娘走进去，站在那对新人身旁，陪着他们完成婚礼仪式。新人念誓词的时候，她扫了一眼人群，看到高大的罗伯双手背在身后，像在鉴赏博物馆的一幅画。她想跟他打个招呼，比如扬扬眉毛，咧开嘴笑笑，无声地说句什么，可是她不能，因为每个人都在看着，大家都会看到的。他属于她是个非常美妙的秘密。

新人说了几句话，然后又说了几句，人群发出欢呼声，掌声雷动，坐着的客人们也站起身来，丹吻了沙拉。

新人从过道走出去，每个人都追着新人往外走。新人站住脚，回身拥抱大家，接受众人的祝福，擦拭幸福的泪水。大家纷纷拿出手机拍照。

罗伯挤过人群，朝罗伦走来。露露不见了。退场曲结束了。罗伦把那束绿色的玫瑰放在座位上，挽起罗伯的手臂。“咱们去喝一杯。”她高声说，因为太嘈杂了。

天气很凉快，但是花园里人太多，就连外面的空气都感觉暖洋洋的。各种珍馐佳肴端了上来，接着是各种美酒。丹和沙拉到前门台阶上拍照去了。胡克和露露也不见了，接着又出现了。胡克用他那震耳的声音讲述着各种趣事，声音都盖过弦乐五重奏了。

弦乐家们收拾东西离开了，DJ 来了。接着是源源不断的开胃小菜，源源不断的美酒，服务员们忙进忙出收拾空杯子，催大家进去，上楼用餐，自助餐安排在客厅里。

罗伦拿了个碟子，装了几片三文鱼、几块红肉马铃薯和芦笋，和罗伯坐在台阶上，一边吃一边看着天色渐渐暗下来。夜色降临了。他们把盘子收进去，放在自助餐台附近的地方。一个穿着黑色 POLO 衫的女孩叫他们不用管了。

花园里，大家谈兴正浓，不时有人举杯祝酒。椅子搬走了，灯笼点亮了。摄影师在人群里穿梭。看到他们两人，便站住脚步举起相机。罗伯伸手揽住罗伦的肩膀，把她搂过来，两人露出笑脸。胡克说起他第一次抱沙拉的情景，说父母对自己的孩子永远无法放手。他的演讲很动人，不过他本来就是靠这个吃饭的。

甜点有盛满草莓酱的纸杯蛋糕，他们喝了很多威士忌。露露唱了一首歌，接着又唱了一首，大家尖声喝彩，露露很激动，笑逐颜开。DJ 开始演奏音乐。孩子们跳起了舞。有些上了年纪的客人也跟着跳起来。大多数人都进去喝酒畅谈，或者听胡克畅谈去了。她和罗伯也跳了舞，然后坐下来，看着大家跳舞，看着一张张脸庞。几个小时后，婚礼结束了。

38

沙拉的直觉错了。她肚子里是个男孩，叫亨利，中间名叫安德鲁，分别向她的父亲和丹的父亲致敬。真是奇怪，她的肚子那么大，宝宝却那么小。她担心了好几个星期的生产还挺简单。当然很痛，而且痛得超出了她之前对自己可以接受或理解的疼痛的定义，不过还好没痛多久，最后，宝宝出生了，疼痛弥漫开来，像朵云似的飘走了。只觉得浑身疲劳，髋骨传来一股暖意，背部一阵钝痛，但是她有宝宝了。宝宝的小嘴急切地吸吮着她的乳头，让她有点儿欣喜若狂，也更觉得疲惫。她睡着了，宝宝被抱走了，过了一会儿又抱了回来。丹在她身边，她穿上长袍，把它系紧。她的乳头又酸又胀，奶水滴在薄薄的棉布上。等她整理好，露露进来了，带着一身的香水味。接着是胡克，然后是安德鲁和露丝。每个人都想抱一抱亨利，亲一亲小宝宝。于是，他们一个接一个抱过了他。最后，大家离开了，她睡着了，醒来后喂了奶，又喝了冰水，一杯接一杯地喝。一天后，丹用医院的轮椅把她和亨利推到路边，把亨利放在还不太熟悉的六角形儿童座椅上，然后就开车回家了。一路开得很慢。

前几月她就说了，不打算为孩子洗礼，而且坚决拒绝这种被礼物淹没的仪式。露露吓了一跳。

“大家都是这么做的。”她说。

“刚没多久才让大家来看我结婚，我不打算这么快又要请他们来庆祝我生子。”

道理是这样的：怀孕让你掌握话语权。没有人想惹你生气，如果谁胆敢惹你生气，你可以马上翻脸，根本不用担心有人觉得你不通情理。怀孕把每一缕情感都变成了自然力量，你因怀孕而受人尊重，甚至以怀孕为荣。没有洗礼仪式：没有白色的棉布系带连衣裤，没有派对游戏，没有用奶瓶装的普洛赛克[①]。

所以，只有小型派对：某个下午在她自己的公寓里喝下午茶，而不是在她父母的房子里，这样小亨利就可以躺在床上或者摇篮里睡觉。只有几碟零食，大部分都是从食杂店买来的：一盘小胡萝卜和芹菜梗、一碗大蒜味的鹰嘴豆泥、一排完美得有点儿可疑的草莓酱和哈密瓜片。她放了一壶咖啡。

梅雷迪思是第一个到的。她手里拎着浅蓝色的礼品袋，两只提手中间塞了一只柔软的绒毛猴。梅雷迪思轻轻吻了吻她两边面颊，碰都不敢碰她，似乎怕弄伤了她。“拜托，我刚从阴道里卸下七磅重的胳膊腿。”沙拉想对她说，“我承受得住。”

---

① 意大利威尼托产区的白葡萄酒。——译注

“你看上去很美。”梅雷迪思说。

“谢谢你来看我。”沙拉说。

“我等不及见到那个小男子汉了！”她咧开嘴笑着说，“用不用把鞋脱掉？”

沙拉摇摇头，带着梅雷迪思走进房间。宝宝睡得正香，在摇篮里打着鼾。他的鼾声大得惊人。

梅雷迪思认真看着宝宝。他那么小，但是比起几个星期之前却又大了那么多。她生怕吵醒他，打着手势，表示自己很激动：紧紧握着双手，张大嘴巴，无声地说：“他可真漂亮！”不用说句末用的肯定是感叹号。然后，她们回到客厅，她坐在沙发边上，抬头看着沙拉。“快跟我讲讲。”她说。

“没什么好讲的，一切都很好。”沙拉坐下来。空调呼呼地转起来，“我是说，你知道的。”

“我不知道，不过我可以想象。”她依旧把声音压得很低，“瞧瞧那张小脸！”梅雷迪思好像喜不自胜。

“谢谢。”沙拉生了孩子之后发现，接受别人恭维自己的孩子比接受别人恭维自己更容易。接受别人恭维你的孩子漂亮，似乎等于默认自己和丹很漂亮，所以才生出这么漂亮的孩子。她只是口头上说声谢谢罢了，心里并未当真。亨利虽然很小，但也是独立于她的个体，“你怎么样？”

“哦，你知道的。”梅雷迪思挥了挥手，没再多说。

沙拉确实知道：她知道自己这个月老当得挺成功的。婚礼过后，梅雷迪思和吉米经常约会。沙拉敢肯定，梅雷迪思一定会嫁给他。梅雷迪思还会邀请她做自己的女傧相。或许他们会幸福地生活在一起。

“你的气色很好。”沙拉说。她也不知道该说什么了。她对谈论孩子不感兴趣：几乎所有的话题都聊着聊着就转到孩子身上去了，这些话题一点儿意思都没有。她急切甚至迫不及待地想跟人真正聊聊天，聊聊书、聊聊别人的工作、聊聊情感、聊聊度假计划——聊什么都可以。可是，面对梅雷迪思，面对聊这种话题的机会，她却不知道该说什么了。她需要罗伦。世俗、坦率的罗伦。她们会痛痛快快地聊一聊。

门铃又响了，她意识到自己今天别想痛快地聊天——当女主人的人，永远都别想跟哪个人聊哪个具体问题。她们不是来跟她聊天的，而是来轻声细语地安抚她，来送礼物，来致敬的。

是菲奥娜，她和露露以及露露的朋友莎伦阿姨一起坐电梯上来的。莎伦一头银发，说话低声细语，是个很有名的摄像师，也是露露的密友之一。莎伦拎着一个大手提包——不用说，是露露要她来给新妈妈拍照的，或者说，来给她和她的外孙拍照。沙拉的目光最先落在菲奥娜隆起的小腹上。按照礼仪规范，她先热烈地拥抱了婚礼后就再没见过的莎伦，然后匆匆向妈妈问好，最后才拥抱了她最先想拥抱的菲奥娜。菲奥娜那么高，那么豪爽，一把把她抱在怀里，把她漏奶水的乳头也贴在了她身上。

“你都没跟我说。”沙拉说，“恭喜。”

菲奥娜不以为然。“这是你的派对嘛。”她说，“不过你现在看到了：我是怀孕啦。”

“玩伴聚会！我们会组织玩伴聚会！”沙拉由衷地兴奋。她关上了门。

39

罗伦实在想不出该送什么礼物。她刚开始本来想买一条毯子。可是有一天晚上，她和吉尔出去喝了一杯，就改变了主意。可怜的吉尔太渴望跟闺蜜聊聊天了，于是给她发e-mail，给她打电话，又安排保姆星期三晚上留下来帮忙照看孩子，非得请她到“古巴与法国”喝一杯。那个地方很烦人，罗伦觉得那里让人发疯，但是吉尔挑的地方，吉尔要埋单，所以她就勉为其难地去了。她一边喝着桃红[①]，一边听吉尔讲述她保姆的故事。她保姆似乎是她跟这个现实世界唯一的联系。吉尔的保姆是个画家，她的男朋友是个摄像师，吉尔不止一次说他性感，这种说法感觉有点儿暧昧。罗伦赶紧利用这个机会做针对性调查。

---

① 一种意大利葡萄酒。——译注

当罗伦问送什么礼物最好的时候，吉尔第一句话就是：“送什么都好，就是不要送毯子。”她不知道罗伦原本就是打算送毯子的。

罗伦没有表示反对，也没有反驳说那是米索尼的毯子。吉尔什么都懂，必须听吉尔的劝告。不送毯子就不送毯子吧。罗伦花了好几天时间去逛书店选书，还列出了最有趣的儿童纸板书、图片最漂亮的儿童画册和最合适儿童的故事书，不过，她后来想起来自己本来就在这个行业，送这样的礼物感觉有点儿像随手从办公室找了两本似的。也可以送价格相对比较贵的东西：婴儿车、婴儿床、高脚餐椅，可是这些东西又没有什么特殊意义，有钱的阿姨都会送这样的礼物。

“蒂凡尼的拨浪鼓怎么样？”她又试着问。

“典型的上流社会作风！”吉尔说，“完美的品位，完全没用。”没用倒算了，关键是没有特色。一般来说，你丈夫老板的人力资源部都会送银拨浪鼓这种东西以示庆贺。

罗伦以为沙拉那座大楼的门童认识她，结果他并不认识她。门童看了看她，又看了看她手里拿着的盒子，就知道她要去哪里，说：“是伯顿家吗？”然后按响沙拉家的门铃，挥手目送她走进大楼。

盒子很大，但是不重。她最后买了几套滑稽的衣服，没有哪个理智的妈妈会给自己的孩子买这些东西：一件小开司米开襟毛衣；一件领尖带扣的格子衬衫，扣子是仿造的珠母贝；一条柔软的翠绿色灯芯绒裤子；一顶浅顶卷沿小软呢帽；一套地道的水手服；一条海蓝色的短裤；一件雪白的罩衣；一条印着小铁锚和卡通鲸鱼的围巾。全都是等他稍微长大一点儿后穿的，她甚至算好了他多大的时候是在什么季节，水手服是12个月大的孩子穿的，亨利明年夏天某个时间就可以穿了。她还买了本相册，反正是一本空白的大本子，绿色的皮套，而且还为此准备好了一番说辞：现在没有人再去洗照片了，可是你在手机上滑来滑去的感觉无法替代翻相册的感觉。

沙拉来开门了。罗伦觉得一眼看上去她不太一样了，因为她对沙拉的印象还停留在婚礼那天。沙拉现在一点儿都不像那个新娘子了。她的头发看上去很薄，或者说，贴在头皮上，尽管湿度有点儿大，还是让人很奇怪。夏天的时候，沙拉的头发通常都比较蓬松。她的脸庞似乎也紧绷了——她瘦了很多。孕期的容光还没有完全褪去，逐渐化作为人母的那种欣慰的感觉。罗伦也不确定自己希望沙拉是什么样子：黑眼圈、或许还有烦躁不安的神色。不过她知道亨利是个很能睡的乖孩子。每天吃饱了就睡，到点了就会醒来再吃，整天都在床上。沙拉生了个完美的宝宝，这太符合情理了；这是她对自己完美人生的总体期待之一。她气色很好，看上去更年轻了。她的样子似乎比以前更好、更美了。

“嗨！”罗伦吻了吻沙拉，看到公寓里有一小群人，马上让自己进入派对状态。

“你来了。”沙拉推着她走进公寓，关上房门。

里面很冷，像进了冰库似的。公寓和往常一样，一点儿气味都没有。罗伦总是觉得沙拉和丹的公寓像酒店，没有特色，没有家的氛围，一切都井然有序，井井有条，像个样板房。

“他醒着吗？”这当然不是她第一次见到沙拉的宝宝，不过也只在医院见过一次，当时沙拉又困又乏，样子很邋遢；丹浑身大汗，却很高兴。刚出生的婴儿没有漂亮的，除非你基因特别好。亨利当时看着像个红色的外星人，或者说，她当时觉得他像个没有龟壳的乌龟。罗伦瞅了他一眼，“啊哈”了一声，把鲜花放下就走了。第二天，她叫食杂店给他们公寓送了东西，其中包括很多预制饭菜，只需要在微波炉里加热一下就可以吃。她想给新家庭留足空间，这是她送给他们的礼物。她觉得她知道刚刚为人父母的夫妻会发生哪些状况：因为缺乏睡眠神思恍惚，偶尔裸着身子走来走去，夫妻争吵，健忘，对接种疫苗和买保险感到焦虑。刚做母亲的人需要时间去解决这些问题，不需要把时间花在跟无关人等的闲聊上。

“睡着呢，不过很快就醒了。”沙拉带着她走进客厅，梅雷迪思、阿美娜和两位她不认识的年长女人正在一边吃小胡萝卜，一边夸张地压低声音聊天，其实声音并不比平时的说话声小。露露和菲奥娜在厨房。露露一点儿都没有压低声音。菲奥娜显然也怀孕了，她隆起的腹部似乎让她那颀长、优雅的身体显得更颀长，更优雅了。

宝宝在摇篮里，周围这么嘈杂，他还在酣睡。小脸上没有表情，嘴巴微微噘着，脸颊随着鼾声轻轻起伏，不细看都觉察不出来。他的头发像用铅笔画上去的。他长得很可爱。婴儿长得都很可爱。

“这里每个人你都认识的。”沙拉的语调分明在提醒她，“你还记得我的莎伦阿姨吧？还有我的同事卡罗尔？”

“当然！你好你好！”罗伦冲着两个女人伸出手去，其实她不太确定哪个是莎伦，哪个是卡罗尔。不过没关系。从那天的下午茶后，她一直都没再见到阿美娜和梅雷迪思。那是沙拉婚礼后的一个星期天，几个亲朋好友小聚了一下。她和罗伯跟沙拉和丹四个人吃了馅饼和油酥糕点，几乎没怎么理会其他的客人。出于礼节，她和阿美娜、梅雷迪思稍稍拥抱一下，又亲吻了一边面颊。她们一点儿都不像曾经一起去旅行，一起穿着泳衣、戴着手镯、涂着防晒油、享受清澈的海水的闺蜜，这一切似乎都发生在别人身上。

“瞧这孩子多可爱啊！我都等不及想把他弄醒了。”梅雷迪思说，“我好想抱抱他。”

沙拉走进厨房去了。

“你最好别吵醒他。”阿美娜说，“我姐姐告诉我，严禁吵醒睡得正香的孩子。”

“可是你们怎么忍得住啊？”梅雷迪思热切地望着那个婴儿。

沙拉把梅雷迪思的事儿一五一十地告诉了罗伦。罗伦知道，沙拉举行婚礼的时候给她安排的相亲对象她很满意，现在两个人打得火热。从梅雷迪思对这个宝宝垂涎欲滴的态度看，那个可怜的家伙是跑不掉了。

菲奥娜手里端着陶瓷茶杯走过来，茶杯在她手上像卧在巢里的小鸟。“嗨，罗伦！”她说。她的语调特别友善：那天婚礼上，罗伦和罗伯曾经跟菲奥娜和她丈夫山姆一起待了一个小时。他们四个坐在门廊，把碟子放在膝盖上吃着晚餐，然后一边吸着山姆的烟，一边聊天。罗伦喜欢菲奥娜，尽管她有点儿怕菲奥娜。她对特别漂亮的女人总是有一种敬畏感。怀孕强调出了菲奥娜体态的优美，也让她的脸蛋变得更美。她有点儿容光焕发。而且，她把头发剪短了，像个男孩子似的，让你一眼就看到她完美的脸庞、光滑的皮肤、柔美的鼻梁和亮晶晶的绿眼睛。

“恭喜！”罗伦说。当你不可能忽视别人怀孕的事实时，必须这么说，“什么时候的预产期？”

“十一月份。”菲奥娜说，“没多长时间了。你最近怎么样？罗伯怎么样？”

“他很好，谢谢。”罗伦说，“他很好，我很好，我们很好。”

罗伯很好。这可能是对他最简单的总结了：很好。他们之间还是老样子：一起吃晚饭或者看电影，再喝杯酒，沿着马路走一走，看看次等夏季联展，在公园里逛一个小时，或者在床上翻翻报纸消磨一个小时。八月份第一个星期，他们第一次一起外出度假。她觉得有种罪恶感，不管走到哪里，他们仿佛都带着个电灯泡：纽约市。

那是罗伯的主意：租车到赫德森山谷度假，尽管他们从来没见过那条河。他们在一家干净的大食杂店停了车，买了烤鸡肉和一些干意大利面食、汉堡配料、一瓶伏特加、十二瓶啤酒、一包奥利奥和收银台上所有的白痴杂志。度假村小别墅里有个热水浴池。静谧的夜晚，他们就坐在里面，等到全身热透后擦干上床睡觉，醒来后做爱。没有电脑，没有电视，就连手机信号都不是很好。她在草坪上铺一块床单，躺在上面一边看小报一边晒太阳。罗伯躺在沙发上睡着了，鼾声如雷，醒来后把汉堡烤好。吃过东西，他们光着身子坐在浴池里又睡着了，结果第二天一大早就醒了，因为他们头天晚上什么都没做，所以一点儿都不累。他们收拾好东西，开车去了附近的镇上，看了糟糕的画展，吃了过水面包圈，喝了冰咖啡，没有理会那些古董店。罗伯开车把她送回住处，然后独自去还车。最后只剩下她一个人的时候，她发现自己竟然松了口气。

她迫不及待地盼着九月份的到来，现在终于到九月份了。她有三本新书上市，各种相关派对和活动都策划好了，空气中弥漫着“回校上课”的气氛，即便你是那种唱着“我不背书包，我不上学校”的人，也会因为这个世界回到轨道上而感觉宽慰。罗伦准备好了，她准备好实现自己的价值，准备好展示自己的实力，准备好变得更优秀，准备好更上一层楼。看在上天的分上，沙拉已经有孩子了。她有什么?

“罗伦，过来跟我聊聊。”露露在沙发上对她招手，“过来，过来。”

罗伦对几位年轻女士抱歉地笑了笑，从梅雷迪思手上接过一杯白葡萄酒，走了过去——你得顺从露露。

“你好吗？真漂亮，你瞧，莎伦，这是沙拉最老的朋友，她多漂亮啊！”露露的朋友赞同地点点头。

露露就有这种本事：有时候，即使没有喝醉，她看上去也像喝醉了似的。罗伦一直都无法理解她是怎么做到的。“你好吗，外祖母？”

“啊！”露露握紧双手。“我决定让亨利叫我‘妈咪娜’[1]，好听吗？你瞧，人越老越恋旧。妈咪娜。我叫我妈妈的妈妈就叫妈咪娜，这是传统。当然，我们从小就要教他西班牙语。”

---

① mamina 西班牙语“外祖母”。——译注

罗伦点点头。“大家说从出生就开始学一门语言会很简单。”

“当然了，的确如此。我们从小就学英语、西班牙语、法语，从来不觉得这些语言有什么区别，别人用什么语言跟我们说话，我们就会自然而然地用那种语言对答，就是这样的。现在，在这个国家，人们只说英语，太狭隘了，你不觉得吗？”

罗伦表示同意。露露的话最好还是表示赞同。

40

沙拉最不喜欢做的事就是当着众人的面拆礼物，但是显然大家都在期待，至少梅雷迪思和露露已经开始大声催促她了。于是她开始拆了起来。阿美娜抱着宝宝，宝宝什么都不做，因为他什么都做不了。沙拉坐在从西城区摩洛哥商店淘来的皮蒲团上，开始拆礼物。一只漂亮的银拨浪鼓装在蓝色的包装盒子里，还有一只非常柔软的布绒猴，是梅雷迪思送的；一张灰白色的棉布毯，上面的小长颈鹿是纯手工刺绣，还有一条非常实用的连裤衣，是卡罗尔送的；一打小纸板书，从新生儿眼睛唯一能分辨的黑白图案画册到真正的故事书应有尽有，沙拉可以在日后某个时刻读给宝宝听，是莎伦送的。

“下一个拆我的！”阿美娜两只胳膊抱着亨利，对着一个黄色的包装盒点头示意。

罗伦把那只盒子递给沙拉，沙拉把它放在膝头，看了看大家，大家都在看着她。她有孩子了。她有几个瞬间曾经意识到这点，每次想到自己有孩子了都觉得很惊讶。她知道自己会有孩子，宝宝就是从她身体里出来的，可是很多时候她都会忘记，或者忙得记不起自己有孩子了，她忙着去研究尿布哪头朝后，忙着在他的“小鸡鸡”再流出清澈的尿液前迅速把尿布包好，结果把自己有孩子这个事实给忙忘了。这多半是上天设计好的：孩子让你忙得顾不上思考你有孩子这个事实。她不肯想太多，因为她害怕产后抑郁症，害怕把这两个问题等同看待。有时候，想得太多也会犯错，这是个陷阱。有时候，只管去做反而更好。

阿美娜的礼物是个发声玩具，一只长绒毛绵羊里面塞着会说话的装置。沙拉领了她的好意。“谢谢！”

谁送了什么礼物，她不需要列清单就能记住，每个礼物都多多少少地反映出了送礼人的性格。她知道那个古董鸟笼形状的手工钩编小汽车来自菲奥娜，因为只有菲奥娜会送这种名义上适合宝宝但是又非常时尚的礼物。她很高兴菲奥娜也怀孕了，当然，作为闺蜜理应为此感到开心，不过她的开心也有自私的成分。沙拉的闺蜜当中没有当妈的人，虽然她当妈才当了两个星期，还是觉得孤单；就好像她总是从同龄伙伴那里获得支持而无法反馈似的。她以为，或者说，她总是想象着跟罗伦前后脚结婚，然后一起带着丈夫去度假。当然，她们的丈夫会成为朋友，会对彼此很友善。两个人再一起生孩子，孩子穿过的衣服你送给我，我再拿给你，到最后可能都忘记那件海军蓝的罩衣究竟是谁买的了。现在看来这些想法很愚蠢。她认为，或者知道，罗伦多半不会要孩子，即便要孩子，罗伦对待这些事情的方法也跟她不一样。她记得她曾经想过的那些事没有一件是按照她的预想进行的。

现在只剩下罗伦的礼物了。罗伦送了一大堆衣服，每件都很滑稽：缩小成童装式样的各种成人套装，一套多半会在秀兰·邓波的电影里看到的水手服。她立刻领会了罗伦插科打诨的意思，不禁哈哈大笑起来。

“太滑稽了。”她说。

“我忍不住嘛。”罗伦说着，也哈哈大笑起来。

还有一个空白的大本子，是非常漂亮的翡翠色。

“用来放相片的。”罗伦说，“放真正的相片，不是你手机上那些图像信息。很老派的玩意儿。不过以后你就会庆幸你有这东西了。”

“太棒了！”露露从她手里拿过相册，“我一直都这么说。所有那些照片，我们房子里所有那些照片能保存下来真的很棒。现在这些……”

“你这话说得像多老了似的，妈妈。”沙拉说，“不过你说得对。能把照片保存下来确实不错。谢谢啦。礼物够多了。”

一个下午的时间很快溜走了，大家亲一亲宝宝，吻一吻她，也都告别了。菲奥娜留了下来，她两条腿盘坐在沙发上；罗伦也留了下来，她收拾着用过的餐巾纸和拆下来的小丝带，把它们丢进洗手池下面的垃圾桶里。

“不用管了。”她说，“我来收拾。”

罗伦说：“你坐着别动。”

于是沙拉抱着亨利乖乖地坐下来，亨利的眼睛睁得很大，要不了几分钟，他的眼睛就会渐渐闭上，她会喂饱他，把他放回去，让他睡觉，这一觉多半能睡上两个小时。她倒不怎么累，不过也可以小睡一会儿。醒了以后就会起来收拾客厅。不过，她知道罗伦很高兴能帮忙做点儿事，所以什么都没说。

“想好名字了吗？”沙拉问。

“都快想破脑袋了。”菲奥娜说，“山姆列了个单子，但是上面每个名字我都不喜欢。迪克兰？西奥？奎恩？没有一个我喜欢的。”

“我喜欢迪克兰。”沙拉说。

“取名字责任重大。”菲奥娜说，“取名字是为人父母的第一件事，也是你多半会搞砸的第一件事。”

发现沙拉肚子里是个男孩的时候，他们就决定给孩子取名叫亨利了。她也不知道父母为什么没有用她哥哥的名字给孩子取名，不过倒是挺庆幸的：用死去的舅舅的名字给孩子取名会让人焦虑。亨利不应该有任何负担，只要能开开心心就好。沙拉心想，不知道露露和胡克抱着新生的外孙时会不会想到她的哥哥。虽然她一直都知道这件事，可是自从当上母亲后，她对这件事的理解完全不同了：没有比失去孩子更可怕的事了。孩子让她对露露产生了新的看法，新的同情：她从异国他乡嫁过来的时候不过是个女孩儿，生儿育女的时候自己还是个没长大的孩子。结果孩子早殇。她们似乎不可能讨论这个问题，也从来没讨论过。

沙拉喂孩子吃奶的时候把一张大毯子搭在他脑袋上，因为她不想让菲奥娜和罗伦看到自己皴裂、肿胀的乳头。菲奥娜用餐巾纸裹了一大把小胡萝卜，吃得干干净净，随后就离开了。罗伦收拾好之后，给沙拉倒了一杯冰水，留下来陪她。孩子已经睡得很香了。沙拉把他抱进卧室，放在床上，打开监控，让他睡觉。现在只剩下她和罗伦两个人了。

“怎么样？”罗伦坐在地板上，背靠着沙发，手里端着杯咖啡，抬头看着她，“你当妈妈了。”

“我知道。”她说，“说不清，这个回答是不是很奇怪？”

“没什么好奇怪的。”罗伦说。

“头一天我还是我自己，第二天我就有孩子了，现在我依旧是我自己，但是又不一样了。这并不是什么神奇的事。我是说，当然了，这很神奇、很奇妙等等，不过我觉得自己还是那个自己，只不过多出了一整套需要考虑的事情。每天都要去考虑，剩下的日子天天都要去考虑。”

“这好像是对当妈这件事最言简意赅的总结。”罗伦说，“当然了，这对我来说是个完全陌生的领域。”

“或许不会永远陌生。”沙拉说。

“或许会。”罗伦说，“我哪儿知道？”

“你哪儿知道？跟我说说罗伯。”

“没什么好说的。”她说。

“没什么好说的？”

“他很好，我不知道。你想要他的电话号码吗？”

“别胡扯。”沙拉叹了口气，“咱们这不是在聊天嘛。”

“我没有胡扯。我只是说说。罗伯就是罗伯。很好，还不错，老样子，没什么重要的。这是你生完孩子之后咱俩第一次聊天，我可不想聊别人。”

“别人”——这是个用意明显的措辞。沙拉立刻明白，罗伯和罗伦的关系持续不了一年了。情况变了，罗伦的心意变了。沙拉很失望，不过，如果换成前几个月，她可能更失望，现在她全副心思都在孩子身上。虽然她喜欢罗伦和罗伯在一起，但是听到这个消息并不惊讶。“那我们聊什么？南苏丹？大选？那些问题我可以跟爸爸讨论。”

“我也不知道，要不聊你的宝宝？”

“他确实很重要。”沙拉说，“但是也很烦。他吃了睡，睡了吃，医生说他很健康。你不想让我变成那种只会讨论自己孩子拉屎怎么一气呵成的女人吧。”

罗伦皱起了眉头。“注意母亲的尊严。”

“你考虑过要孩子吗？”

“上次考虑是因为我怀上了，不得不去处理。”

沙拉当然还记得罗伦去做人工流产的情景。那是她们毕业后第二年，接受了那么多年昂贵的教育，可是直到那年她们才真正学到一些东西。罗伦没有医生，因为前四年她都在学校卫生所看病，于是沙拉帮她找到了那个地方。在纽约皇后区，那里全都是瓷砖批发商和专门为中国人提供餐饮服务的商场。她们打车过去，沙拉坐在候诊室里。候诊室极力彰显自己的品位，摆着各种盆栽，椅子上铺了软垫，放着低调的古典音乐，营造出一种亲切的氛围。尽管她不想干涉罗伦的事，尽管她只希望罗伦早日痊愈，但是事前事后都忍不住逼着罗伦把这件事告诉盖比。他有权知道，不是吗？

“该死。”沙拉想了一会儿，“是不是上次孩子的事让你觉得很难受？”

罗伦摇摇头。“都是老皇历了。”

沙拉不知道罗伦后来到底有没有告诉盖比。她几乎可以肯定罗伦没有。“也没那么久吧。”

“都十年了。十年。十年的时光，很多事都变了。瞧瞧你，你都结婚生子，做贤妻良母了。”

“我做贤妻良母了。”沙拉不想去想一个十岁大的男孩或女孩站在自己的孩子身边是什么样的，可是，她忍不住去想。

“怎么说得像什么坏事似的。这是你的生活，你本来就应该过这样的生活。”

沙拉什么都没说。每个人都小心翼翼地避开这点，就算说的时候也是悄悄私下议论。这真是叫人意外。

“多谢。”她说。她有点儿生气，只有罗伦能惹毛她。

“多谢什么？这又不是什么侮辱。这是好事。这对你是好事。”罗伦喝完咖啡，把杯子放在玻璃桌上。

“你觉得这就是我人生的全部意义了，对吗？说某个人是贤妻良母，就相当于说她不过是个妻子和母亲。只不过是妻子和母亲。也就是含蓄地说这是个可怜的女人。”

“你想多了。”罗伦说。

“我想多了吗？或许我想多了的是，上两辈做了贤妻良母的女人都被人鄙视。拜托，罗伦，我太了解你了。不要对我屈尊俯就，告诉我这是赞美。”

“你太敏感了，这话根本就没有讽刺的意思。”罗伦说，“你真的很棒。就因为我指出你有多棒就把你惹毛了？”

“感觉你好像在强调我们之间的不同。好像我做出了你永远都不会做出的选择，就因为，我说不清，就因为我蠢，因为我老套或者什么的。”

“是啊，你从来没想过我会犯什么错。”罗伦说，“就算我的行为处事不合理，你也从来没表现出觉得我很疯狂的样子。”她站起身来，“我去洗杯子。”

“放着吧，我待会儿会洗。”沙拉说。她们可以轻而易举地把怒气化解掉，根本不需要澄清什么误会。这些年一直都是这样：情况虽然不同，但是最后基本上都一样。

罗伦在沙发上坐下。“好吧。”等了一会儿，她说：“露露似乎对当外婆这事还挺坦然的。”

“妈咪娜，她跟你说了吧？”沙拉哧哧地笑了。

“说了。”

“真是搞笑。我这一辈子就听她对几个酒店服务员说过一次西班牙语。怎么现在突然成了 abuela[①] 了。”

“你忘了那个大楼管理员了，就是十一号街的那个。是叫雷蒙吧？露露当时跟他说话用的就是用西班牙语。”

“大楼管理员？”沙拉几乎记不起来了。

“我们搬进去后不久，她去看我们，带着一大堆装饰公寓用的东西。后来她看到雷蒙，就用西班牙语对他发表了一通长

---

① 西班牙语“奶奶”。——译注

篇大论，说他必须照顾我们之类的。我听不太懂，但是大致可以猜到她的意思。”

“我都不知道。”沙拉说。她确实记得那天露露带着灯饰、垫子、一些相框、一张咖啡桌、一盆花、一个花架和一大堆东西到她们那间小得可怜的公寓。垫子把整个起居室都铺满了。“怎么感觉十一号街是好久好久以前的事了。好像比我们上大学还久远，比我们十一岁的时候还久远。”

“确实。我也很纳闷，为什么？”

“你知道吗，其他的事我都记得很清楚。十一岁的时候，跟你在一起的情景我都记得。我记得最清楚的情景都是跟你在一起的。我们在康科德度周末，骑马，偷爸爸的烟。”

“我也记得那些事。”罗伦说，“还记得星期天吃晚饭的时候喝酒，那是我第一次喝葡萄酒。你妈妈给我倒了一杯，就好像是再平常不过的事。我以前从来没见过这样的情景。”

“妈妈在喝酒方面一直都很擅长讨人喜欢。”

“露露在各方面都很擅长讨人喜欢。我现在就能想象出，亨利十岁的时候，她给亨利倒上一点儿解百纳，让他跟大家干杯的情景，你想象得出吗？”

沙拉可以十分清晰地想象出那副情景。罗伦太了解她的家人了。“我都不知道那是你第一次喝葡萄酒。”沙拉说。

“沙拉，你见证了我很多的第一次。我非常肯定，第一次去康科德州就是跟你一起，第一次骑马，第一次接吻，第一次碰男生的“鸡鸡”，都有你的见证。我们是老闺蜜了。”

“我们不老。”沙拉说，“我们很好。我们很幸福。我们的人生才刚刚开始。”

“我就是这个意思。”沙拉说着，哈哈大笑起来。

“一切都有可能。”沙拉说。这是她最想对罗伦说的话，也是最不能对罗伦说的，因为这会让罗伦发疯，或许她有权发疯，或许这话从某个比你只大三个月零九天的人嘴里说出来，感觉有些居高临下。罗伦，美丽的罗伦，她有一种沙拉永远都比不上的聪明，有一股沙拉永远都望尘莫及的闯劲，有一种沙拉永远都比不上的力量。她无所不能，但是自己似乎并不知道。

“什么？”罗伦站起身来收拾桌子，尽管刚才沙拉不让她收拾。

“一切。”沙拉说。她是认真的，“一切皆有可能。”

“或许吧。”罗伦说。

41

不一会儿，宝宝哭了。开始只是呼哧呼哧地抽着鼻子，像在打喷嚏，有点儿不由自主似的，接着哭声越来越大。罗伦赶紧穿上鞋，溜了出去，沙拉坐在沙发上，紫红色的乳头塞进宝宝嘴里，被拉得老长。电梯到楼下，罗伦才想起来刚才忘记给沙拉再倒杯水了。她听说喂奶的妈妈需要喝很多水。

已经快十月份了，可是天气还是很热。空气就像一锅粥，又热又黏。市区气味很难闻。天色渐渐暗了，但是气温只下降了一点儿——这样的夜晚会有很多罪犯出没，天气太热，你根本不想动弹。罗伦一点儿都不饿，这种天气你感觉不到饥饿。她对什么都提不起兴趣。就连在家看电视都觉得不舒服。这附近就可以乘地铁，可是她打算走一走。她可以径直往前走，但是下台阶走进地下车站就另当别论了。她在地铁站台的某个地方看到气温随着地铁到站急剧上升。

她很少想到十一号街的公寓，沙拉说得对，发生在公寓里的事感觉比发生在她们住进公寓之前十年的事都遥远。就这方面而言，记忆很怪异。那间公寓很小，但是也别有一番魅力。公寓浴室俯瞰后院，旁边就是精心打理的街心花园，景色不错。窗户在淋浴间里，窗台上放着她们的洗发水和剃毛膏。她可以一边洗澡，一边看着下面葱茏的树木，感觉很不错。

她告诉妈妈沙拉生宝宝了，妈妈什么都没说。

“这么快，他们才刚刚结婚……什么时候的事？”

罗伦知道她妈妈正在心算。她们搬到十一号街的公寓时，她妈妈什么都没有给她们，就连一盘纸杯蛋糕都没有给她们买，不过有天晚上，她请罗伦、沙拉和盖比一起到拐角处的日本餐馆吃了顿饭。罗伦还记得，当她意识到盖比多半会跟她们一起回公寓的时候脸上的神色，没有什么可以阻止他跟她们回去。罗伦记得他们在淋浴间做了一次，盖比站在她身后，他们用手抓着窗台，看着下面的街心花园。

她妈妈当然会去算日子，她本来就是那种女人。

“她举行婚礼前就怀孕了。”罗伦解释说，“是计划外的。意外怀孕。所以我们没说。”

她妈妈只说了句“明白了”。贝拉·布鲁克斯明白什么了，她要说什么，罗伦永远都想不通。罗伦觉得怪怪的，她自己的妈妈竟然害怕她。她们说话的时候，她妈妈总是小心翼翼的，生怕说错话，生怕罗伦不喜欢。可是这么一来就更难受了。她爱自己的妈妈，可是妈妈对事情的反应让她有点儿发狂。她知道妈妈听说沙拉生宝宝的事之后的每个想法：不以为然，婚前性行为，未婚怀孕，心照不宣地对那些参加婚礼的客人说谎。这事不分社会阶层。

或许，说得更确切一些，贝拉自己呢？她会当上外婆吗？罗伦会结婚生子吗？这事儿如果跟别人无关，或可宽恕。可是那么适合做外婆的人，你却剥夺她做外婆的权利，这就不像话了。

如果贝拉到纽约来看看亨利，看看沙拉那套凉爽但毫无魅力的公寓，看看她漂亮的沙发，看看那些包装精美的礼物，她的不以为然肯定会烟消云散。沙拉才是她梦寐以求的女儿，才是她以为自己会培养出的那种乖乖女。罗伦对自己妈妈有点儿烦，但又为此产生相应的罪恶感。

罗伦本来应该给罗伯打电话。她告诉罗伯会给他打电话，但是现在不想打了。她没有给他打电话的欲望，没有听到他声音的欲望，没有跟他说话的欲望，没有告诉他自己想做什么不想做什么的欲望，也没有听他说想做什么不想做什么的欲望。她只想走一走，在这座城市走一走，什么都不想。她第一次住到这座城市里，住在十一号街的公寓里的时候，有时候一走就是几个小时。那个时候，她对这个城市有一种特别的归属感，而之前总是觉得自己是个外来者。来上学，来和沙拉一起度周末。二十一岁的时候，她终于住进了这座城市，这里成了她的城市。罗伦感觉已经有好长时间没有这样漫无目的地走一走了，大致朝着回家的方向，走到哪里算哪里，看到比萨或者扔满旧书的折叠桌，随时可以停下脚步。

过了这么多年，沙拉还以为很久之前那次人工流产给她留下了心理阴影，这很让人感动，也很言之成理，很沙拉。尽管沙拉那么有钱，那么练达，那么世俗，有时候却又那么天真。罗伦还做过一次人工流产，是跟盖比去的，她一直都没有告诉沙拉。他们又去了上次那个诊所，她上次在那里感觉还不错，或者说，感觉没那么可怕。做完以后，盖比求她嫁给他，试图说服她跟自己结婚生子，共度余生，他们会很幸福地生活在一起。她无法让他理解：她知道那根本行不通。

“我不是要逼你，不是质疑你的选择。”盖比长着一个非常凸出的大喉结。他比罗伦高很多，所以他的喉结刚好在罗伦的视平线上，“可是，罗伦，拜托。”

她承认，第二次比第一次更痛苦。盖比眼角含着泪。他是个好男人，对别人来说，是个非常棒的男人。他会出去给你买卫生棉，买果汁冰水。甚至在那之后，他依旧求她嫁给自己，只是没有那么乐观了，好像心都碎了。既然那之前罗伦认为行不通，之后肯定也认为行不通。从那一刻开始，他们之间一切都改变了。沙拉不知道这些,没有人知道——你连最亲密的闺蜜都不告诉，肯定更不会讲给任何人听。从那时候开始，沙拉还是她最亲密的朋友吗？

这样的傍晚让你觉得自己在这个世界上十分渺小。或许她应该退掉公寓，卖掉那张漂亮的复古沙发去波特兰，或许她可以买条狗，学着开手动挡的车，变成严格的素食主义者。或许她应该继续待在这里，嫁给罗伯，算好沙拉第二个孩子的出生时间，跟她同时怀孕生子，然后她们的孩子就可以像她们一样，成为最好的朋友。到了星期天，大家可以一起出去吃大餐，吃放在五彩瓷碟上的烤鸡。沙拉认为一切都有可能，不过，当然了，对沙拉来说，一切皆有可能。罗伦从来不相信这种说法。

罗伦不是沙拉，罗伯不是丹。他们不会在豪宅里举行童话般的婚礼，也不会有幸福健康的王位或财产继承人。她跟她不一样，她们是不一样的人。毕竟，她知道自己想干什么。六十六号街有一家电影院，里面正在播放一部非常愚蠢的电影。她抬脚走进去，找位子坐下，关掉手机，看起了电影。

42

宝宝吃奶、睡觉、哭闹、打嗝，有些没有消化的奶从他柔软的小嘴里溢出来，沾在沙拉的衬衫上。身边就放着一条小毛巾，不知道扔哪儿去了，她没理会衣服上的奶渍，把他哄睡，小心翼翼地放进摇篮，然后松了口气。公寓里很整洁。她把罗伦马克杯里的冷咖啡倒掉，打开洗碗机。洗碗机单调的隆隆声让人十分安心。她去洗澡，脱掉沾着奶渍的衣服，打开热水，轻轻冲洗着奶头。上个星期奶头还恐怖地流着血。女人长大后对流血都会习以为常，但是你永远都想不到会在自己的乳头上看到血渍。

冲完澡，沙拉看着镜子里自己的裸体。这间浴室的缺点之一就是，你一走出淋浴间，跟前就是一面大镜子。要是她哪天碰到开发商，一定会向他们指出：没几个人喜欢一洗完澡就走到一面大镜子跟前的。尽管亨利才刚刚努力吸了奶，她的乳房还是硕大无比。她的臀部比以前宽了，一年前还没那么宽。虽然她知道很难再收回去了，却不太情愿承认这点。就算她之后十年只吃全麦食品和瘦肉，她的骨头也不会收回去了。不过至少她的阴道没那么肿胀了，也不发紫了，分泌物也不流了。医生给她推荐过一些锻炼方法：开始撒尿，然后停住，以防之后小便失禁。她大为惊骇，也觉得十分困惑。露露以前经历过这些吗？当然，她永远都不可能去问露露。

她的头发看上去不错。她头发一直很浓密，但是在孕期似乎变得服帖了，当然，每次洗完澡，头发都处于最好的状态，还有在泳池的时候，湿漉漉地一团塞在耳朵后面，倒有点儿端庄。她一直都觉得自己耳朵长得很漂亮，却不被人注意。不是每个人的耳朵都长得很漂亮的。这具身体，就是丹曾经想要拥有的身体，就是为他生出了宝宝的身体。宝宝就在隔壁房间里睡觉。她告诉自己，他好好地活着，他很健康，尽管某种本能总是不停地告诉她宝宝死了，她需要马上冲过去看他。这种感觉要么会过去，要么永远都不会过去。这就是母性。

丹回来了。她裹上浴袍，走出浴室，头发裹在浴帽里。这总是让她感觉自己老得厉害，她讨厌让丹看到自己把头发裹在浴帽里的样子。

“嗨！”丹吃了满嘴的小胡萝卜。

“嗨！”她轻轻吻了吻他的嘴唇，“工作还顺利吗？”

“还不就是那样。”他说，“庆典怎么样？”

“庆典？”

“你这里有一大堆的东西，好多礼物。”

“我今晚得写感谢卡，正想着这事呢。”她书桌抽屉里还有卡片，花不了多长时间。

“明天晚上再写也没人跟你绝交。”丹说，“小家伙怎么样？”

“他很好。”她一想到亨利就会不自觉地露出笑容，“他在派对上大受欢迎。”

“那当然了。长得那么漂亮，怎么可能不受欢迎？”

“你真应该看看呢。”她想对他描述下午的情景，但是知道自己描述不出来，“阿美娜抱了他，妈妈抱了他，他不哭不闹，倒很适合在人堆里混。”

“我觉得像你爸爸。”丹又往嘴里塞了一根小胡萝卜，“遗传。”

“可他是最棒的，对吧？我们宝宝才是最棒的。”

“我们宝宝才是最棒的。我可以去看看他吗？”丹知道请求她批准。

“那就轻手轻脚地去。说真的，你要是把他吵醒，我就把你送到药剂师那里去打雌激素，让你自己给他喂奶。”她解开裹着头发的浴帽，头发慢吞吞地垂了下来。鹰嘴豆泥已经快干了，在蓝色的瓷碗里裂得像泥巴。桌上还有一大摞没用过的餐巾纸和一碗用金箔裹着的巧克力。巧克力是她工作的商场送来的。庆祝人家生宝宝，竟然送一大盒巧克力，真是不合时宜，虽然只是个心意而已。她要收拾一下。她要把头发吹干，换上舒适的家常服，然后去做晚饭，没什么麻烦的。还有一大盒嫩菠菜，可以做成沙拉；冰箱里有半盒烤鸡肉，可以做两个三明治。做好晚餐，用盘子端上饭桌或者咖啡桌，再放几张餐巾纸，给自己倒杯水，给丹倒杯葡萄酒，应该很简单。万事俱备。他一整天都在工作，每天都在工作，准备晚餐是她的工作。

丹轻手轻脚地溜回客厅，把卧室门开着一条缝。“真是个漂亮的孩子。”他说。

“这倒是不能否认。”她进了厨房。待会儿再穿衣服。她用双手把菠菜从盒子里拿出来。应该是洗过的吧？她把菠菜扔进一个大木碗，倒了点儿橄榄油，去找那半个柠檬。她知道肯定是放在哪里的。冰箱里有半个切开的柠檬，她又切了一个。她从芥末酱罐后面拿出一个，把柠檬和蛋黄酱、鸡肉准备好，把鸡皮撕下来，丢进水池，撕了几块鸡肉。

“露露怎么样？”

“她还是老样子。开开心心当外婆。这我倒没想到。”

“你没想到？”

她从厨房操作台那边递给丹一瓶红酒，一个开瓶器，一个玻璃杯。她记得玻璃杯是她的表姐塔蒂亚娜送的新婚礼物，一整套酒杯，又大又厚实，可以养金鱼了。这套杯子很贵，但是沙拉认为日常生活中就要用最好的东西，这样会让人感觉很特别。

“谢谢。”丹把瓶盖揪掉，“老实说，我想露露生来就是要扮演宠溺外孙的外婆——抱歉，扮演宠溺外孙的妈咪娜的。”他坐在操作台另一边的凳子上，叹了口气。

“累了吗？”

“我们正在准备拓扑异构酶测试最后一轮的稿子。我们和相关伦理学家已经往返了上百万次了，当然，这次项目压力很大。”

“是针对糖尿病的吧？”她不太记得清了。

“局部使用胰岛素。”丹往玻璃杯里倒上葡萄酒，然后狐疑地看了一眼碗里的东西。

“局部修补。”她点了点头，用小刀在鸡肉上划了几下，倒进碗里，舀了几勺蛋黄酱，看了看，又加了几勺。撒上几粒盐巴和一点儿胡椒粉，又加了点儿芥末酱，然后开始搅拌。她记得还有莳萝，于是揪了点儿，没有剁碎就丢了进碗里。还有三分之二的脆皮白面包棒，她找到带锯齿的餐刀，切了一段，分成两块，然后再从中间切开，用勺子舀了几勺鸡肉沙拉，放在下面那片面包的上面，再把上面那片盖好，挤出空气。面包还有弹性，于是她从抽屉里取出干净的厨房用纸，盖住两个三明治，把最重的铸铁炖锅压在厨房纸上。

“我有个消息要告诉你。”丹说。

“哦？”

“到了测试的最后阶段，我就得去明尼阿波利斯了。”他说，“估计到不了十一月份。不过英格里斯博士不得不走了，没有其他人选。”

“唔，如果非你不可，你就去呗。”她用手掌把半个柠檬挤干，把柠檬子抓在手里，丢向洗碗池那边。自从有了亨利，博茨瓦纳就被遗忘了。现在就连明尼阿波利斯在她听上去都像月球那么遥远了。她把沾满柠檬汁的手伸进菠菜里搅拌，手指上沾满了橄榄油。她把手甩干净，迅速冲了冲，然后突然停下，侧耳倾听：是宝宝在哭吗？没有，什么都没有。

“当然，我周末会坐飞机回来的。”

“那要飞多少次。”她说，“来来回回的。如果你需要留在那里就留在那里。你也得休息休息。找个好酒店，叫客房服务，享受一下。不用把每个周末都浪费在机场。”

“到时候再说吧。十一月待在明尼阿波利斯。”丹皱了皱眉，“我真是一点儿都不觉得兴奋。”

薄壳山核桃。她记起来还有山核桃，于是打开密封罐，取出几枚山核桃捏成两半，把它们丢在菠菜上面。“感恩节呢？妈妈说今年可能会在乡下聚一聚。”

“乡下？”

“新传统。”她说，“胡克高谈阔论的时候，外孙可以在树荫下玩耍。”

“我对新传统完全支持。”他说，“只是我不知道今年他就可以在树荫下嬉戏了。到时候他能抬起头就不错了。”

沙拉解开浴袍的带子，又把它系好。她不想走进卧室吵醒亨利，待会儿再穿衣服吧，或者干脆光着身子盖上凉凉的被单。亨利哭的时候她会把他抱到自己跟前，他的小嘴一下子就能找到乳房。她甚至都不用醒过来。这已经成了神奇的第二本能，她知道自己挺幸运，因为带孩子不是很难，也不是很辛苦。她把炖锅从三明治上拿开。其实要把它们压好至少需要四十分钟的时间，但还是算了。有种传统三明治就是这么做的：金枪鱼、很多橄榄、油和面包片。她小时候在法国和父母吃过一次。现在已经全忘了。把三明治裹在塑料膜里，压上好几个小时，然后可以坐在海边享用。夏天过去之前，她准备做一次。他们可以去野餐，开车到长岛，阿美娜妈妈在奎戈有套房子。沙拉把三明治装在两个盘子里，把沙拉分成两份，再拿两只叉子，不需要餐刀。她应该在鸡肉里放上刺山柑，不过没关系了。她端着盘子走出厨房，走进客厅，把盘子放在咖啡桌上。弯腰的时候一阵刺痛，屁股上还有点儿酸痛。

“晚餐加电影。”丹说着，站起身来，拿着玻璃杯，走到沙发跟前，“谢谢你，宝贝。”

她耸耸肩。“没什么特别的。”还得加点儿盐巴和胡椒粉。她回到厨房去拿盐盒和胡椒粉盒——也是一套，是丹的叔叔阿姨送的新婚礼物。她把东西放在咖啡桌上。

丹打开电视机，把音量调低。“愚蠢的情景喜剧、做蛋糕的真人秀、美发真人秀、唱歌真人秀，看哪个？”

“我觉得那个是舞蹈真人秀吧。我选做蛋糕的那个。”

“那就看做蛋糕。”丹把声音稍微调高了一点，把三明治塞进嘴里，“真好吃，宝贝。谢谢。”

她从沙拉里挑出一枚山核桃。这是健康美食吗？她永远都记不住健康美食是什么，或者有什么效果。屁股痛，不能像往常那样坐在地板上。她坐在沙发正对面的椅子边上。这张皮椅是 20 世纪中叶的东西，她最近才觉得不符合她的审美。她应该把它送到商场出售的，这种东西很容易找到买家。她咬了一口三明治。如果有刺山柑会更好吃。这时，她从敞开的卧室门听到了小小的抽噎声，亨利醒了。他肯定尿了。他会饿的。

“马上回来！”她说。

43

卡车——沙拉说他喜欢卡车。可是卡车 T 恤？关于卡车的书？卡车智力游戏？真正的德国造塑料卡车模型？手工制造的木卡车？小塑料包装里五辆小金属卡车的玩具？画着卡车的睡衣裤？印着卡车图案的牙膏牙刷？卡车形状的记号笔？画着消防车图片的红色弹弹球？在沙盒或者海滩用的，带着一套小铲子、小耙子的绿色塑料卡车？罗伦不知道一个五岁的孩子喜欢什么，想些什么，或者在意什么。她不太确定，不过，可想而知，这个五岁孩子的家里有很多重要的收藏品：玩具卡车、卡车图书、绘有卡车图案的衣服、各种和卡车相关的玩意儿。

她最后买了一辆木头做的卡车，一个神气活现的绿色半拖车，拖着一辆简单的木挂车，上面拉着四辆小木头车，可是这些东西太便宜了，她还买了两本书，是讲图片和名称分类的。孩子们了解鹅颈拖车有什么用？不过书店的女孩坚持说这东西非常流行。她用带白色波尔卡圆点的亮蓝色包装纸把东西包好，一共三个盒子，看上去很不错，特别是塞在一个小纸袋里，又系上一个气球。按照人们喜欢买椟还珠的定律，亨利多半会被气球和纸袋吸引。

派对在他们家举行。那么大的地方，当然了！房子的后院是个简洁的长方形，但是前屋主两夫妇都是景观设计师，他们把院子的外形设计得独特而优雅。一座凉亭被葡萄架覆盖得严严实实，把厨房和院子连在一起。在令人陶醉的夏夜，她曾经跟沙拉和丹坐在那里共进烛光晚餐，看着院子里的烛光、石头露台、花园里整片的草药和后面高大的松树。那棵松树让房子看上去遗世独立，周围的房屋仿佛都不存在了。她曾经带马特来吃过晚饭，曾经带托姆来吃过晚饭。沙拉喜欢马特，不喜欢托姆。结果最后罗伦一个都不喜欢。现在那两个人已经被遗忘了，成了不同的、更为重要的往事的背景和脚注：她顺便来给亨利送圣诞节礼物，带来一背包的食谱，吃丹在铝箔包裹的砖头下面烤的烤全鸡。还有她第一次去看那栋房子的情景。马特开车送她过来的。那是三月份，树上还光秃秃的，房子显得空荡荡的，窗户裸露出来，屋子沐浴在惨淡的天光中，整座宅子看上去十分神圣安详，而且大得离谱，当时给马特留下了深刻的印象。

玩具店离他们的住宅不远，她准备走过去。纽约的八月热得让人难受，空气又湿又黏，就连微风都是热乎乎的。沥青路泛着光，似乎在融化似的，街角的垃圾桶堆得满满的都是冰棒的包装纸和散发着恶臭的垃圾，气味特别刺鼻。大背包压得她肩膀有点儿疼——她给沙拉带来了最近出版的书，是关于如何给孩子营造创意空间的专著：墙壁上有黑板的游戏室、配备了蹦床和篮球场地的旧舞厅、做成海盗船式样的上下铺。很愚蠢，不过挺有意思。

罗伦按响了门铃。等了一会儿，没听到有人应答，便敲了几下门，声音很大但并没有持续下去。她很口渴。

她从门缝里看到丹汗津津的脸庞被玻璃折射得扭曲了。丹还没顾上开门，先挥了挥手。“罗伦。”他说，“嗨！”

他有点儿气喘吁吁。丹这几年渐渐开始发福，不过看上去更像他自己了，就好像他一直在逐渐变成现在这副模样。汗水让他的头发看上去有点儿凌乱。他上身穿着一件蓝色的 POLO 衫，领口都褪色了，看来是特别喜欢；下身穿着一条卡其布的短裤，口袋里鼓鼓囊囊的。“嗨！”

“我们一直在纳闷你跑哪儿去了呢。”他说，“很热吧？快进来。”

“讨厌的八月份。”她说。房子里很凉快，前屋主安装了中央空调，这在这种褐色砂岩修建的百年老房里很罕见。房子里静悄悄的。

“讨厌的八月份。”他说着重重地关上身后的大门，把八月份关在了外面，那个月份不属于这里，“沙拉正在收拾。”

“收拾？”她跟在丹身后走下楼梯，来到地下室。楼梯直接通往厨房，厨房装修成了白色，十分明亮。

沙拉站在厨房工作台跟前。“你总算来了！”她说，“抱歉，这里一团糟。”她把棕色的半流体状的东西扫进洗碗池，皱了皱眉，洗了洗手，然后朝罗伦一摇一摆地走过来，抱住罗伦。她腰围已经很粗了，只能做做样子。

“哦哦！”罗伦想都没想就说，“你看上去——很棒。”确实如此，沙拉头发扎在脑后，身材臃肿，像北欧文艺复兴时期的画作，皮肤光滑细腻，带着顽皮的笑容。

“你是说，我看上去很庞大吧。”沙拉说，“我知道。还有六个星期就要生了。我觉得这孩子多半是个篮球运动员。”

“亨利在哪儿？”她看了看周围——厨房很安静。后面的游戏室里也没有声音。

“亨利睡了。”沙拉说，“派对十二点结束的。”

“该死！”罗伦说，“我还以为是两点结束。”

沙拉耸耸肩。“他可能还会再睡一个小时。这样也好。我们可以说说话。”

“我错过了整个派对？”她觉得自己很愚蠢。

“一个孩子的派对罢了。”沙拉说，“你什么都没错过。亨利累坏了，跑来跑去，又吃了那么多糖。还有那么多愚蠢的礼物。”

“糖？”罗伦把包放在厨房的操作台上。

“蛋糕在冰箱里。外面太热了，都要融化了。还有冰淇淋。很多，多得离谱。你自己拿着吃。”

“我得去把那些邮件处理完。”丹说，“罗伦，待会儿就不下来跟你说再见了。”他一路小跑回楼上去了。

“我来洗。”罗伦说。

“我才不跟你争。”沙拉摇摇摆摆地在凳子上坐下，“冲冲就行了。我们用洗碗机洗的。”

“我吃完蛋糕就去开洗碗机。”罗伦说。蛋糕还剩下大半个，上面用巧克力绘着一辆消防车。她把蛋糕从冰箱里拿出来，放在厨房工作台上。又打开冷藏室的门，取出巧克力冰淇淋，“你想不想来点儿？”

“为什么不？”沙拉说，“反正我已经胖得不能再胖了。”

“你是两个人在吃，就尽情享用吧。”罗伦说着，切了两片薄薄的蛋糕，挖了一堆冰淇淋，然后把包装盒刮干净，丢进垃圾桶。勺子是银质的，亮闪闪的。她尝了尝，跟她希望尝到的味道一模一样。她靠在工作台上，站在沙拉对面，仿佛她们是调酒师和顾客：这种感觉像在接受忏悔或治疗。她想让沙拉把自己的问题一股脑告诉她。但是在这个美丽凉爽的厨房里，用亮闪闪的银勺吃着蛋糕，她似乎什么问题都没有，“对不起，我错过了派对。”

“你没有孩子。”沙拉说，“你的时间都是正常作息时间。”

“我之前以为你说两点结束呢。”她说。

“这样更好，我们可以说说话。我已经很久很久没有见到你了。”

“这么说，肚子里又是个男孩喽？”沙拉之前说过，但是罗伦不记得什么时候说的了，“亨利激动吗？”

“很激动。”沙拉说，“就要有小弟弟了，他整天念叨个不停呢。不过，到时候小家伙住进他的房间里，看他会是什么感受。”

“住进他的房间？”罗伦指了指天花板。楼上还有很多空间没有利用，“你们肯定还有很多空间。”

“小家伙会在我们房间里住一段时间，不过丹会把他的办公室从三楼挪到二楼，会有一个互裨生[①]住进来，她自己一个人住顶楼。把孩子放在顶楼离我太远了，就像把她扔给仆人似的，会让我有一种罪恶感。所以我们打算把另一间屋子做客房。”

“明白了。”罗伦说。

“我不想让小家伙难受。他会觉得：你竟然会让我跟仆人住在顶楼之类的。”

“互裨生？很性感那种吗？”

“最好不是。”沙拉说，“我希望是戴眼镜的情绪化女生，没事喜欢看看诗歌，每周末都去博物馆。到时候看吧。”

罗伦努力想象丹诱惑一个法国少女的情景，但是想象不出来。“你准备好了吗？”

“我觉得准备好了。亨利要上学了，我可以分出来一部分精力放在这个孩子身上。我觉得跟亨利那时候不一样，不过本来就不可能一样。”

“是啊。我在我们家是老大。我记得我父母的精力主要放

① 也叫作互惠生，指住国外家庭，以劳动换取食宿并学习语言的女生。——译注

在我身上了。”罗伦把勺子舔干净。

“瞧你现在多棒啊！”

“这么说那个互裨生会来打工，那你……”罗伦没再说了。她不知道沙拉怎么做到的，不知道沙拉怎么还没崩溃。她原本有很强的事业心，现在却花了好几年的时间给孩子擦屁股。罗伦知道这一切是怎么发生的，她只是无法相信。

“三个人都忙活不完，更别说两个了。”沙拉说，“按照我的设想，她上午照料亨利，我在楼下忙活。睡觉起来煮饭，或许去健身馆，你能想象吗？然后，我接手亨利，她哄小的睡觉。我觉得或许我和亨利可以开始安排母子约会之类的活动吧？下午在烘焙坊或游乐场。我要保证两个孩子都有跟我单独相处的时间。我看到书上说，你有第二个孩子的时候会出现这个问题。”

“没问题的。”罗伦说，“你会解决好的。你总能解决好。”她停顿了一下，“房子感觉不一样了。”

“我们重装了游戏室。”她说，“还铺了新地板。”

“新地板。我就知道。是再生地板吗？”罗伦已经在装饰书刊编辑室干了很久，认得出再生木材。脚下的地板感觉很坚实。

“是再生地板。”沙拉说，“来自宾夕法尼亚州的一个仓库。我什么都不懂。是我们的设计师达文坚持要求用这种地板，说是有很大的区别。”

“这种地板很结实。”罗伦说，“但是它们有一种金属光泽，让房子看上去没那么新，而是有一种很持久的感觉。很不错。”

“反正他跟我说两个孩子都弄不坏。”沙拉把空碗推到一旁。“你想去看看游戏室吗？”

“当然。”罗伦说着，把碗放在沙拉的碗上面，把它们放进洗碗池，然后跟在沙拉庞大的身躯后，慢慢穿过客厅。地板上很干净，没有到处扔的都是玩具。工作台和折叠门中间摆着一张古朴大方的餐桌，两旁放着长凳。折叠门镶嵌在精心雕刻的墙壁中间，这种墙壁在这个时代的房子里很常见。她们很轻巧地推开门，一点儿声音都没有。

别看游戏室在地下一层，但是因为比街面低不了多少，窗户又宽大，所以十分明亮。

其中一面墙壁安置了几个落地书架：玩具、书、相框，甚至还有个迷你梯直通书架最上面。游戏室有一张灰白色的低矮大沙发，看着很容易脏，但却出乎意料的干净。还有给孩子用的小桌子、小椅子、小画架、小吉他、小架子鼓。孩子在彩色美术纸上画了几幅画，都装裱在简单的白色画框里，挂在墙上。沙拉在每张画上都写上了亨利的名字和小画家完成画作的日期。房间里安静、凉爽、漂亮，放着很多玩具卡车，但是罗伦没看到她送来的那辆。当然，游戏室很完美。她觉得自己带来的那几本书有点儿拿不出手了。这个房间堪称样板。

“咱们坐下。”沙拉在沙发上坐了下来。“我现在有点儿爬不动楼梯了。或许干脆就睡在楼下好了。”

沙发又结实又舒服。罗伦觉得里面塞得肯定是真正的马尾毛，这在现在这个时代已经很罕见了。

“工作怎么样？”

“很顺利。”事实确实如此，但是感觉却像意外的惊喜。“我正在编辑一本百岁老设计师的著作，你应该见识见识他的房间：黄金柴架、手绘壁纸、天花板上绘壁画，都是这类东西。”

“怀念食谱吗？”

“不怀念。”罗伦说，“我觉得我早就想换工作了。再也不想去弄什么最佳火鸡汉堡、一个小时派对了。我受够了。现在，我可以自己定书名，四处寻找新的作者，招揽设计师。我们干得不错，还挺赚钱的。”

沙拉打了个哈欠。“对不起。我打哈欠可不是因为你说的事没意思，是因为我的大脑非常疲劳。”

“正常，”罗伦说，“你怀孕了嘛。”

“还有什么其他消息吗？”沙拉会意地看了她一眼，“接着说。”

罗伦考虑把大卫的事情告诉沙拉，她考虑好几个星期了——好吧，好几个月了，不过到现在还没跟沙拉讲。大卫还是个秘密。大卫还是她的。她担心如果自己告诉沙拉，真正的事实就会喷涌而出。先是盖比，然后是罗伯，再然后是马特，还有托姆；他们都很好，都不错。如果忽略最糟糕的部分，他们留下的都是幸福的回忆。随着时间的流逝，最糟糕的部分通常会渐渐忘却，留下的都是甜蜜的回忆。

虽然大卫确实不一样，但是并不是因为他不一样，而是因为她对生活的感悟不一样了。她能看到自己以前看不到的东西——未来。婚姻不可能是音乐椅游戏，音乐停止的时候随手抓一个配偶。对她认识的大多数女人来说，音乐都是在三十三岁左右停止的，婚姻就是从那个时候开始的。结果六年后就出现往复循环：离婚。以前，她也努力过，想看到未来——跟盖比，跟罗伯，跟马特，可是一直都看不到。尽管他们，沙拉、妈妈、爸爸那么期待，可是她一直都觉得根本不可能。她还没有带大卫去见过父母，不过奇怪的是，她很想带他去见父母。

“我准备去度假。”她说，“我受够这个夏天了。”

“我们星期一去度假。我们一家和菲奥娜以及她的孩子们在东汉普顿租了一套房子。家庭度假。我甚至说服丹跟我们待三天，不过只有三天，因为他担心很快就要休陪产假了。不过，我们大家可以一起待三天，事实上，我和亨利会在那儿待十天。你应该一起来。”

“菲奥娜。这么说她现在也不止一个孩子了？”

沙拉点点头。“欧文比亨利只小一点儿，伊丽莎快两岁了。”

“真可爱。”罗伦说，“你们两个应该算好时间一起要二胎，那就可以经常组织家庭度假了呢。”

沙拉沉默了。“我们确实一起怀的二胎。不是算好的，是碰巧。”她停顿了一下，“后来我流产了。”

罗伦看着沙拉，沙拉看上去很平静，她的举止、她的态度好像刚才说的话跟自己一点儿关系都没有似的。

“哦，天哪！我很抱歉。我都不知道。什么时候的事？”

“我一直没告诉你。”沙拉深深吸了口气，“老实说，我不知道为什么。怎么会流产的。当时很难受。伦伦。”

罗伦从沙发上转过身来，半蹲在沙拉跟前，轻轻地抓着她的胳膊。沙拉这么胖，这么结实，却又这么脆弱。“当时怀孕很久了吗？”

当时她怀孕十六周。第二次怀孕。她全身心投入其中了，而且，当时她肚子很大，长得又快，所以感觉都不止十六周了。怀亨利的时候，亨利很配合，等她走完婚礼的红地毯才显肚子。可是怀上第二个宝宝不久，肚子就很大了。沙拉从地下室一个塑料箱里翻出几件不那么讨厌的孕妇装，又给亨利买了几本书，讲述怎么做哥哥，告诉他当身边多出一个人的时候，爱非但不会减少，反而会增加。

她告诉了父母，告诉了菲奥娜，告诉了保姆，差点儿打电话告诉罗伦，事实上，她都列在自己“待完成事项”清单了。可是，在某个很平常的星期二，她醒来后感觉不太对。当时还没有出现胎动，但是沙拉却感觉到自己紧绷的小腹里一片死寂。医生让她去检查，一个陌生的放射科医生轻轻把手放在她膝盖上，告诉她已经没有胎心了。

只能进行清宫手术。他们得用器械扩大她的阴道。最疯狂的是，他们还要用海草。这都二十一世纪了。她回到家，又回到诊所。感觉四年前怀亨利时发生的一切都在嘲笑她：安静的房间、根本不存在的痛苦，最后就这么结束了。丹握着她的手，她哭了。她拒绝看流产的孩子，拒绝看孩子的尸体。两天后，她回家去了，从堆在亨利床头的那摞书当中抽走了关于当哥哥的书。

“四个月。已经显肚子了。后来，一天早上，自己流了。”

罗伦拼命想说点儿什么安慰沙拉，想把自己心里的疑问一股脑说出来。“你怎么都没告诉我？太可怕了。我本来可以——我也不知道自己本来可以做什么。不过我本来可以做点儿什么。我可以试着做点儿什么。”

“我知道。”沙拉紧紧抓住罗伦的小臂，“不是你的问题。我当时只想着让一切赶紧结束。我想回家，想待在这里，想和亨利、和丹静静地待在一起。当时我只想逃避，逃避一切。我以为是我要得太多了。我只是想……再也不去想这件事了。”

罗伦立刻想到了克里斯托弗。那个幽灵哥哥，露露从来没有提过的儿子。

“嘿，都过来了。”沙拉说着，又捏了捏罗伦的胳膊，“我应该给你打电话的，对不起。”

“我应该陪着你的。”罗伦说，“我是个很糟糕的朋友。”

“才不是。你是我最好的朋友。没事了。都过来了。看我。”她伸开手臂，显示出自己臃肿的身体，“他在这里面呢。一切都很好。”

“我还是很抱歉。”罗伦握住沙拉的手，她的手冰凉而柔软。“我不知道该说什么。你现在真好。不过，我知道你。我知道你那时候肯定不好过。我真希望你那会儿告诉我。”

“只是件小事，不算什么。医生一直跟我说，‘沙拉，只是件小事，不算什么。’”

“只是件可怕的小事。”

沙拉沉默了。“我不知道，伦伦。当时我不知道自己要不要给你打电话。我不知道你……你能不能理解。不。我知道你能理解。我只是不想……”

罗伦明白了。她有点儿生气，不过很快就释然了。她理解沙拉为什么不告诉她了。她知道现在她不能生气，不能转换话题，不能把焦点从沙拉身上转移到她自己身上。这就是人生：这就是现实生活。她只能接受。她环顾房间，发现书架上的书按照高度和颜色摆设得井井有条。“你本来可以告诉我的。”她尽量让自己的语气很温柔，“可是你现在才告诉我。”

沙拉把目光移开了。“我不想打扰你。”

“既然你说你不想再为此难过了，”罗伦说，“那咱们就开开心心的。你要生宝宝了。这就是幸福的结局。”

“幸福的结局。”沙拉说。

罗伦笑了。“我带了礼物来。”她说，“好几辆卡车。”

“亨利肯定会很喜欢。不过，我要事先向你道个歉，他可能不会表现得那么喜欢。今天收的礼物太多了。他站在那儿拆了半天，搞得都快成宗教仪式了。”

“只要他记得我就行。”罗伦说，“他会记得我吧？”

“罗伦阿姨？当然了，他会记得你。”沙拉停顿了一下，“不过，你要真那么在乎他记不记得你，最好的办法就是经常过来坐坐。说真的，你应该常来。常来坐坐。我不知道你为什么不肯来。”

“我这不是来了。”罗伦说。然后她也承认：“你说得对。”

“我都搬到该死的布鲁克林了，罗伦。”她说，“我就在这里，距离你只有二十分钟。”

“你结了婚，生了孩子，有了自己的家人，这就是生活，沙拉。”她们永远都在没完没了地重复这样的对话，“二十六年了，我都认识你二十六年了。我就在这儿呢。”

沙拉耸耸肩。“一年后，亨利六岁生日的时候，你会带着乐高或者六岁小男孩喜欢的什么其他礼物过来，我们会说说话。可是我们可以多见几面啊。”

“我知道，我光顾着忙自己的事了。”罗伦说，“我有什么事都会告诉你的。”现在，她不能再开口说大卫的事了。如果现在把大卫的事告诉沙拉，沙拉就会怀疑她有事瞒着她，尽管根本不是这样，或者说，罗伦根本没打算这样。想到大卫，想到他明亮的眼睛、烦躁的双手，她不由得笑了。等他们见了面，沙拉会喜欢他的，沙拉会非常喜欢他的。

“你确定不是因为你忙着跟帅哥约会，忙着晚上出去狂欢，所以不想到公园坡来，坐在我的后院里喝杯白葡萄酒？”

“到你的豪宅来，坐在你美丽的花园里，喝着白葡萄酒？你不是开玩笑吧？我随时都想来。我会记住的。我们应该经常说说话。”

“我很幸运。”沙拉环顾着美丽、静谧的房间。“我知道我很幸运。问你个问题。”

“说。”

“想喝一杯吗？”

“当然。”罗伦说。

“很好。”沙拉说，“因为我想就着你杯子喝两口。就两口。或许三口。”

44

六月多雨，八月阳光明媚。搭在凉亭上的葡萄架十分丰满，绿意盈盈，生机盎然。树荫浓密，但是一推开门，还是有一股热气扑面而来，像打开烤箱门似的。沙拉一摇一摆回到椅子上，极力想忽视这股炎热。反正你再怎么说天气都很热。

刚才来了十个孩子：八个男孩、两个女孩，红彤彤的脸庞，湿漉漉的头发，现在全都坐着小滑板车回家去了，把装满临时文身图片和气泡酒的礼品袋摆成一排。估计这会儿孩子们全都睡午觉了，另外十对父母正在享受难得的片刻宁静。折腾了大半天，又跑又跳，又笑又闹，亨利顺从地脱掉衬衫，盖上被单，房间里又凉爽又安静，他很快就发出了微微的鼾声。说不定她们还有二十分钟的时间可以说说话。

罗伦拿来杯子和酒瓶，酒瓶才空了三分之一，参加派对的家长只有几个人喝了酒。她把黄色的葡萄酒倒进玻璃杯，啜了一口。

“嗨。”罗伦不由点头赞许。“给你。”她把玻璃杯递给沙拉。

沙拉啜了一小口。葡萄酒果味香浓、甘甜，就像咬了一口浸泡在酒精里的苹果。她本来不应该喝的，特别是经过那次流产（她不想承认自己失去的是个孩子）。那是她人生中最黑暗的时刻，那个时刻让她意识到自己的人生有多么美好。她当然知道自己的人生是幸福的，可还是有最黑暗的时刻。

没有亨利，她肯定会沉浸在悲痛和黑暗中无法自拔。那段往事既遥远又新鲜，明明已经过去了，却又仿佛就在眼前。沙拉觉得告诉罗伦之后好受一些了。她之所以没有告诉罗伦，是因为她以为这样会更容易熬过去。可是不告诉罗伦反而感觉更糟糕。现在，她至少感觉轻松点儿了，仿佛她们之间终于回到正常的轨道上了。

跟罗伦在一起让她总想放纵自己。她简直不敢相信，这会儿她特别想抽烟。她都记不起来自己最后一次抽烟是什么时候了。

“唔，真是太棒了。”她说着，把酒杯递给罗伦。“拿开。”精致可爱的小酒杯在罗伦手里显得特别大，在她脸庞跟前显得特别大。她的眼睛比沙拉印象中的还要黑。罗伦看上去很不错，很快乐。

“这院子真漂亮。”罗伦说。

“这就是我们当初买这栋房子的真正原因。”沙拉说，“这院子的设计考虑十分周全。估计专家跟常人就是不一样。他们会从不同的角度去看待事情。换成我，想破脑袋也想不出这么装修。”确实如此。这个院子的不对称式样、切割成不同区域的格式，虽然有悖于让小花园看上去更大的原则，但是却很棒，有一种永不过时的感觉。院子中央摆着一个大生日礼物：一架定制的秋千。这样他们就不用跑到几个街区外的操场去了，只要出了房门就可以荡一荡。秋千很简单，而且不大，没占多少地方：两个秋千，一个给小宝宝，一个给大点儿的孩子，尽管给小宝宝那个凹背座椅可以换掉。安装秋千的木工师傅已经教给她到时候怎么拆换了，看上去很简单。秋千架折叠起来就是梯子，亨利对梯子的喜欢超过了秋千。他爬到梯子顶上，去够天空，去够白云，迷失在自己多变的现实里。

"真棒。"罗伦说，"等你们去了汉普顿，我可以过来住两天。有了中央空调和这后院，我哪儿都不想去了。"

"你应该去看看我们。"沙拉说，"那套房子很大。丈夫们都不在，肯定空荡荡的。坐火车去。那里还有游泳池呢。"她很期待长岛十天度假：凉爽的晚风，静谧的午后。她早就跟房产中介约好了时间，只是为了以防万一。跟菲奥娜在一起很开心，但她还是希望罗伦能和她们在一起。

"我是应该去。"罗伦说，"今年这个时候恐怕没那么容易。夏天很多人出去度假，可是出版计划又不能耽搁。九月份是我们的销售旺季。"

"当然。"罗伦说。或许这样也好。她觉得菲奥娜很有可能不是那么喜欢罗伦，不过她不太确定罢了。菲奥娜非常擅长伪装。

“对了，胡克和露露怎么样？我本来还期待着这次派对能见到他们呢。”

“你来的时候他们刚走。胡克总是对从市区到这里的交通大发牢骚。他们还是老样子。”

“当然。”沙拉说，“告诉他们我向他们问好。等新书出版后，我会送去给你妈妈。她会觉得挺有意思的。”

“你家人怎么样？”

“老样子。”罗伦说，“他们很好。阿丽克西斯怀孕了。”

“你爸爸妈妈肯定很兴奋。”沙拉并没有说出自己的想法，她觉得罗伦肯定松了口气，毕竟她弟弟替她减轻了压力。她一直都不理解罗伦和她父母之间那种复杂的关系。她见过他们。她记得他们挺友善的。她理解不了他们家的关系，不过话说回来，不幸福的家庭各有各的原因。

“哦，是啊。”罗伦说，“他们正在安排婴儿洗礼，讲究得不行，复杂程度不亚于皇家婚礼。”

朝向厨房的门开了，亨利走了出来，小脸睡得红扑扑的，皮肤被床单印上了一条条的印子。他的头发十分浓密，像极了父亲，一根根竖立着。他皱了皱眉头。“妈咪。”他的声音有点儿沙哑。

“嗨，宝贝。”沙拉说着，张开双臂，亨利知道妈妈不能过来抱他，就一摇一摆地朝妈妈走来。他的身体热乎乎、软绵绵的，闻上去特别好闻，“你睡得怎么样？”

“睡得很好。”他打了个哈欠。这是自然反应，他很有礼貌，“妈咪，我可以荡秋千吗？”

为了这声“妈咪”，什么都值了。很快，非常快，“妈咪”就会变成“妈妈”，然后就是很不耐烦甚至气恼的“妈！”。然后“砰”的一声甩上门。也许不会变成那样，不过很难想象。她少女时代就没有，对吧？沙拉几乎记不起来了。不过，她那个时候什么样已经不重要了，重要的是亨利和他的弟弟会变成什么样。那个小家伙在她肚子里又踢又打。她认为是因为他听到了哥哥的声音。

“太热了。”她说，“你先喝杯水。”他抬头望着她，浓密的眼睫毛下，一双乌溜溜的黑眼睛深不见底。他比她漂亮多了。而且今天是他的生日。就让他去荡吧。

“咱们去荡秋千。”她说着，用手掌撑着铁艺桌子站起身来。在她少女时期，这张桌子一直摆放在康科德的游泳池旁边，现在露露把它送给了她。她不知道罗伦还记不记得这张桌子。桌子在混凝土地面上留下了刮痕。

“罗伦，你来吗？”

“来啦。”罗伦说。她把酒杯倒满，两个人跟在亨利身后朝秋千走去。亨利已经清醒了，他飞跑过去，跳上秋千，脸上洋溢着单纯的笑容。“推我。”他说，“快推，快推。”

于是她推起了秋千。光脚丫下面的青草十分厚实。她推过来，推过去，推过去，再推过来，然后往旁边站了站，以防秋千撞到自己的肚子。亨利大声欢笑着，笑声那么甜美，她推啊推，推过去再推过来，推上去再推下来。

后记

感谢朱莉·巴瑞和她读书俱乐部的各位同事，感谢梅根·林奇、凯特·卡萨德和他们加拿大 Ecco and Harper 的同事。感谢丹·查恩、亚历山大·徐、米拉·雅各布、伊丹·莱普奇和艾玛·斯特劳勃。感谢弗恩·伊普、克雷格·科克和他们的热忱。感谢布米·布拉姆巴特博士从专家视角给出的建议。感谢詹妮弗·罗摩里尼（提供的“团体思维”）、克里斯蒂娜·德特尔（我的第一位读者）、埃米丽·谢（做我的智囊库）、萨曼莎·特纳（提供的睫毛膏）、罗伦·怀特豪斯（提供的冰袋）、阿曼达·格特曼和大卫·塔马尔金（为我做的其他所有事情）。感谢推特的各位朋友在我写作的时候一路陪伴着我。

我大多是利用晚上 8:00 到凌晨 3:00 的时间写这本书。好几个月来，大卫·兰德替我承担了各种职责（从经济支持到教育子女的各种职责），如果没有他，这根本就无法想象。所有人都应该找到如此宽厚豁达的伴侣，所有的孩子都应该拥有如此深爱孩子的父母。我也不知道自己怎么会这么幸运。